lu Quillet : bien aimé...

Recherche jeune femme
aimant danser

Du même auteur
aux Éditions Albin Michel

LA NUIT DU RENARD
Grand Prix de littérature policière 1980

LA CLINIQUE DU DOCTEUR H.

UN CRI DANS LA NUIT

LA MAISON DU GUET

LE DÉMON DU PASSÉ

NE PLEURE PAS, MA BELLE

DORS MA JOLIE

LE FANTÔME DE LADY MARGARET

Mary Higgins Clark

Recherche jeune femme aimant danser

ROMAN

traduit de l'anglais par
Anne Damour

Albin Michel

Édition originale américaine :

LOVES MUSIC, LOVES TO DANCE
© 1991 by Mary Higgins Clark
Publié avec l'accord de Simon and Schuster, Inc., New York

Traduction française :

© Éditions Albin Michel S.A., 1991
22, rue Huyghens, 75014 Paris

ISBN 2-226-05388-5
ISSN 0290-3326

Pour les fils de mon frère Johnny
Luke et Chris Higgins
et pour sa petite-fille, Laura.

Avec tout mon amour.

Qu'est-ce qu'un ami ?
Une même âme en deux corps.

ARISTOTE

I

Lundi
18 février

L A pièce était plongée dans l'obscurité. Il était assis dans le fauteuil, les bras enserrant ses jambes. Ça recommençait. Charley ne voulait pas rester caché. Charley voulait penser à Erin. *Encore deux,* chuchota Charley. *Après, je m'arrêterai.*

Il savait qu'il était inutile de protester. Mais cela devenait de plus en plus risqué. Charley s'impatientait. Charley voulait prendre le dessus. *Va-t'en, Charley, laisse-moi tranquille,* supplia-t-il. Puis le rire moqueur de Charley éclata dans la pièce.

Si seulement Nan l'avait aimé, pensa-t-il. Si seulement elle l'avait invité à son anniversaire, il y a quinze ans... Il était tellement amoureux d'elle alors. Il l'avait suivie jusqu'à Darien avec le cadeau acheté dans un discount, une paire de chaussures de bal. La boîte en carton était simple et bon marché et il s'était donné beaucoup de mal pour la décorer, s'appliquant à dessiner un croquis de souliers sur le couvercle.

L'anniversaire de Nan était le 12 mars, pendant les vacances de printemps. Il avait roulé jusqu'à Darien pour lui faire la surprise. En arrivant, il avait trouvé la maison scintillante de lumières. Les domestiques garaient les voitures. Il était passé lentement devant la propriété, bouleversé

11

et stupéfait en reconnaissant des étudiants de Brown qui se trouvaient là.

Il se souvenait encore avec embarras d'avoir pleuré comme un bébé en faisant demi-tour. Puis il s'était ravisé à la pensée du cadeau d'anniversaire. Nan lui avait dit que tous les matins à 7 heures, qu'il pleuve ou que le soleil brille, elle allait courir dans les bois près de sa maison. Le lendemain matin, il était là à l'attendre.

Il se souvenait avec la même acuité aujourd'hui de sa *surprise* en le voyant. De la *surprise,* non du plaisir. Elle s'était arrêtée, haletante, une casquette de jersey dissimulant ses cheveux blonds soyeux, un sweater imprimé au nom de son école sur sa tenue de jogging, des Nike aux pieds.

Il lui avait souhaité un bon anniversaire, l'avait regardée ouvrir la boîte, écoutant ses remerciements compassés. Il l'avait entourée de ses bras. « Nan, je t'aime tellement. Tes pieds seront si jolis dans ces sandales. Mets-les. Je vais les attacher. Nous pourrons danser ici même.

— Tu as perdu la tête ! »

Elle l'avait repoussé, lui avait jeté la boîte à la figure, s'était remise à courir.

C'était Charley qui lui avait couru après, l'avait rattrapée, jetée à terre. Les mains de Charley lui avaient serré la gorge jusqu'à ce que ses bras cessent de s'agiter. Charley avait attaché les sandales à ses pieds et il avait dansé avec elle, sentant sa tête ballotter sur son épaule. Il l'avait allongée sur le sol, laissant une sandale à son pied droit, la Nike au pied gauche.

De longues années s'étaient écoulées. Charley était devenu un souvenir brouillé, une forme indistincte, tapie quelque part dans les tréfonds de son esprit, jusqu'à il y a deux ans. Puis Charley s'était mis à lui rappeler Nan, ses pieds minces et cambrés, ses chevilles fines, sa beauté et sa grâce lorsqu'elle dansait avec lui...

Eeeney-meeeney-miney-mo. Attrape le premier par le bout du doigt. Dix petits cochons à la queue en tire-bouchon. La comptine que lui chantait sa mère lorsqu'il était petit. *Ce petit cochon-ci va au marché. Celui-là reste à la maison.*

« Encore, priait-il quand elle s'arrêtait. Une fois pour chaque doigt du petit cochon. »

Sa mère était si gentille avec lui ! Puis elle avait changé. Il entendait encore sa voix : « *Que font ces magazines dans ta chambre ? Pourquoi as-tu pris ces escarpins dans mon placard ? Après tout ce que nous avons fait pour toi ! Tu nous déçois tellement.* »

Lorsqu'il était réapparu il y a deux ans, Charley lui avait ordonné de placer des petites annonces dans les pages spécialisées des journaux. Une quantité de petites annonces. C'est Charley qui lui avait dicté comment formuler l'annonce particulière.

A présent, sept filles étaient enterrées dans la propriété, chacune avec une chaussure du soir au pied droit, leur propre chaussure, tennis ou mocassin, au pied gauche...

Il avait supplié Charley de le laisser en paix pendant un moment. Il ne voulait pas recommencer. Il avait dit à Charley que le sol était encore gelé. Il ne pourrait pas les enterrer et garder leur corps au congélateur était risqué.

Mais Charley avait hurlé : « Je veux qu'ils retrouvent ces deux-là. Je veux qu'on les découvre tout comme ils ont retrouvé Nan. »

Charley avait choisi les deux dernières de la même façon qu'il avait choisi les autres après Nan. Elles s'appelaient Erin Kelley et Darcy Scott. Elles avaient répondu à deux de ses petites annonces. Mieux encore, elles avaient l'une et l'autre répondu à son annonce particulière.

Parmi toutes les réponses qu'il avait reçues, c'était leurs lettres et leurs photos qui avaient attiré immédiatement l'attention de Charley. Les lettres étaient amusantes, le ton attrayant ; il lui semblait presque entendre la voix de Nan, son esprit critique à l'égard d'elle-même, son humour vif, intelligent. Et il y avait les photos. Attirantes, chacune à sa façon...

Erin Kelley avait envoyé un instantané d'elle juchée sur le

coin d'un bureau. Elle était légèrement penchée en avant, la bouche entrouverte, les yeux brillants, sa longue silhouette mince en équilibre, comme si elle attendait d'être invitée à danser.

La photo de Darcy Scott la montrait debout près d'une banquette matelassée placée sous une fenêtre, la main posée sur le rideau. Elle était à demi tournée vers l'appareil. Le photographe l'avait visiblement prise à l'improviste. Elle tenait des morceaux de tissu sur son bras ; une expression absorbée mais souriante marquait son visage. Elle avait des pommettes hautes, une silhouette mince et de longues jambes qu'accentuaient ses chevilles étroites et ses pieds minces chaussés de mocassins Gucci.

« Elles seraient tellement plus attirantes en chaussures de bal ! » se dit-il en lui-même.

Il se leva et s'étira. Les ombres sombres qui se répandaient dans la pièce ne l'inquiétaient plus. La présence de Charley était totale et bienvenue. Aucune voix ne le pressait plus de résister.

Tandis que Charley s'éclipsait sans plus insister dans la grotte obscure d'où il avait émergé, il relut la lettre d'Erin, effleurant sa photo du bout des doigts.

Il rit tout haut au souvenir de l'annonce qui avait incité Erin à lui répondre.

Elle commençait par : « *Aime la musique, aime danser.* »

II

Mardi
19 février

Froid. Neige fondue. Rafales de vent. Embarras de voitures. Peu importait. C'était bon d'être de retour à New York.

Darcy secoua joyeusement son manteau, passa ses doigts dans ses cheveux et examina le courrier impeccablement trié sur son bureau. Bev Rothhouse, silhouette menue, vive, intelligente, étudiante du soir à la Parsons School of Design, et de surcroît sa précieuse secrétaire, lui désigna les piles par ordre d'importance.

— Les factures, fit-elle, en partant de l'extrême droite. Ensuite les règlements. Quelques-uns.

— Substantiels, j'espère, fit Darcy.

— Assez, reconnut Bev. Les messages sont classés ici. Tu as deux autres appartements en location à meubler. Je t'assure que tu ne t'es pas trompée le jour où tu as ouvert ton affaire d'ameublement d'occasion.

Darcy rit.

— Sanford et Fils. C'est moi.

Les trouvailles de Darcy. Architecture d'intérieur pour petits budgets indiquait l'inscription sur la porte du bureau. Ce dernier était situé dans le Flat Iron Building, vingt-troisième rue.

— Comment était la Californie? demanda Bev.

Amusée, Darcy perçut la note de timide admiration dans

la voix de la jeune femme. A la vérité, Bev voulait dire : « Comment vont ta mère et ton père ? Quelle impression cela procure-t-il d'être avec eux ? Sont-ils réellement aussi sensationnels que dans leurs films ? »

« La réponse est oui, ils sont sensationnels, pensa Darcy. Oui, ils sont merveilleux. Oui, je les aime et je suis fière d'eux. Le seul problème est que je ne me suis jamais sentie à l'aise dans leur monde. »

— Quand doivent-ils partir pour l'Australie ?

Bev s'efforçait de prendre un air désinvolte.

— Ils sont déjà partis. Je me suis tristement envolée pour New York après les avoir mis dans l'avion.

Darcy avait combiné un séjour chez ses parents avec un voyage d'affaires à Lake Tahoe, où on lui avait demandé de décorer un chalet de montagne témoin pour clients peu fortunés. Sa mère et son père s'apprêtaient à partir en tournée internationale avec leur pièce. Elle ne les reverrait pas avant au moins six mois.

Elle ôta le couvercle du gobelet de café qu'elle avait acheté au coin de la rue et s'installa à son bureau.

— Tu es superbe, fit remarquer Bev. J'adore cet ensemble.

La robe de lainage rouge à encolure carrée et le manteau assorti faisaient partie des vêtements que sa mère avait tenu à lui acheter dans Rodeo Drive. « Pour une si jolie fille, tu te mets n'importe quoi sur le dos, chérie, ne cessait-elle de lui répéter. Tu devrais accentuer cette beauté délicate dont tu as hérité. » Comme son père aimait à le faire remarquer, Darcy aurait pu poser pour le portrait de l'ancêtre maternelle dont elle portait le nom. La première Darcy avait quitté l'Irlande après la Révolution pour rejoindre son fiancé français, officier dans l'armée de La Fayette. Elles avaient les mêmes yeux écartés, plus verts que noisette, la même chevelure châtain aux reflets dorés, le même nez droit.

— Nous avons un peu grandi depuis, disait en riant Darcy. Je mesure un mètre soixante-douze. La première

Darcy était une petite chose. C'est plus commode pour avoir l'air délicat.

Elle n'avait jamais oublié le jour, à l'âge de six ans, où elle avait surpris la réflexion d'un metteur en scène : « Comment deux êtres aussi magnifiques ont-ils pu mettre au monde une enfant aussi insignifiante ? »

Elle se revoyait encore, immobile, encaissant le choc. Quelques minutes plus tard, lorsque sa mère avait voulu la présenter à quelqu'un sur le plateau : « Et voici ma petite fille, Darcy », elle s'était écriée, « Non ! » et s'était enfuie. Plus tard, elle s'était excusée de son impolitesse.

Ce matin, en débarquant de l'avion à Kennedy Airport, elle était passée déposer ses bagages à son appartement, puis s'était rendue directement au bureau, sans prendre le temps d'enfiler sa tenue habituelle, jeans et pull-over. Bev attendit qu'elle ait bu son café et commença à prendre les messages.

— Veux-tu que je rappelle ces gens pour toi ?

— Laisse-moi d'abord passer un coup de fil à Erin.

Erin décrocha dès la première sonnerie. Son ton un peu crispé lorsqu'elle répondit informa Darcy qu'elle était déjà à sa table de travail. Étudiantes, elles partageaient la même chambre à Mount Holyoke. Puis Erin avait étudié l'orfèvrerie. Récemment, elle avait remporté le prix prestigieux de N. W. Ayer pour les jeunes créateurs de bijoux.

Darcy avait elle aussi trouvé sa voie professionnelle. Après avoir gravi les échelons pendant quatre ans dans une agence de publicité, elle avait quitté un poste de directrice de clientèle pour se lancer dans la décoration intérieure pour petits budgets. Toutes les deux avaient aujourd'hui vingt-huit ans et étaient aussi proches que du temps où elles habitaient ensemble à l'université.

Darcy se représenta Erin à sa table à dessin, vêtue d'un jean et d'un ample sweater, ses cheveux roux retenus par une pince ou noués en queue de cheval, absorbée dans son travail, ignorant ce qui se passait autour d'elle.

Le « Allô » préoccupé fit place à un cri de joie quand Erin reconnut la voix de Darcy.

— Tu travailles, dit Darcy. Je ne veux pas te déranger. Je voulais seulement te dire que je suis rentrée et avoir des nouvelles de Billy.

Billy était le père d'Erin. Infirme, il vivait depuis trois ans dans une maison de santé dans le Massachusetts.

— Son état est stationnaire, dit Erin.

— Où en es-tu avec le collier ? Lorsque j'ai téléphoné vendredi dernier, tu semblais anxieuse.

Juste après le départ de Darcy, le mois dernier, Erin avait décroché une commande du bijoutier Bertolini pour dessiner un collier en utilisant les pierres de famille d'un client. Bertolini était l'égal de Cartier et de Tiffany.

— C'est parce que j'avais peur que mon projet soit à côté de la plaque. C'était réellement compliqué. Mais tout va bien. Je le livre demain matin et, si j'en juge par moi-même, il est formidable. Comment était Bel-Air ?

— Absolument splendide.

Elles éclatèrent du même rire, puis Darcy ajouta :

— Où en sommes-nous avec les petites annonces ?

Elles avaient fait la connaissance, au club de gymnastique, de Nona Roberts, productrice de télévision pour l'Hudson Cable. Nona préparait un documentaire sur les petites annonces ; sur le genre de gens qui les plaçaient et y répondaient ; sur leurs expériences, bonnes ou mauvaises. Nona avait demandé aux deux jeunes filles de l'aider dans ses recherches en répondant à certaines annonces. « Vous n'aurez pas besoin de rencontrer vos correspondants plus d'une fois, les avait-elle rassurées. La moitié des célibataires du studio le font et s'offrent de belles parties de fou rire. Et qui sait, vous rencontrerez peut-être le prince charmant. Quoi qu'il en soit, réfléchissez-y. »

Erin, en général la plus hardie, s'était montrée inhabituellement réticente. Darcy l'avait persuadée que cela pourrait être amusant. « Nous ne placerons pas nos propres annonces, avait-elle dit. Nous répondrons seulement à celles qui nous paraîtront intéressantes. Nous ne donnerons pas notre adresse, juste un numéro de téléphone. Et nous donnerons nos rendez-vous dans des endroits publics. Qu'avons-nous à perdre ? »

Elles avaient commencé il y a six semaines. Darcy n'avait pu se rendre qu'à un seul rendez-vous avant son départ pour Lake Tahoe et Bel-Air. L'homme avait écrit qu'il mesurait un mètre quatre-vingt-cinq. Comme elle l'avait dit à Erin après coup, il s'était sûrement juché sur une échelle pour se mesurer. Il prétendait également être directeur de clientèle dans une agence de publicité. Mais lorsque Darcy avait mentionné quelques noms d'agences et de clients, il était resté complètement sec. « Un menteur et un pauvre type », avait-elle rapporté à Erin et à Nona. Aujourd'hui, souriant d'avance, Darcy demanda à Erin de lui raconter ses plus récentes rencontres.

— Je te réserve le récit au complet pour demain soir lorsque nous nous retrouverons avec Nona, dit Erin. J'ai inscrit tous les détails dans le carnet que tu m'as offert pour Noël. Sache seulement que j'ai eu deux rendez-vous supplémentaires depuis notre dernier entretien au téléphone. Cela porte le total à huit rencontres dans les trois dernières semaines. La plupart étaient des pauvres types sans le moindre intérêt. J'avais déjà rencontré l'un d'eux. L'un des plus récents était réellement séduisant et inutile de dire qu'il n'a pas rappelé. J'ai un rendez-vous ce soir. Il n'a pas l'air mal, mais attendons de juger sur pièces.

Darcy sourit.

— Je n'ai manifestement pas raté grand-chose. A combien d'annonces as-tu répondu à ma place ?

— Environ une douzaine. J'ai trouvé drôle d'envoyer nos deux lettres à certaines annonces. Nous pourrons ainsi comparer nos observations si ces types téléphonent.

— Génial. Où dois-tu rencontrer le numéro de ce soir ?

— Dans un café sur Washington Square.

— Qu'est-ce qu'il fait dans la vie ?

— Il est avocat d'affaires. De Philadelphie. Il vient de s'installer à New York. Tu es toujours d'accord pour demain soir, n'est-ce pas ?

— Bien sûr.

Elles devaient dîner avec Nona.

Le ton d'Erin changea.

— Je suis contente que tu sois de retour, Darce. Tu m'as manqué.

— Toi aussi, dit Darcy de tout son cœur. A demain.

Elle s'apprêtait à lui dire au revoir, quand elle fut prise d'une impulsion et demanda :

— Comment s'appelle l'homme surprise de ce soir ?

— Charles North.

— Très « classe », très bon chic bon genre. Amuse-toi bien, Erin-la-crâne.

Darcy raccrocha.

Bev attendait patiemment avec les messages. Son ton était carrément envieux, à présent.

— Quand vous parlez, Erin et toi, on jurerait deux écolières. Vous êtes plus proches que des sœurs. Si je compare avec ma propre sœur, je dirais même que vous êtes mille fois plus proches que deux sœurs.

— Tu as raison, dit doucement Darcy.

A la Galerie Sheridan, dans la soixante-dix-huitième rue, au coin de Madison Avenue, une vente aux enchères battait son plein. Le mobilier de la vaste maison de campagne de Carter Gates, un feu roi du pétrole, avait attiré une foule dense de marchands et de collectionneurs.

Chris Sheridan observait la scène du fond de la salle, se félicitant d'avoir emporté sur Sotheby's et Christie's le privilège de disperser cette collection. C'était un beau coup. Un superbe mobilier du XVIIIe anglais ; des tableaux aussi remarquables que rares ; de l'argenterie Revere qui, il le savait, ferait grimper la fièvre des enchères.

A trente-trois ans, Chris Sheridan ressemblait davantage au trois-quarts arrière qu'il avait été à l'université qu'à un expert renommé en matière d'antiquités. Son mètre quatre-vingt-dix était accentué par un port décidé. De larges épaules soulignaient sa taille svelte. Ses cheveux blonds encadraient un visage aux traits accusés qu'éclairait un regard bleu désarmant et amical. Mais comme l'avaient à leurs dépens appris ses concurrents, ces yeux pouvaient vite prendre un éclat tranchant, intraitable.

Chris croisa les bras en regardant se dérouler les enchères finales pour un cabinet de Domenico Cucci datant de 1683, orné de panneaux de *pietra dura* et de motifs centraux de pierres incrustées. Plus petit et moins élaboré que les deux cabinets créés par Cucci pour Louis XIV, c'était néanmoins une pièce magnifique, sans défaut, dont Chris savait que le Met voulait désespérément faire l'acquisition.

La salle se tut tandis que montaient les prix entre les deux gros enchérisseurs, le Met et le représentant d'une banque japonaise. Sentant qu'on le tirait discrètement par la manche, Chris tourna la tête avec un froncement de sourcils. C'était Sarah Johnson, son assistante, une experte en œuvres d'art qu'il avait débauchée dans un musée privé de Boston. L'inquiétude perçait dans sa voix.

— Chris, dit-elle, je crains qu'il n'y ait un problème. Votre mère est au téléphone. Elle dit qu'elle doit vous parler immédiatement. Elle semble bouleversée.

— Le problème, c'est cette émission de malheur !

Chris se dirigea vivement vers la porte, l'ouvrit d'un geste sec et, ignorant l'ascenseur, monta quatre à quatre l'escalier.

Un mois plus tôt, la série télévisée « Crimes-Vérité » avait diffusé une émission sur le meurtre inexpliqué de la sœur jumelle de Chris, Nan. A dix-neuf ans, Nan avait été étranglée pendant qu'elle faisait son jogging matinal aux alentours de leur maison à Darien, dans le Connecticut. En dépit de ses véhémentes protestations, Chris n'avait pu empêcher les équipes de télévision de filmer de longs plans de la maison et des environs ni de reconstituer la mort de Nan dans les bois environnants où son corps avait été découvert.

Il avait supplié sa mère de ne pas regarder l'émission, mais elle avait voulu la voir avec lui. Les producteurs avaient déniché une jeune actrice d'une étonnante ressemblance avec Nan. Le docudrame montrait Nan en train de courir, la silhouette qui la guettait, cachée sous le couvert des arbres ; la confrontation ; la jeune fille qui tentait de s'échapper, le tueur qui la saisissait à bras-le-corps, l'étranglait, ôtait la Nike de son pied droit et la remplaçait par une sandale du soir à talon haut.

Les images étaient commentées par un présentateur dont la voix sonore prenait des accents gratuitement horrifiés.

« Est-ce un inconnu qui a abordé la belle, la brillante Nan Sheridan ? La veille au soir, elle et son frère jumeau fêtaient leur dix-neuvième anniversaire dans la demeure familiale. Est-ce quelqu'un qui connaissait Nan, qui venait peut-être de boire à sa santé, avant de devenir son meurtrier ? En quinze ans, personne n'a apporté le début d'un indice susceptible de résoudre ce crime ignoble. Nan Sheridan fut-elle la victime fortuite d'un monstre au cerveau dérangé, ou sa mort fut-elle un acte prémédité de vengeance personnelle ? »

Suivait un montage de plans rapprochés. La maison et ses alentours vus sous des angles différents. Le numéro de téléphone où appeler « si vous avez une information ». La dernière image montrait en gros plan la photo prise par la police du corps de Nan tel qu'on l'avait découvert, soigneusement allongé sur le sol, les mains croisées sur la poitrine, une Nike au pied gauche, le pied droit chaussé de la sandale pailletée.

La conclusion : « Où sont passés les pendants de la chaussure de jogging et de l'élégante chaussure de bal ? Le meurtrier les a-t-il encore en sa possession ? »

Greta Sheridan avait regardé les images se dérouler les yeux secs. A la fin, elle avait dit : « Chris, j'ai si souvent repassé tout ça dans ma tête. C'est la raison pour laquelle je tenais à voir ce programme. Je suis restée comme paralysée après la mort de Nan, incapable de penser. Mais Nan me parlait si souvent de ses camarades d'école. Je... j'ai pensé qu'en regardant cette émission, je pourrais me rappeler un détail peut-être important. Te souviens-tu du jour des funérailles ? Cette foule énorme. Tous ces jeunes étudiants de l'université. L'inspecteur Harriman a dit qu'il était convaincu que le meurtrier de Nan était assis parmi l'assistance en deuil. Te souviens-tu qu'ils avaient placé des caméras pour photographier tous les gens qui assistaient à la veillée funèbre et à la cérémonie religieuse ? »

Puis, comme si une main géante l'avait giflée, Greta Sheridan avait éclaté en sanglots déchirants. « Cette actrice ressemblait tellement à Nan ! Oh, Chris, elle m'a tellement manqué pendant toutes ces années. Ton père serait encore en vie si elle était là. Cette crise cardiaque fut l'expression finale de sa douleur. »

« J'aurais dû réduire en miettes tous les postes de télévision de la maison avant que maman ne regarde ce maudit programme », se dit Chris en parcourant d'un pas rapide le couloir qui menait à son bureau. Les doigts de sa main gauche pianotaient sur le bureau tandis qu'il soulevait le téléphone.

— Maman, que se passe-t-il ?

La voix de Greta Sheridan était tendue et frémissante.

— Chris, excuse-moi de te déranger pendant la vente, mais je viens de recevoir une lettre très bizarre.

« Une autre conséquence de l'émission, enragea Chris. Toutes ces lettres de cinglés. » Des médiums qui proposaient leurs services pour communiquer avec les esprits, des charlatans qui réclamaient de l'argent en échange de leurs prières...

— Je préférerais que tu ne lises pas ces saletés, dit-il. Ces lettres te mettent dans un état épouvantable.

— Chris, celle-ci est différente. Elle dit qu'en souvenir de Nan, une jeune fille de Manhattan, aimant danser, va mourir dans la soirée du 19 février, exactement de la façon dont Nan est morte.

La voix de Greta Sheridan prit un timbre plus aigu.

— Chris, suppose que ce ne soit pas une macabre plaisanterie ? Pouvons-nous faire quelque chose ? Prévenir quelqu'un ?

Doug Fox mit sa cravate, la tourna soigneusement en un nœud impeccable et s'examina dans la glace. Il s'était offert un massage facial hier, et sa peau brillait. La permanente gonflait ses cheveux fins et le rinçage dissimulait complètement les fils gris qui apparaissaient à ses tempes.

« Plutôt beau garçon », se rassura-t-il, admirant les courbes de sa poitrine musclée et de sa taille mince sous la chemise blanche empesée. Il prit sa veste, appréciant l'agréable contact de la pure laine d'Écosse. Le bleu foncé finement rayé mettait en valeur l'imprimé rouge discret de sa cravate Hermès. Il ressemblait au modèle même du banquier d'affaires, honorable citoyen de Scarsdale, mari attentionné de Susan Frawley Fox, père de quatre beaux et vifs jeunes enfants.

Personne, songea Doug avec une satisfaction amusée, ne soupçonnait qu'il avait une autre vie : celle d'un illustrateur indépendant, célibataire, habitant un appartement dans le merveilleux anonymat de London Terrace, vingt-troisième rue ouest, plus une planque à Pawling, et un break Volvo flambant neuf.

Doug lança un dernier regard dans la longue glace, ajusta sa pochette, et après un coup d'œil pour s'assurer qu'il n'avait rien oublié, se dirigea vers la porte. La vue de la chambre l'irritait à chaque fois. Malgré le beau mobilier rustique français, une décoration aménagée par un architecte d'intérieur en vogue, Susan s'arrangeait toujours pour qu'elle ressemble à un véritable bazar. Les vêtements étaient empilés sur le fauteuil, le nécessaire de toilette en argent disposé n'importe comment sur le dessus de la commode. Des dessins d'enfants épinglés sur le mur. « A fuir », pensa Doug.

Dans la cuisine régnait l'habituelle pagaille. Le jeune Donny, âgé de treize ans, et sa sœur Beth de douze ans enfournaient leur petit déjeuner. Susan annonçait que le bus de l'école était déjà en bas de la rue. Le bébé trottinait en se dandinant avec sa couche humide et ses mains sales. Trish disait qu'elle ne voulait pas aller au jardin d'enfants cet après-midi. Elle voulait rester à la maison et regarder « Tous mes enfants » avec Maman.

Susan portait une vieille robe de chambre de flanelle sur sa chemise de nuit. C'était un beau brin de fille à l'époque de leur mariage. Une jolie fille qui s'était laissée aller. Elle sourit à Doug et lui servit une tasse de café.

— Tu ne veux pas des pancakes ou autre chose ?

— Non.

Cesserait-elle donc jamais de lui demander de se gaver tous les matins ? Doug fit un bond en arrière pour éviter le bébé qui cherchait à lui agripper la jambe.

— Bon Dieu, Susan, si tu ne parviens pas à garder cet enfant propre, au moins ne le laisse pas s'approcher de moi. Je ne peux pas aller au bureau couvert de taches.

— Le bus, s'écria Beth. Bye, Maman, Bye, Papa.

Donny prit ses livres.

— Est-ce que tu assisteras à mon match de basket-ball ce soir, Papa ?

— Je rentrerai tard à la maison, fiston. Une réunion importante. La prochaine fois, c'est promis.

— Bien sûr.

Donny claque la porte en partant.

25

Trois minutes plus tard, au volant de sa Mercedes, Doug roulait vers la gare, le réprobateur « Tâche de ne pas rentrer trop tard » de Susan résonnant encore à ses oreilles. Il sentit peu à peu son agacement se dissiper. Trente-six ans, coincé avec une femme trop grosse, quatre gosses insupportables, une maison en banlieue. Le rêve américain ! A vingt-deux ans, il avait cru faire un choix intelligent en épousant Susan.

Malheureusement, épouser la fille d'un homme fortuné ne signifiait pas épouser la richesse. Le père de Susan était un vieux pingre. Prêter, ne jamais donner. Cette devise devait être gravée dans son cerveau.

Non qu'il n'aimât pas les enfants ou qu'il n'éprouvât pas une certaine tendresse pour Susan. Mais il aurait dû attendre pour entrer dans le train-train du *paterfamilias*. Il avait gaspillé sa jeunesse. En tant que Douglas Fox, gestionnaire de fortune, honorable citoyen de Scarsdale, son existence était d'un ennui exemplaire.

Il se gara et monta à la dernière minute dans le train, se consolant à la pensée qu'en tant que Doug Fields, artiste célibataire, amateur de petites annonces, sa vie était secrète et excitante et, lorsque surgissaient les désirs cachés, il existait un moyen de les satisfaire.

III

Mercredi
20 février

L E mercredi, Darcy arriva au bureau de Nona Roberts à
18 h 30 précises. Elle sortait d'une réunion avec un
client sur le Riverside Drive et avait téléphoné à Nona pour
lui proposer de se rendre avec elle en taxi au restaurant.

Le bureau de Nona était un box encombré au milieu d'une
rangée d'autres box similaires situés au neuvième étage de
l'Hudson Cable. Il comprenait un bureau de chêne quelque
peu délabré sur lequel s'amoncelaient des piles de papiers,
plusieurs classeurs dont les tiroirs ne fermaient plus, des
étagères entières d'ouvrages de référence et de bandes vidéo,
un canapé deux places visiblement défoncé et un fauteuil
pivotant dont Darcy savait qu'il ne pivotait plus. Une plante
que Nona oubliait régulièrement d'arroser penchait tristement la tête sur l'étroit rebord de la fenêtre.

Nona aimait ce bureau. Darcy se demandait secrètement
par quel miracle le feu n'y avait jamais pris. Lorsqu'elle
arriva, Nona était au téléphone. Darcy sortit chercher de
l'eau pour arroser la plante.

— Elle meurt de soif, dit-elle en revenant.

Nona venait de raccrocher. Elle se leva d'un bond pour
embrasser Darcy.

— Tu sais bien que je n'ai pas les doigts verts.

Elle portait une combinaison en lainage kaki qui épousait

27

fidèlement les courbes de sa silhouette menue. Une étroite ceinture de noir fermée par deux mains jointes en or blanc lui ceignait la taille. Ses cheveux blonds striés de gris étaient coupés au carré à la hauteur du menton. Son visage animé était plus intéressant que joli.

Darcy constata avec plaisir que la tristesse s'était atténuée dans les yeux bruns de son amie pour faire place à une expression d'ironie désabusée. Nona avait été très affectée par son récent divorce. Comme elle le faisait remarquer, « c'est déjà suffisamment traumatisant d'avoir quarante ans sans voir, en plus, votre mari vous plaquer pour une nymphette de vingt et un ans ».

— Je suis en retard, s'excusa Nona. C'est à 19 heures que nous avons rendez-vous avec Erin ?

— Entre 19 heures et 19 h 30, dit Darcy, refrénant son envie d'ôter les feuilles mortes de la plante verte.

— Il faut à peine un quart d'heure pour y aller, si je me jette sous les roues d'un taxi. Épatant. Il y a une chose que j'aimerais faire avant de partir. Veux-tu venir avec moi et constater qu'on peut aussi trouver de la chaleur humaine à la télévision ?

— Sans blague !

Darcy prit son sac.

Tous les bureaux bordaient un vaste espace central où se serraient secrétaires et rédacteurs devant leurs machines. Les ordinateurs bourdonnaient, les télécopieurs crépitaient. Au fond de la salle, un journaliste communiquait le dernier bulletin d'informations à l'antenne. Nona salua tout le monde à la ronde.

— Il n'y a pas une seule personne célibataire dans ce capharnaüm qui ne réponde pas aux petites annonces pour moi. A vrai dire, je soupçonne quelques types déjà mariés ou fiancés de sortir impunément avec quelque mystérieux numéro de boîte postale.

Elle conduisit Darcy dans une salle de projection et la

présenta à Joan Nye, une jolie blonde qui ne paraissait guère plus de vingt ans.

— Joan est chargée des notices nécrologiques, expliqua-t-elle. Elle vient d'en mettre une à jour et m'a demandé d'y jeter un coup d'œil. — Elle se tourna vers Nye. — Ça ira sûrement très bien, la rassura t elle.

Joan soupira.

— Je l'espère, dit-elle tout en mettant en route le projecteur vidéo.

Le visage d'une grande dame du cinéma, Ann Bouchard, emplit l'écran. La voix mélodieuse de Gary Finch, le présentateur de l'Hudson Cable, commença à parler avec toute la retenue de circonstance.

« Ann Bouchard remporta son premier Oscar à l'âge de dix-neuf ans alors qu'elle remplaçait Lillian Marker, souffrante, dans le classique *Perilous Path*, tourné en 1928... »

Aux images d'Ann Bouchard dans ses rôles les plus mémorables succédèrent les points les plus saillants de sa vie privée ; ses sept maris, ses maisons, ses batailles retentissantes avec les directeurs des studios, des extraits de ses interviews au cours de sa longue carrière, son émotion en recevant un prix pour l'ensemble de ses films : « J'ai été heureuse. J'ai été aimée. Et je vous aime tous. »

Le film s'arrêta.

— J'ignorais qu'Ann Bouchard était morte, s'exclama Darcy. Mon Dieu, elle téléphonait encore à ma mère la semaine dernière. Quand est-ce arrivé ?

— Ce n'est pas arrivé, dit Nona. Nous préparons à l'avance les notices nécrologiques des célébrités, comme le font généralement les journaux. Et nous les mettons régulièrement à jour. L'adieu à George Burns a été révisé vingt-deux fois. Lorsque l'inévitable survient, il ne reste plus qu'à insérer le titre. Nous avons donné un nom un peu irrespectueux à ce programme : « Ciao les enfants ».

— « Ciao les enfants » ?

— Mmmm. Nous ajoutons la partie finale et disons ciao

au défunt. — Elle se tourna vers Nye. — C'est épatant. J'en ai les larmes aux yeux. A propos, as-tu répondu aux petites annonces ?

Nye sourit.

— Ça risque de te coûter cher, Nona. L'autre soir, j'ai pris rendez-vous avec un de ces demeurés. Naturellement, je me suis retrouvée coincée dans les encombrements. Je me suis garée en double file pour le prévenir en vitesse que je revenais tout de suite, suis sortie du bar pour trouver un flic en train de me filer une contravention, et quand je suis revenue du garage où j'avais laissé ma voiture six blocs plus loin...

— Il était parti, fit Nona.

Nye écarquilla les yeux.

— Comment le sais-tu ?

— Parce que tu n'es pas la première à me raconter cette histoire. Ne le prends pas pour un affront personnel. Nous ferions mieux de nous dépêcher, maintenant.

A la porte, Nona dit par-dessus son épaule :

— Donne-moi la contravention. Je m'en occuperai.

Dans le taxi qui les emmenait à leur rendez-vous avec Erin, Darcy se demanda ce qui pouvait inciter quelqu'un à se comporter aussi bizarrement. Nye était naturellement séduisante. Ce type l'avait-il trouvée trop jeune ? Pourtant, elle lui avait certainement annoncé son âge, lorsqu'elle avait répondu à l'annonce. Avait-il une image à l'esprit à laquelle Nye ne correspondait pas ?

Cette pensée la troubla. Tandis que le taxi cahotait, se faufilant dans les encombrements de la soixante-douzième rue, elle fit observer :

— Nona, lorsque nous avons commencé à répondre à ces annonces, j'ai pris ça comme une plaisanterie. Je n'en suis pas si sûre aujourd'hui. C'est comme une rencontre arrangée sans la sécurité de savoir qu'il s'agit du meilleur ami du frère d'un copain. Peux-tu imaginer un homme de ton entourage se comportant de cette manière ? Même si pour une raison ou pour une autre, le type qui avait rendez-vous avec Nye a détesté la façon dont elle était habillée, ou coiffée ou je ne sais quoi, il n'avait qu'une chose à faire, prendre un verre en vitesse avec elle et raconter qu'il avait un avion à prendre. De cette manière, il s'en tirait rapidement sans lui donner l'impression d'être plantée là comme une andouille.

— Darcy, regardons les choses en face, dit Nona. D'après tous les rapports dont j'ai eu connaissance, la plupart des individus qui font passer ces annonces ou y répondent sont des anxieux. Mais le plus effrayant est qu'aujourd'hui même j'ai reçu une lettre d'un agent du FBI qui a entendu parler de l'émission et désire me parler. Il aimerait que nous avertissions le public que ces annonces sont une manne pour des psychopathes sexuels.

— Exquise pensée !

Comme à l'habitude, Bella Vita leur offrit un accueil chaleureux. La même merveilleuse odeur de cuisine à l'ail flottait dans l'air. Conversations et rires créaient un léger brouhaha. Adam, le propriétaire, vint au-devant d'elles.

— Bonjour mes beautés. Je vous ai réservé votre table, dit-il en leur désignant le coin près de la fenêtre.

— Erin ne devrait pas tarder, lui dit Darcy tandis qu'elles prenaient place. Je suis étonnée qu'elle ne soit pas déjà là. Elle est toujours tellement exacte qu'elle me donne des complexes.

— Elle est probablement coincée dans les embouteillages, dit Nona. Commandons le vin. Tu connais sa préférence pour le chablis.

Une heure plus tard, Darcy repoussa sa chaise.

— Je vais téléphoner à Erin. La seule explication qui me vienne à l'esprit est qu'elle ait eu besoin de faire quelques ajustements après avoir apporté le collier à Bertolini. Elle perd complètement le sens du temps lorsqu'elle est plongée dans son travail.

Le répondeur était branché dans l'appartement d'Erin. Darcy regagna sa place et se rendit compte que l'expression anxieuse de Nona reflétait ses propres sentiments.

— J'ai laissé un message disant que nous l'attendions et de nous appeler ici si elle avait un empêchement.

Elles commandèrent le dîner. Darcy adorait ce restaurant, mais ce soir elle remarqua à peine ce qu'elle mangeait. Toutes les cinq minutes, elle regardait vers la porte, espérant voir Erin entrer en trombe avec une explication parfaitement logique de son retard.

Erin ne vint pas.

Darcy habitait le dernier étage d'une maison de brique brune dans la quarante-neuvième rue est, Nona un immeuble dans Central Park ouest. En quittant le restaurant, elles prirent chacune un taxi, promettant que la première à avoir des nouvelles d'Erin préviendrait l'autre.

A peine entrée chez elle, Darcy composa à nouveau le numéro d'Erin. Elle essaya une heure plus tard, avant de se coucher. Cette fois, elle laissa un message insistant : « Erin, je suis inquiète. Il est mercredi, 23 h 15. Même si tu rentres tard dans la nuit, téléphone-moi. »

Elle finit par sombrer dans un sommeil agité. Lorsqu'elle se réveilla à 6 heures du matin, sa première pensée fut qu'Erin n'avait pas appelé.

Jay Stratton regarda par la fenêtre de son appartement au vingt-neuvième étage du Waterside Plaza, au coin de la vingt-cinquième rue et de l'East River Drive. La vue était spectaculaire : l'East River qu'enjambaient les ponts de Brooklyn et de Williamsburg, les deux tours jumelles sur la droite, l'Hudson derrière elles, les flots de voitures, presque arrêtées aux heures de pointe, et qui roulaient à peu près normalement à présent. Il était 19 h 30.

Jay eut un froncement de sourcils qui masqua presque

entièrement ses petits yeux. Une masse de cheveux bruns, coupés par le meilleur coiffeur et élégamment striés de gris, lui donnait un air étudié de nonchalante élégance. Il savait qu'il avait tendance à l'embonpoint et faisait assidûment de l'exercice. Il savait aussi qu'il paraissait un peu plus vieux que son âge, trente-sept ans, mais que cela s'était révélé un avantage. La plupart des gens le trouvaient extrêmement séduisant.

La veuve du magnat de la presse qu'il avait accompagnée au casino du Taj Mahal à Atlantic City la semaine dernière s'était volontiers laissé courtiser, mais lorsqu'il avait insinué qu'elle serait merveilleuse avec des bijoux créés spécialement à son intention, son visage s'était figé. « Pas de numéro de vente, je vous prie, avait-elle signifié. Que ce soit bien clair entre nous. »

Il n'avait plus perdu son temps avec elle. Jay n'était pas du genre à perdre son temps. Aujourd'hui, il avait déjeuné au Jockey Club et, pendant qu'il attendait une table, il avait engagé la conversation avec un couple d'un certain âge. Les Ashton avaient pris quelques jours de vacances à New York pour fêter leur quarantième anniversaire de mariage. Visiblement fortunés, ils semblaient un peu perdus en dehors de leur Caroline du Nord et avaient accepté avec joie les propositions qu'il leur faisait sans en avoir l'air.

Le mari avait paru ravi d'entendre Jay lui demander s'il avait choisi un bijou pour sa femme à l'occasion de leurs quarante années de vie commune. « Je ne cesse de dire à Frances qu'elle devrait me laisser lui offrir un vrai bijou, mais elle veut faire des économies pour Frances Junior. »

Jay avait suggéré que, plus tard, la petite Frances serait peut-être très heureuse de porter un beau collier ou un bracelet et de raconter à sa propre fille ou à sa petite-fille que c'était un présent particulier offert par Grand-père à Grand-mère. « C'est ainsi que procèdent les familles royales depuis des siècles », avait-il expliqué en leur tendant sa carte.

Le téléphone sonna. Jay décrocha immédiatement. C'étaient peut-être les Ashton.

C'était Aldo Marco, le directeur de Bertolini.

— Aldo, dit Jay avec entrain. J'avais l'intention de vous appeler. Tout va bien, j'espère ?

— Tout ne va pas bien du tout. — Le ton de Marco était glacial. — Lorsque vous m'avez présenté Erin Kelley, j'ai été extrêmement impressionné par elle et par son portfolio. Le dessin qu'elle m'a soumis était superbe et, comme vous le savez, nous lui avons confié les pierres d'un client à monter. Elle était censée livrer ce collier ce matin. Mlle Kelley n'est pas venue au rendez-vous et n'a pas répondu à nos messages répétés. Monsieur Stratton, je veux ce collier immédiatement, sinon débrouillez-vous pour récupérer les pierres de mon client.

Jay passa sa langue sur ses lèvres. Il sentit sa main sur le récepteur devenir moite de transpiration. Il avait complètement oublié le collier. Il choisit soigneusement ses mots.

— J'ai vu Mlle Kelley il y a une semaine. Elle m'a montré son travail. C'était ravissant. Il doit y avoir un malentendu.

— Le malentendu est qu'elle n'est pas venue livrer le collier, et que celui-ci nous a été commandé pour un mariage vendredi soir. Je vous répète que je veux dès demain soit le collier, soit les pierres de mon client. A vous de trouver une solution à cette alternative. Est-ce clair ?

Le claquement sec du téléphone résonna à l'oreille de Stratton

Michael Nash reçut son dernier patient, Gerald Renquist, à 17 heures dans l'après-midi de mercredi. Renquist était l'ancien directeur général, maintenant à la retraite, d'un laboratoire pharmaceutique international. La retraite avait brusquement mis sur la touche un homme dont l'identité était liée aux arcanes et à la politique des conseils d'administration.

— Je sais que je devrais me considérer comme favo-
risé, disait Renquist. Mais je me sens affreusement inutile.
Même ma femme ressort ce vieux dicton : « Je t'ai épousé
pour le meilleur ou pour le pire, mais pas pour le déjeuner. »

— Vous avez pourtant dû envisager un plan d'action en
vue de la retraite, avait doucement suggéré Nash.

Renquist rit.

— Certainement. L'éviter à tout prix.

« Dépression, pensa Nash. Le rhume de cerveau banal de
la maladie mentale. » Il s'aperçut qu'il était las et n'offrait
pas à Renquist son entière attention. « Ce n'est pas juste, se
dit-il. Il me paye pour l'écouter. » C'est néanmoins avec un
véritable soulagement qu'il vit arriver, trois quarts d'heure
plus tard, le moment de mettre fin à la séance.

Après le départ de Renquist, Nash ferma son bureau. Il
était situé soixante et onzième rue à l'angle de Park Avenue,
et son appartement se trouvait dans le même immeuble, au
dix-neuvième étage. Il sortit par la porte qui donnait dans le
hall d'entrée.

La nouvelle locataire du 206, une blonde d'une trentaine
d'années, attendait l'ascenseur. Il refoula son irritation à
l'idée de monter avec elle. L'intérêt non dissimulé de son
regard l'agaçait autant que ses sempiternelles propositions
de venir prendre un verre chez elle.

Michel Nash connaissait le même problème avec un grand
nombre de ses patientes. Il lisait dans leurs pensées. Beau
garçon, divorcé, sans enfant, entre trente-cinq et trente-huit
ans, disponible. Une retenue méfiante était devenue une
seconde nature chez lui.

Ce soir, du moins, la nouvelle voisine ne renouvela pas son
invitation. Peut-être commençait-elle à comprendre.

— Bonsoir, murmura-t-il lorsqu'ils sortirent de l'ascenseur.

Son appartement reflétait l'attention précise qu'il portait à
chaque chose dans son existence. Le même lin ivoire

recouvrait les deux canapés jumeaux dans la pièce de séjour et les chaises de salle à manger disposées autour de la table ronde de chêne, acquise dans une vente aux enchères. Les moquettes étaient ornées de motifs géométriques dans des tons sourds sur fond ivoire. Un mur entier de rayonnages, des plantes aux fenêtres, un zinc de style colonial en guise de bar, le bric-à-brac qu'il avait ramené de ses voyages à l'étranger, de beaux tableaux. Une pièce confortable, élégante.

La cuisine et le bureau se trouvaient sur la gauche de la pièce de séjour, la chambre et la salle de bains sur la droite. L'appartement était plaisant, un agréable complément de la grande propriété de Bridgewater, qui avait fait l'honneur et la joie de ses parents. Nash était souvent tenté de la vendre, mais il savait que ses chevauchées lui manqueraient en week-end.

Il ôta sa veste et hésita entre l'envie de regarder la fin du journal de 18 heures ou d'écouter son nouveau compact, une symphonie de Mozart. Mozart l'emporta. Tandis que les premières mesures emplissaient doucement la pièce, la sonnerie de la porte retentit.

Nash savait ce qui l'attendait. Résigné, il alla ouvrir. Un seau à glace à la main, la nouvelle voisine se tenait devant lui. La plus vieille ruse du monde. Dieu soit loué, il n'avait encore sorti ni verre ni bouteille. Il lui donna quelques glaçons, lui expliqua que non, il ne pouvait venir chez elle, qu'il était sur le point de sortir et la reconduisit à la porte. Lorsqu'elle fut partie, gazouillant un « peut-être la prochaine fois », il se dirigea droit vers le bar, se servit un Martini sec et secoua la tête avec pitié.

S'installant sur le canapé près de la fenêtre, il but son cocktail, savourant le goût agréable et stimulant, songeant à la jeune femme qu'il allait retrouver pour dîner à 20 heures. La réponse qu'elle avait faite à sa petite annonce était franchement amusante.

Son éditeur s'était montré enthousiaste sur la première

moitié du livre qu'il écrivait, une analyse consistante sur les habitués des petites annonces, leurs manques psychologiques, leurs fantasmes reflétés par la description qu'ils faisaient d'eux-mêmes. Il avait intitulé son ouvrage : *Petites annonces : La recherche d'une compagnie ou une échappatoire à la réalité.*

IV

Jeudi
21 février

Darcy s'assit à la table de la cuisine, but son café, regardant sans les voir les jardins depuis sa fenêtre. Aujourd'hui nus et tristes, couverts de quelques plaques de neige fondue, ils étaient en été exquisement fleuris et parfaitement entretenus. Les prestigieux propriétaires des maisons particulières qu'ils agrémentaient se nommaient l'Aga Khan ou Katharine Hepburn.

Erin aimait venir lorsque les jardins étaient en fleurs. « De la rue, on ne devinerait jamais qu'ils existent, soupirait-elle. Je t'assure, Darce, tu as eu une veine incroyable le jour où tu as trouvé cet endroit. »

Erin. Où était-elle ? Dès la minute où elle s'était réveillée et rendu compte qu'Erin n'avait pas téléphoné, Darcy avait appelé la maison de santé dans le Massachusetts. L'état de M. Kelley était stationnaire. Le semi-coma pouvait encore se prolonger, bien que le pauvre homme s'affaiblît visiblement. Non, il n'y avait pas eu d'appel urgent pour sa fille. L'infirmière de garde ne pouvait affirmer avec certitude si Erin avait passé hier soir son habituel coup de téléphone.

— Que dois-je faire ? se demanda Darcy à voix haute. Déclarer sa disparition ? Téléphoner à la police et me renseigner sur les accidents ?

Une pensée soudaine la fit frissonner. S'il était arrivé

quelque chose à Erin dans son appartement ? Elle avait l'habitude de se balancer en arrière sur sa chaise lorsqu'elle était concentrée. Si elle était restée sans connaissance pendant tout ce temps !

Enfiler un sweater et un pantalon, attraper un manteau et des gants lui prirent un instant. Elle attendit quelques minutes torturantes dans la Seconde Avenue avant de trouver un taxi.

— 101, Christopher Street, vite, s'il vous plaît.

— Tout le monde dit « vite ». Je réponds : « Pas de panique, vous vivrez plus longtemps. »

Le chauffeur lui adressa un clin d'œil dans le rétroviseur.

Darcy détourna la tête. Elle n'était pas d'humeur à plaisanter. Pourquoi n'avait-elle pas pensé à l'éventualité d'un accident ? Le mois dernier, juste avant son départ pour la Californie, Erin était passée dîner chez elle. Elles avaient regardé les informations à la télévision. L'un des spots publicitaires montrait une frêle vieille femme qui tombait et appelait à l'aide en touchant un signal placé sur une chaîne autour de son cou. « Voilà ce qui nous attend dans cinquante ans », avait dit Erin. Elle avait imité la publicité, gémissant : « A l'ai-ai-de, à l'ai-ai-de ! Je suis tombée et je ne peux pas me relever ! »

Gus Boxer, l'intendant principal du 101, Christopher Street, avait un faible pour les jolies femmes. Lorsqu'il se précipita dans le vestibule pour répondre à la sonnerie insistante de la porte, sa mine renfrognée s'éclaira immédiatement d'un sourire grimaçant et servile.

Il apprécia ce qui s'offrait à sa vue. Les cheveux châtains de la visiteuse volaient au vent. Ils lui retombaient sur le visage, lui rappelant les films de Veronica Lake qu'il regardait tard dans la nuit. Sa veste trois quarts de cuir était usagée, mais elle avait cette élégance que Gus savait reconnaître depuis qu'il avait pris ce job dans Greenwich Village.

Son regard admirateur s'attarda sur les longues jambes galbées. Puis il réalisa pourquoi elle ne lui semblait pas inconnue. Il l'avait vue à deux reprises en compagnie de la locataire du 3B, Erin Kelley. Il ouvrit la porte du vestibule et s'écarta.

— A votre service, dit-il avec ce qu'il croyait être une amabilité irrésistible.

Darcy passa devant lui, s'efforçant de ne pas montrer son dégoût. De temps à autre, Erin se plaignait du vieux Casanova sexagénaire et crasseux. « Boxer me donne la chair de poule, disait-elle. Je déteste savoir qu'il possède une clé de mon appartement. Un jour, en rentrant, je l'ai trouvé chez moi et il m'a raconté une histoire à dormir debout à propos d'une fuite dans le mur. »

— Rien n'a jamais disparu ? avait demandé Darcy.

— Non. Je range tous les bijoux sur lesquels je travaille dans le coffre-fort. Il n'y a rien d'autre à voler. C'est plus sa manière de reluquer les femmes qui me hérisse la peau. Oh, n'en parlons plus ! J'ai fait placer un verrou intérieur et l'appartement n'est pas luxueux. Ce type est probablement inoffensif.

Darcy alla droit au but.

— Je suis inquiète au sujet d'Erin Kelley, dit-elle à l'intendant. Nous avions rendez-vous hier soir et elle n'est pas venue. Elle ne répond pas au téléphone. Je voudrais vérifier si elle est chez elle. Il lui est peut-être arrivé quelque chose.

Boxer grimaça.

— Elle allait très bien, hier.

— Hier ?

D'épaisses paupières tombèrent sur les yeux pâles. Il passa sa langue sur ses lèvres entrouvertes. Son front se creusa de plis irréguliers.

— Non, je me trompe. C'est mardi que je l'ai vue. Tard dans l'après-midi. Elle est rentrée chez elle chargée de provisions. — Il prit un air vertueux. — Je lui ai proposé de l'aider à les porter.

41

— C'était mardi après-midi. L'avez-vous vue ressortir ou rentrer mardi soir ?

— Non. Je ne peux pas l'affirmer. Mais écoutez, c'est pas moi le portier. Les locataires ont chacun leurs clés. Les livreurs utilisent l'interphone.

Darcy hocha la tête. Sans se faire d'illusions, elle avait sonné à l'appartement d'Erin avant d'appeler l'intendant.

— Je vous en prie. J'ai peur qu'il ne lui soit arrivé un accident. Il faut que j'entre chez elle. Avez-vous votre passe ?

Le sourire grimaçant réapparut.

— Vous devez comprendre que je ne laisse généralement pas n'importe qui entrer dans un appartement sous prétexte qu'il le demande. Mais je vous ai vue avec Kelley. Je sais que vous êtes amies. Vous êtes comme elle. De la classe. Belle fille.

Ignorant le compliment, Darcy gravit les marches.

Escalier et paliers étaient propres mais lugubres. Les murs gris foncé étaient décrépis par plaques, les carreaux des marches branlants. Entrer dans l'appartement d'Erin lui fit l'impression de se retrouver à la lumière du jour à la sortie d'une grotte. Lorsque Erin avait emménagé ici il y a trois ans, Darcy l'avait aidée à peindre et à tapisser les murs. Elles avaient loué une remorque et parcouru le Connecticut et le New Jersey à la recherche de meubles d'occasion vendus par des particuliers.

Elles avaient peint les murs d'un blanc pur. Les tapis indiens de couleurs vives égayaient le vieux parquet ciré. Des affiches de musée encadrées ornaient le mur au-dessus du divan, lui-même recouvert d'un velours rouge vif et sur lequel s'entassaient des coussins assortis.

Les fenêtres donnaient sur la rue. Même par temps couvert, la lumière était excellente. Sur une longue table de travail face aux fenêtres s'alignaient les instruments d'Erin : lampe, perceuse, limes et pincettes, colliers de serrage et pinces à ressort, lampe à souder, forets et mèches. Darcy avait toujours regardé avec fascination Erin travailler, ses doigts minces maniant habilement les pierres délicates.

Il y avait un grand meuble de rangement muni de plusieurs douzaines de tiroirs près de la table, une folie que s'était offerte Erin. C'était un cabinet d'apothicaire du XIXᵉ siècle, dont les faux tiroirs du bas dissimulaient un coffre-fort. Un fauteuil rembourré, un poste de télévision et une bonne chaîne stéréo complétaient l'ameublement.

La première réaction de Darcy fut un ouf! de soulagement. Aucun désordre ne se remarquait. Gus Boxer sur ses talons, elle se dirigea promptement vers la minuscule cuisine, un espace restreint et sans fenêtre qu'elles avaient peint de jaune vif et décoré de serviettes à thé encadrées.

L'étroit couloir conduisait à la chambre. Le lit en cuivre et une commode à deux tiroirs étaient les seuls meubles de la petite pièce. Le lit était fait. Tout était à sa place.

Des serviettes propres étaient pliées sur le porte-serviettes de la salle de bains. Darcy ouvrit l'armoire à pharmacie. D'un regard rapide, elle nota que la brosse à dents d'Erin, ses produits de maquillage et ses crèmes étaient bien là.

Boxer s'impatientait.

— Y'a rien d'anormal. Vous êtes satisfaite?

— Non.

Darcy revint dans le living-room et s'approcha de la table de travail. Le clignotant du répondeur marquait douze appels. Elle pressa sur le bouton de commande.

— Hé, je ne sais pas...

Elle coupa court aux protestations de Boxer.

— Erin a disparu. Vous n'avez donc pas compris? Elle a *disparu*. J'ai l'intention d'écouter ces messages et de voir s'ils peuvent d'une façon ou d'une autre me donner une indication de l'endroit où elle pourrait se trouver. Puis je préviendrai la police et me renseignerai sur les accidents. A mon avis, elle est inconsciente dans un hôpital quelque part. Vous pouvez rester ici avec moi ou bien partir, si vous avez à faire. Qu'est-ce que vous préférez?

Boxer haussa les épaules.

— J' vois pas d'inconvénient à vous laisser ici.

Darcy lui tourna le dos, fouilla dans son sac et en retira un calepin et un stylo. Elle n'entendit pas Boxer sortir lorsque débutèrent les messages. Le premier datait de mardi soir, 18 h 45. Quelqu'un du nom de Tom Swartz. Remerciait d'avoir répondu à son annonce. Venait de découvrir un petit restaurant grec bon marché. On pourrait s'y retrouver pour dîner ? Il rappellerait.

Erin était censée rencontrer Charles North mardi soir à 19 heures dans un pub non loin de Washington Square. « A 18 h 45, elle était sans doute déjà partie », se dit Darcy.

L'appel suivant avait eu lieu à 19 h 25. Michael Nash. « Erin, j'ai été sincèrement heureux de faire votre connaissance et j'espère que vous serez libre pour dîner un jour de cette semaine. Si vous en avez la possibilité, voulez-vous me rappeler ce soir. » Nash avait laissé les numéros de téléphone de son domicile et de son bureau.

Mercredi matin, les appels avaient commencé à 9 heures. Les premiers concernaient le travail d'Erin. L'un d'eux serra la gorge de Darcy, il provenait d'Aldo Marco, de Bertolini. « Mademoiselle Kelley, je suis extrêmement déçu que vous ne soyez pas venue à notre rendez-vous de 10 heures. Il est essentiel pour moi de voir le collier et de m'assurer qu'il ne nécessite pas d'ajustement de dernière minute. Voulez-vous avoir l'obligeance de me rappeler immédiatement. » L'appel avait été passé à 11 heures. Trois autres suivaient, du même interlocuteur et à chaque fois plus irrités et plus pressants. Outre les propres appels de Darcy, un dernier concernait la commande de Bertolini.

« Erin, ici Jay Stratton. Que se passe-t-il ? Marco me harcèle à propos du collier et me tient pour responsable de vous avoir présentée à lui. »

Darcy savait que Stratton était le joaillier qui avait communiqué à Bertolini le dossier d'Erin. Son message datait de mercredi soir aux environs de 19 heures. Darcy s'apprêta à rembobiner la bande puis s'interrompit. Peut-être était-il préférable de ne pas effacer ces messages. Elle chercha dans l'annuaire le numéro du commissariat de police le plus proche.

— Je veux signaler la disparition de quelqu'un, expliqua-t-elle à son interlocuteur.

On lui répondit qu'elle devait venir en personne, que ce genre de déclaration concernant un adulte en possession de ses moyens ne pouvait pas être pris en compte par téléphone.

« J'y passerai avant de rentrer à la maison », décida-t-elle. Elle pénétra dans la cuisine et se prépara un café, notant que le seul carton de lait n'était pas ouvert. Erin commençait toujours sa journée par un café au lait. Boxer l'avait vue rentrer chargée de provisions mardi après-midi. Darcy inspecta la poubelle sous l'évier. Il y avait quelques restes, mais pas de carton de lait vide. « Elle n'était pas chez elle hier matin, pensa Darcy. Elle n'est pas rentrée mardi soir. »

Elle apporta la tasse de café sur la table de travail. Il y avait un agenda dans le premier tiroir. Elle le feuilleta en commençant par ce jour même. Aucun rendez-vous n'était marqué. La veille, mercredi, il y en avait deux : 10 heures, Bertolini ; 19 heures, Bella Vita (Darcy et Nona).

Dans les semaines précédentes, Erin avait noté des rendez-vous avec des hommes dont le nom ne disait rien à Darcy. Ils étaient généralement inscrits entre 17 et 19 heures. Dans la plupart des cas, le lieu de rencontre était indiqué : O'Neal's, Mickey Mantel's, P. J. Clarke's, le Plaza, le Sheraton, des bars d'hôtel et des cafés connus.

Le téléphone sonna. « Faites que ce soit Erin », pria Darcy en décrochant.

— Allô.

— Erin ?

Une voix d'homme.

— Non. Ici Darcy Scott. Une amie d'Erin.

— Savez-vous où je peux joindre Erin ?

Un sentiment d'affreuse déception s'abattit sur Darcy.

45

— Qui est à l'appareil ?

— Jay Stratton.

Jay Stratton. C'était lui qui avait laissé le message à propos du bijoutier Bertolini. Que disait-il ?

— ... si vous avez une idée de l'endroit où se trouve Erin, voulez-vous l'avertir que s'ils ne récupèrent pas ce collier, ils porteront plainte.

Darcy tourna les yeux vers le cabinet d'apothicaire. Elle savait qu'Erin gardait la combinaison du coffre dans son carnet d'adresses sous le nom de la compagnie d'assurances. Stratton parlait toujours.

— Je sais qu'Erin gardait le collier dans un coffre-fort dans son appartement. Vous serait-il possible de vérifier s'il s'y trouve ? insista-t-il.

— Ne quittez pas.

Darcy mit sa main sur l'écouteur, puis se rendit compte que son geste était idiot. Il n'y a personne ici à qui je puisse poser la question. Mais d'une certaine façon, elle interrogeait Erin. Si le collier ne se trouvait pas dans le coffre-fort, cela pourrait signifier qu'Erin avait été victime d'un vol au moment où elle s'apprêtait à le livrer. S'il s'y trouvait, c'était une preuve presque certaine qu'il lui était arrivé quelque chose. Rien n'aurait pu empêcher Erin de livrer le collier à temps.

Elle ouvrit le carnet d'adresses d'Erin à la page D. A côté de la Dalton Safe s'alignaient une série de numéros.

— J'ai la combinaison, dit-elle à Stratton. Je vous attendrai ici. Je ne veux pas ouvrir le coffre d'Erin sans témoin. Et dans le cas où le collier serait là, je vous demanderai un reçu.

Il répondit qu'il arrivait sur-le-champ. Darcy raccrocha et décida d'aller demander à l'intendant de l'immeuble d'être également présent. Elle ignorait tout de Jay Stratton hormis qu'il était joaillier et qu'il avait obtenu pour Erin la commande de Bertolini.

Tandis qu'elle l'attendait, Darcy feuilleta les dossiers d'Erin. Sous « Projet personnel », elle trouva des pages de petites annonces déchirées dans des magazines et des journaux. Sur chaque page, un certain nombre d'annonces étaient entourées d'un trait. Étaient-ce celles auxquelles Erin avait répondu, ou celles auxquelles elle avait l'intention de répondre ? Consternée, Darcy en compta au moins deux douzaines. Laquelle, s'il y en avait une, émanait de Charles North, l'homme qu'Erin devait rencontrer mardi soir ?

Lorsque Darcy et Erin avaient accepté de répondre aux petites annonces, elles s'y étaient appliquées avec méthode. Elles avaient fait imprimer du papier à en-tête où n'apparaissait que leur nom. Chacune avait choisi une photo à joindre à leur réponse si nécessaire. Elles avaient passé une soirée hilarante à rédiger des lettres fictives. « J'ai une passion pour la propreté, avait suggéré Erin, mon passe-temps préféré est le lessivage à la main. J'ai hérité de ma grand-mère une planche à laver. Ma cousine la voulait aussi. Le partage a provoqué un conflit familial. Je suis à cran lorsque j'ai mes règles, mais j'ai un bon naturel. S'il vous plaît, téléphonez vite. »

Elles avaient fini par établir un type de réponse raisonnablement attrayant. Le jour du départ de Darcy pour la Californie, Erin avait dit : « Darce, j'enverrai les tiennes à peu près deux semaines avant la date de ton retour. Je changerai seulement une phrase ici ou là pour l'accorder avec l'annonce. »

Erin ne possédait pas d'ordinateur. Darcy savait qu'elle tapait les lettres sur sa machine à écrire électrique, mais ne les photocopiait pas. Elle conservait toutes les données dans le calepin qu'elle transportait dans son sac : les numéros de boîte postale des annonces, le nom des personnes qu'elle appelait, ses impressions sur celles qu'elle avait rencontrées.

Jay Stratton se renfonça dans le siège arrière du taxi, les yeux mi-clos. Le haut-parleur à sa droite braillait de la musique rock.

— Pouvez-vous baisser le son ? demanda-t-il d'un ton exaspéré.

— Dites-donc mon vieux, vous voulez me priver de ma musique ou quoi ?

Le chauffeur avait une vingtaine d'années. Des mèches lui tombaient dans le cou. Il jeta un coup d'œil par-dessus son épaule, vit l'expression peinte sur le visage de Stratton et baissa le volume en grommelant.

Stratton sentit ses aisselles devenir moites de sueur. Il fallait qu'il réussisse son coup. Il tapota sa poche. Les reçus que lui avait confiés Erin la semaine dernière pour les pierres de Bertolini et les diamants se trouvaient dans son porte-feuille. Darcy Scott semblait intelligente. Il ne devait en aucun cas éveiller le moindre soupçon.

L'intendant à l'air fouinard surveillait sûrement son arrivée. Il était dans le hall d'entrée lorsque Stratton sonna à la porte. Visiblement, il le reconnut.

— Je vais vous conduire en haut, dit-il. J' suis censé être présent pendant qu'elle ouvre le coffre-fort.

Stratton jura en lui-même tout en suivant la silhouette courtaude dans les escaliers. Il n'avait pas besoin de deux témoins.

Lorsque Darcy leur ouvrit la porte, le visage de Stratton reflétait une expression aimable, légèrement soucieuse. Il avait prévu de prendre l'air rassurant, mais l'inquiétude dans le regard de Scott le retint de dire des banalités. Il préféra convenir avec elle qu'il était peut-être arrivé quelque chose de grave.

« Intelligente », pensa-t-il. Darcy avait visiblement appris par cœur la combinaison du coffre. Il ne fallait pas s'attendre à ce qu'elle dévoile où Erin la gardait. Elle avait déjà préparé un carnet et un stylo.

— Je veux inscrire spécifiquement tout ce que nous allons trouver à l'intérieur.

Stratton tourna volontairement le dos pendant qu'elle composait le numéro, puis se pencha à côté d'elle tandis qu'elle ouvrait la porte du coffre. L'intérieur était profond. Des boîtes et des étuis s'alignaient sur les tablettes.

— Laissez-moi les sortir, proposa-t-il. Je ferai la description de ce que nous trouverons. Vous l'inscrirez.

Darcy hésita, puis admit que la proposition était raisonnable. C'était lui le joailler. Son bras frôla le sien. Instinctivement, elle se recula.

Stratton jeta un coup d'œil derrière lui. L'air agacé, Boxer allumait une cigarette et fouillait la pièce du regard, probablement à la recherche d'un cendrier. C'était la seule chance de Stratton.

— Je crois que cet écrin de velours est celui où Erin rangeait le collier.

Tendant la main pour le saisir, il fit délibérément tomber une petite boîte sur le sol.

Darcy eut un sursaut devant l'éclat des pierres qui se répandaient autour d'elle et s'accroupit pour les ramasser. Un instant plus tard, Stratton se baissait à côté d'elle, maudissant sa maladresse. Ils cherchèrent soigneusement dans chaque coin.

— Je suis certain que nous les avons toutes retrouvées, dit-il. Ce sont des pierres semi-précieuses, destinées à des bijoux fantaisie. Mais plus important... — Il ouvrit l'écrin de velours. — Voilà le Bertolini.

Darcy contempla le collier. Il était exquis. Émeraudes, diamants, saphirs, pierres-de-lune, opales et rubis étaient montés suivant un dessin élaboré lui rappelant les bijoux qu'elle avait vus sur des portraits médiévaux au Musée d'Art.

— Ravissant, n'est-ce pas ? fit Stratton. Vous comprenez pourquoi le directeur de Bertolini était tellement inquiet à la pensée de sa disparition. Erin possède un talent remarquable. Elle est parvenue non seulement à créer une monture qui décuple la valeur déjà considérable de ces pierres, mais à reproduire magnifiquement le style byzantin. La famille qui a commandé le collier est d'origine russe. Ces pierres sont les seuls biens de valeur qu'ils ont pu sauver lors de leur fuite en 1917.

Darcy se représenta Erin assise devant sa table, les pieds passés autour des barreaux de la chaise, comme elle le faisait lorsqu'elle étudiait ses cours à l'université. La sensation d'un malheur imminent la submergea. Où Erin se serait-elle rendue de son plein gré sans avoir livré ce collier à temps ?

Nulle part *de son plein gré*.

Se mordant les lèvres pour les empêcher de trembler, elle prit son stylo.

— Voulez-vous m'en faire la description exacte ? Je crois aussi que nous devrions identifier chaque pierre précieuse afin de préciser clairement qu'il n'en manque aucune.

Tandis que Stratton retirait les autres étuis, écrins et boîtes du coffre-fort, elle constata qu'il devenait de plus en plus nerveux. Il finit par dire :

— Je vais ouvrir le reste tout de suite et nous en établirons la liste. — Il la regarda en face. — Le collier de Bertolini est bien là, mais il manque une pochette que j'avais confiée à Erin, contenant des diamants d'une valeur d'un quart de million de dollars.

Darcy quitta l'appartement en compagnie de Stratton.

— Je vais faire une déclaration de disparition au commissariat de police, lui dit-elle.

— Vous avez absolument raison, dit-il. De mon côté, je me charge de ramener immédiatement le collier chez Bertolini et si nous n'avons pas de nouvelles d'Erin d'ici demain, je contacterai la compagnie d'assurances au sujet des diamants.

Il était midi pile lorsque Darcy pénétra dans le commissariat du sixième district, Charles Street. En l'entendant insister qu'il était arrivé quelque chose d'anormal, un inspecteur s'approcha d'elle. Un grand gaillard noir d'environ quarante-cinq ans au maintien militaire, qui se présenta sous le nom de Dan Thompson et l'écouta aimablement tout en s'efforçant d'apaiser ses craintes.

— Nous ne pouvons enregistrer la disparition d'une

femme adulte uniquement parce que personne n'a de nouvelles d'elle depuis un jour ou deux, expliqua-t-il. Ce serait violer la liberté individuelle de se déplacer. La seule chose que je puisse faire, si vous me donnez sa description, est de passer en revue les rapports d'accidents.

Anxieusement, Darcy lui communiqua les renseignements. Un mètre soixante-dix, cinquante-huit kilos, cheveux auburn, yeux bleus, vingt-huit ans.

— Attendez, j'ai une photo d'elle dans mon portefeuille.

Thompson l'étudia attentivement avant de la lui rendre.

— Jolie fille.

Il lui donna sa carte et lui demanda la sienne.

— Nous restons en contact.

Susan Frawley Fox serra contre elle Trish, l'avant-dernière de cinq ans, et l'entraîna vers le car de ramassage scolaire qui la déposerait au jardin d'enfants pour l'après-midi. Traînant les pieds, la mine boudeuse, l'enfant était sur le point de fondre en larmes. Le bébé que Susan tenait fermement sous son autre bras se pencha et tira les cheveux de Trish. C'était l'excuse attendue. Trish éclata en sanglots.

Susan se mordit les lèvres, partagée entre l'agacement et la pitié.

— Il ne t'a pas fait mal, et il n'est pas question que tu restes à la maison.

La conductrice du car, une femme à l'air maternel avec un sourire chaleureux, dit d'un ton encourageant :

— Allons. Monte vite, Trish. Tu vas t'asseoir près de moi.

Susan agita vigoureusement la main et poussa un soupir de soulagement en voyant le bus démarrer. Prenant son bébé sous l'autre bras, elle remonta à la hâte la rue jusqu'à leur maison, une construction de brique et de stuc sans style défini. Des plaques de neige recouvraient encore la pelouse ici et là. Les arbres paraissaient nus et sans vie sous le ciel gris. Dans quelques mois, les haies seraient en fleurs et les saules plieraient sous leurs cascades de feuilles. Même enfant, Susan observait les saules, avide d'y voir apparaître les premiers signes du printemps.

Elle poussa la petite porte sur le côté de la maison, fit chauffer le biberon pour le bébé, porta ce dernier dans sa chambre, le changea et le mit au lit. Son moment de tranquillité était venu : une heure et demie avant le réveil de l'enfant. Elle savait qu'elle avait du pain sur la planche. Les lits n'étaient pas faits. La cuisine ressemblait à un champ de bataille. Ce matin, Trish avait voulu préparer des pancakes et il y avait de la pâte renversée en petits tas dispersés sur toute la table.

Susan contempla la poêle à frire sur le comptoir et sourit. Les pancakes avaient l'air appétissant. Si seulement Trish ne faisait pas tellement d'histoires pour aller au jardin d'enfants. On était presque en mars, s'inquiéta Susan. Qu'est-ce que ça serait le jour où elle entrerait à l'école primaire et devrait rester en classe toute la journée ?

Doug reprochait à Susan le peu d'enthousiasme de Trish pour l'école.

— Si tu sortais un peu plus toi-même, si tu allais déjeuner au club, t'occupais de comités, Trish s'habituerait à se mêler aux autres enfants.

Susan mit la bouilloire sur le feu, nettoya la table, et prépara un croque-monsieur. « Il est des instants bénis », pensa-t-elle avec gratitude, savourant le silence.

En buvant une seconde tasse de thé, elle décida de faire face à la colère qui bouillait en elle. Une fois de plus, Doug n'était pas rentré à la maison la nuit dernière. Lorsqu'il restait en ville pour des réunions tardives, il utilisait l'appartement de la société au Gateway, près de son bureau dans le World Trade Center. Il avait horreur qu'elle lui téléphone à l'hôtel.

— Nom de Dieu, Susan, à moins d'une urgence absolue, fiche-moi la paix. Je ne peux pas être dérangé pendant les réunions ; et lorsqu'elles sont terminées, il est généralement minuit passé.

Sa tasse de thé à la main, Susan monta au premier étage et parcourut le long couloir qui menait à leur chambre. La glace ancienne de plain-pied se dressait dans l'encoignure, face aux placards. Elle se posta devant elle et s'examina d'un œil critique.

Grâce aux doigts impatients du bébé, ses cheveux bruns, courts et bouclés, étaient en broussaille. Elle prenait rarement la peine de se maquiller durant la journée mais n'en ressentait pas le besoin. Elle avait une peau claire et lisse, un teint frais. Avec son mètre soixante-deux, elle pouvait certainement perdre sept kilos. Elle pesait cinquante-deux kilos lorsqu'elle avait épousé Doug il y a quatorze ans. Sweaters et sneakers étaient devenus sa garde-robe quotidienne, surtout depuis la naissance de Trish et de Conner.

« J'ai trente-cinq ans, se dit Susan. Je pourrais sans doute maigrir un peu, mais contrairement à ce que pense mon mari, je ne suis pas obèse. Je ne suis peut-être pas la meilleure des ménagères, mais je sais que je suis une bonne mère. Et une bonne cuisinière, aussi. Je ne veux pas passer mon temps hors de la maison alors que j'ai de jeunes enfants qui ont besoin de moi. Spécialement quand leur père ne leur accorde pas une minute. »

Elle avala le reste de son thé, sentant la colère monter en elle. Mardi soir, en rentrant de son match de basket-ball, Donny avait oscillé entre l'exultation et la tristesse. C'est lui qui avait rentré le ballon gagnant. « Tout le monde s'est levé pour m'applaudir, Maman ! » Puis il avait ajouté : « Papa était pratiquement le seul père absent. »

Le cœur de Susan s'était serré en voyant du chagrin dans les yeux de son fils. La baby-sitter s'était décommandée à la dernière minute, et Susan non plus n'avait pu assister au match.

« C'est une urgence absolue, avait-elle dit d'un ton ferme. Voyons si nous pouvons joindre Papa. »

Douglas n'avait pas réservé de chambre à l'hôtel. Personne n'avait utilisé la salle de conférences. L'appartement réservé pour le personnel de Keldon Equities n'était pas occupé.

« C'est sans doute une nouvelle standardiste qui n'est pas au courant, avait dit Susan à Donny, s'efforçant de paraître calme.

— Sûrement, Maman. »

Mais Donny n'avait pas été dupe. A l'aube, des sanglots étouffés avaient réveillé Susan. Elle était restée derrière la porte de Donny, sachant qu'il n'aimerait pas qu'elle le voie pleurer.

Mon mari ne m'aime pas plus qu'il n'aime ses enfants, dit Susan à son reflet dans la glace. Il nous ment. Il reste à New York deux nuits par semaine. Il m'interdit de lui téléphoner. Il me traite comme une grosse potiche négligée, morne et sans intérêt. Et j'en ai marre.

Elle se détourna de la glace et examina la chambre encombrée. Je pourrais être plus ordonnée, reconnut-elle. Je l'ai été. Quand y ai-je renoncé ? Quand, trop découragée, ai-je abandonné tout effort pour lui plaire ?

La réponse était facile. Il y avait presque deux ans, lorsqu'elle était enceinte du bébé. Ils avaient engagé une Suédoise au pair et Susan était certaine que Doug avait eu une liaison avec elle.

« Pourquoi n'ai-je pas affronté la réalité à ce moment-là ? se demanda-t-elle tout en commençant à faire le lit. Parce que j'étais encore trop amoureuse de lui ? Parce que je refusais d'admettre que mon père avait raison au sujet de Doug ? »

Elle avait épousé Doug une semaine après avoir reçu son diplôme de Bryn Mawr. Son père lui avait offert un voyage autour du monde si elle changeait d'avis. « Sous son charme juvénile, c'est un faux-jeton doublé d'un sale caractère », l'avait-il prévenue.

« Je m'y suis jetée la tête la première en connaissance de

cause, reconnut Susan en regagnant la cuisine. Si Papa savait la moitié de tout ça, il en aurait une attaque. »

Il y avait une pile de magazines sur le comptoir de la cuisine. Elle les feuilleta et finit par retrouver celui qu'elle cherchait. Un numéro de *People* avec un article sur une femme détective privée à Manhattan. Des femmes occupées à travailler l'engageaient pour surveiller les hommes qu'elles avaient l'intention d'épouser. Elle se chargeait aussi d'affaires de divorce.

Susan releva le numéro de téléphone et le composa. Elle obtint un rendez-vous pour le lundi suivant, 25 février.

— Je crois que mon mari rencontre d'autres femmes, expliqua-t-elle calmement. Je songe à divorcer et je veux tout savoir sur ses activités.

Lorsqu'elle raccrocha, elle résista à la tentation de rester assise à ressasser sa colère et s'attaqua énergiquement à la cuisine. Il était temps de redonner une apparence convenable à cette maison. Lorsque viendrait l'été, avec un peu de chance, elle serait à vendre.

Élever seule quatre enfants ne serait pas facile. Susan savait que Doug leur accorderait peu d'attention après le divorce. Il était dépensier mais peu généreux dans bien des domaines. Il rechignerait à verser une pension correcte aux enfants. Malgré tout, il serait moins pénible de vivre avec un budget serré que de poursuivre cette comédie.

Le téléphone sonna. C'était Doug. Se plaignant à nouveau de ces foutues réunions tardives qui l'avaient obligé à passer deux nuits en ville. Il était épuisé aujourd'hui, et ils n'avaient pas encore tout réglé. Il rentrerait à la maison ce soir, mais tard. Vraiment tard.

— Ne t'inquiète pas, chéri, dit Susan d'un ton apaisant. Je comprends parfaitement.

La route de campagne était étroite, sinueuse et sombre. Charley ne croisa pas une seule voiture. Son allée privée était presque dissimulée par des buissons à l'intersection avec la route. Un endroit secret et calme, à l'abri des yeux indiscrets. Il l'avait acheté il y a six ans. Une vente immobilière. Un cadeau immobilier plutôt. La propriété avait appartenu à un célibataire excentrique qui s'était amusé à la restaurer lui-même.

Construite en 1902, la maison vue de l'extérieur était sans prétention. A l'intérieur, la rénovation avait consisté à transformer le rez-de-chaussée en une pièce d'un seul tenant complétée par un espace cuisine et une cheminée. Le parquet aux larges planches de chêne brillait sous la cire. Le mobilier de style hollandais, austère et élégant, venait de Pennsylvanie.

Charley pour sa part avait ajouté un long divan recouvert de tapisserie marron, un fauteuil assorti, un tapis entre le divan et la cheminée.

Le premier étage était resté exactement dans l'état où il l'avait trouvé. Deux petites pièces réunies en une chambre d'honnêtes dimensions. Mobilier shaker, un lit à dosseret sculpté et un bahut. Les deux en pin. La baignoire d'origine, montée sur ses pattes de lion, trônait toujours dans la salle de bains modernisée.

Seul le sous-sol était différent. Le congélateur de deux mètres cinquante ne contenait plus la moindre once de nourriture, le congélateur où, si nécessaire, il conservait les corps des jeunes filles. C'est là que, gelées, elles attendaient que leurs tombes soient creusées sous les chauds rayons du soleil printanier. Il y avait également un établi au sous-sol, l'établi où s'entassaient dix boîtes à chaussures. Il n'en restait plus qu'une à décorer.

Une maison exquise nichée au fond des bois. Il n'avait

jamais amené personne ici avant ce jour, il y avait deux ans, où il s'était mis à rêver de Nan. Auparavant, posséder la maison lui suffisait. Elle était son havre, lorsqu'il avait envie de s'échapper. Il y trouvait la solitude. Il pouvait feindre de danser avec les plus jolies filles. Il projetait de vieux films sur magnétoscope, des films où il se transformait en Fred Astaire et dansait avec Ginger Rogers, Rita Hayworth, Leslie Caron. Il suivait les mouvements gracieux d'Astaire, imitait chacun de ses pas, mimait ses virevoltes. Et toujours, il sentait Ginger, Rita, Leslie et les autres partenaires de Fred tournoyer dans ses bras, les yeux emplis d'adoration, aimant la musique, aimant danser.

Puis un jour, il y avait deux ans, tout avait pris fin. Ginger s'était soudain volatilisée au beau milieu d'une danse, et Charley avait de nouveau tenu Nan dans ses bras. Exactement comme il l'avait tenue après l'avoir tuée, valsant sur le chemin où elle courait quelques minutes auparavant, son corps mince et léger si facile à diriger, sa tête penchée mollement sur son épaule.

Lorsque cette image était réapparue, il s'était précipité au sous-sol, prenant dans la boîte à chaussures les pendants de la sandale pailletée et de la Nike qu'il avait laissées à ses pieds, et il les avait serrées dans le creux de ses bras tout en se balançant au rythme de la musique. Il avait eu l'impression d'être avec Nan à nouveau. Et avait su ce qui lui restait à faire.

Pour commencer, il avait dissimulé une caméra vidéo dans la pièce, afin de pouvoir revivre chaque instant de ce qui allait suivre. Puis il avait amené les filles ici, l'une après l'autre. Erin était la huitième qui était morte ici. Mais Erin ne rejoindrait pas les autres dans le terrain qui entourait la maison. Ce soir, il allait sortir le corps d'Erin. Il savait exactement où la laisser.

Le break roula silencieusement dans l'allée, contourna la maison. Il s'arrêta devant les portes métalliques qui menaient au sous-sol.

La respiration de Charley se précipita sous le coup de l'excitation. Il saisit la poignée de la porte arrière du break, puis s'immobilisa, hésitant. Son instinct lui disait de se presser. Il devait sortir le corps d'Erin du congélateur, le transporter jusqu'à la voiture, revenir en ville, le laisser sur le quai désert de la cinquante-sixième rue qui bordait le West Side Highway. Mais l'envie de regarder la vidéo d'Erin, de danser avec elle une dernière fois, était irrésistible.

Charley courut à l'avant de la maison, entra par la porte principale, alluma, et sans prendre la peine d'ôter son pardessus, traversa la pièce jusqu'au magnétoscope. La cassette d'Erin était sur le dessus de la pile sur le meuble. Il l'inséra et s'assit sur le canapé, souriant à l'avance.

La cassette se mit en route.

Erin, si jolie, souriante, apparaissant sur le seuil de l'entrée, s'exclamant d'admiration devant la maison. « *Je vous envie ce paradis.* » *Lui en train de préparer les drinks. Elle pelotonnée sur le divan. Lui assis en face d'elle dans le fauteuil, se levant, frottant une allumette pour allumer le feu dans la cheminée.*

— Ne vous donnez pas la peine de faire du feu, lui avait-elle dit. Je dois rentrer.

— C'est toujours un plaisir, même pour une demi-heure, avait-il assuré.

Puis il avait mis en marche la stéréo, des airs des années quarante, en sourdine, mélodieux et agréables.

— Nous irons au Rainbow Room, la prochaine fois, avait-il dit. Vous éprouvez le même plaisir que moi à danser.

Erin avait ri. La lampe à côté d'elle accentuait les reflets roux dans ses cheveux auburn.

— Comme je vous l'ai écrit en répondant à votre annonce, j'adore danser.

Il s'était levé, lui avait tendu les bras.

— Si nous dansions maintenant ? Puis, comme frappé par une idée soudaine, il avait dit :

— Attendez une minute. Faisons les choses en règle. Quelle pointure chaussez-vous ? 38 ? 38 1/2 ? 39 ?

— *38 1/2, étroit.*

— *Parfait. Figurez-vous que j'ai ici des chaussures du soir qui devraient vous convenir. Ma sœur m'a demandé d'aller lui chercher une paire de sandales de cette pointure qu'elle avait commandée. Comme un gentil grand frère, je me suis exécuté. Puis elle m'a téléphoné de les rapporter au magasin. Elle venait d'en trouver d'autres qui lui plaisaient davantage.*

Erin avait ri avec lui.

— *Comme toutes les petites sœurs.*

— *Je ne vais pas perdre mon temps à aller les rendre.*

La caméra s'arrêtait sur elle, saisissant sa physionomie souriante, détendue, tandis qu'elle parcourait la pièce du regard.

Il était monté dans la chambre, avait ouvert la penderie où s'alignaient sur une étagère de nouvelles boîtes de chaussures du soir. Il avait acheté celles qu'il lui destinait dans différentes pointures. Rose et argent. Bouts et talons découverts. Talons aiguille. Une bride autour de la cheville. Il prit la paire de sandales en 38 1/2, étroit, et l'apporta en bas, encore enveloppée de son papier de soie.

— *Essayez-les, Erin.*

Même alors, elle n'avait rien soupçonné.

— *Elles sont ravissantes.*

Il s'était agenouillé et, d'un geste naturel, lui avait ôté ses boots de cuir. Elle avait dit :

— *Oh, vraiment, je ne crois pas...*

Ignorant ses protestations, il avait attaché les sandales à ses pieds.

— *Me promettez-vous de les porter samedi prochain lorsque nous irons au Rainbow Room ?*

Elle avait soulevé son pied droit de quelques centimètres et souri en contemplant les chaussures.

— *Je ne peux les accepter...*

— *Je vous en prie.*

Il avait levé vers elle un regard souriant.

— *Laissez-moi vous les acheter, alors. Le plus étonnant est qu'elles iront à merveille avec une robe que j'ai portée une seule fois.*

Il avait failli dire :

— *Je vous ai vue dans cette robe.*

Il s'était contenté de murmurer :

— Nous parlerons de paiement plus tard.

Puis il avait posé sa main sur la cheville d'Erin, la laissant s'attarder, juste assez pour commencer à l'inquiéter. Se relevant, il s'était alors dirigé vers la chaîne stéréo. La cassette qu'il avait spécialement préparée était déjà en place. « Till There Was You ». L'orchestre de Tommy Dorsey attaqua les premières notes et la voix inoubliable du jeune Frank Sinatra emplit la pièce.

Il revint vers le canapé, prit les mains d'Erin.

— Venez danser.

Il vit enfin poindre la lueur qu'il attendait dans les yeux d'Erin. La première petite hésitation, prouvant qu'elle se rendait compte de quelque chose. Elle s'apercevait du changement imperceptible dans son ton et son attitude.

Erin était comme les autres. Elles réagissaient toutes de la même façon, parlaient soudain trop vite, nerveusement.

— Je crois qu'il faut vraiment que je rentre. J'ai un rendez-vous tôt demain matin.

— Une seule danse.

— D'accord.

Son ton était peu enthousiaste.

Lorsqu'ils avaient commencé à danser, elle avait paru se détendre. Toutes ces filles étaient de bonnes danseuses, mais Erin était la perfection. Il s'était senti infidèle envers Nan, pensant qu'Erin dansait peut-être encore mieux qu'elle. Elle était légère comme une plume dans ses bras. Elle était la grâce même. Mais lorsque les dernières notes de « Till There Was You » se turent, elle s'était reculée.

— Il est temps que j'y aille, maintenant.

Et lorsqu'il avait déclaré : « Vous n'irez nulle part », Erin s'était mise à courir. Comme les autres, elle avait glissé et trébuché sur le plancher ciré avec application. Les sandales étaient devenues un handicap tandis qu'elle cherchait désespérément à lui échapper, se précipitait vers la porte pour la trouver verrouillée, pressait sur le bouton du système d'alarme pour s'apercevoir que c'était une supercherie. Il émettait une sorte de rire caverneux et hystérique quand on appuyait dessus. Un zeste d'ironie supplémentaire qui provoquait immanquablement leurs sanglots tandis qu'il avançait ses mains vers leurs gorges.

Erin s'était montrée particulièrement satisfaisante. A la fin, sachant sans doute qu'il était vain de supplier, elle s'était débattue avec un sursaut d'énergie presque animal, agrippant les mains qui saisissaient son cou mince. C'est seulement lorsqu'il avait tordu le lourd collier d'or autour de sa gorge qu'elle avait lentement perdu connaissance, murmurant : « Oh mon Dieu, au secours, oh Papa... »

Et une fois certain qu'elle était morte, il avait à nouveau dansé avec elle. Son joli corps n'avait plus montré de résistance. Elle était sa Ginger, sa Rita, sa Leslie, sa Nan, et toutes les autres. Lorsque la musique s'était tue, il avait ôté la sandale à son pied gauche, lui avait remis son boot de cuir.

Le film se terminait alors qu'il portait le corps jusqu'au sous-sol et le plaçait dans le congélateur, rangeant les deux chaussures restantes dans la boîte qui leur était destinée.

Charley se leva du canapé et soupira. Il rembobina la cassette vidéo, l'ôta et éteignit le magnétoscope. L'enregistrement qu'il avait préparé pour Erin était encore dans l'appareil stéréo. Il pressa le bouton de commande.

Tandis que la musique emplissait la pièce, Charley descendit précipitamment au sous-sol et ouvrit le congélateur. Il poussa un soupir de délice à la vue du visage immobile, des veines bleuies qui apparaissaient sous la peau d'un bleu glacé. Tendrement, il tendit les bras vers elle.

C'était la première fois qu'il dansait avec une de ses jolies victimes une fois congelées. L'expérience était différente mais excitante. Les membres d'Erin avaient perdu leur souplesse. Son dos ne s'inclinait pas sous sa main. Il pressa sa joue contre son cou, effleura du menton ses fins cheveux auburn. Ces cheveux auparavant si doux, désormais raidis, perlés par le gel. Les minutes passèrent. Enfin, tandis que prenait fin le troisième air de musique, il virevolta une dernière fois, puis, satisfait, s'immobilisa avec grâce et s'inclina.

Tout avait commencé avec Nan le 13 mars il y avait

quinze ans, se souvint-il. Il embrassa les lèvres d'Erin comme il avait embrassé celles de Nan. Il restait trois semaines avant le 13 mars. Il aurait alors amené Darcy ici, et ce serait fini.

Le chemisier d'Erin commençait à s'humidifier. Il devait sans tarder la transporter en ville. La tirant tant bien que mal par un bras, il se dirigea vers la chaîne stéréo.

Tandis qu'il éteignait la commande, Charley ne s'aperçut pas qu'un anneau d'onyx orné d'un E en or glissait du doigt gelé d'Erin. Pas plus qu'il n'entendit le faible tintement que fit la bague en tombant par terre, où elle resta à moitié dissimulée sous les franges du tapis.

V

Vendredi
22 février

Darcy fixa d'un regard vide les plans de l'appartement qu'elle décorait. La propriétaire passait une année en Europe et lui avait clairement précisé ses besoins. « Je veux louer cet endroit meublé, mais j'ai l'intention de mettre mes propres affaires au garde-meubles. Je ne veux pas retrouver mes tapis ou mes canapés avec des trous de cigarette. Décorez l'appartement avec goût mais en faisant le minimum de dépenses. On m'a dit que vous étiez géniale pour ça. »

Hier, en sortant du commissariat, Darcy s'était forcée à assister à une vente chez des particuliers à Old Tappan, dans le New Jersey. Une véritable aubaine ; elle avait pu acquérir de très bons meubles pour presque rien. Certains d'entre eux conviendraient parfaitement à cet appartement. Elle garderait le reste pour de futurs aménagements.

Elle prit son stylo et un carnet de croquis. Elle placerait le canapé à éléments le long du mur, en demi-cercle face aux fenêtres. Le... Elle reposa son stylo et se prit la tête dans les mains. « Il faut que je termine ce travail. Il faut que je me concentre », pensa-t-elle désespérément.

Un souvenir surgit inopinément. La semaine de leurs examens de fin de deuxième année. Elle et Erin terrées dans leur chambre, plongées dans leurs livres. La musique de

Bruce Springsteen qui s'échappait de la chambre voisine, résonnait à travers la cloison, éveillant en elles la tentation d'aller rejoindre les chanceux qui avaient terminé leurs épreuves. Erin se lamentant : « Darce, quand ce type chante, je suis incapable de me concentrer.

— Il le faut. Veux-tu que j'aille nous acheter des boules Quiès ? »

Erin, l'air espiègle : « J'ai une meilleure idée. » Après le dîner, elles étaient allées à la bibliothèque. Au moment de la fermeture, elles s'étaient dissimulées dans les toilettes jusqu'au départ des gardiens. Puis elles étaient montées au sixième étage, s'installant sur les tables de travail près de l'ascenseur, là où les lumières au néon restaient allumées toute la nuit. Elles avaient étudié dans un calme absolu et, à l'aube, étaient sorties par la fenêtre.

Darcy se mordit les lèvres, se sentant à nouveau au bord des larmes. Elle s'essuya impatiemment les yeux, souleva le téléphone et appela Nona.

— J'ai cherché à te joindre hier soir, mais tu étais sortie.

Elle lui parla de sa visite dans l'appartement d'Erin, de Jay Stratton, de la découverte du collier de Bertolini, de la disparition des diamants.

— Stratton va attendre quelques jours qu'Erin réapparaisse avant de faire une déclaration à la compagnie d'assurances. La police ne peut pas enregistrer une déclaration de disparition parce que c'est contraire au droit d'Erin d'aller librement

— C'est stupide, déclara Nona.

— Bien sûr que c'est stupide. Nona, Erin avait rendez-vous avec quelqu'un mardi soir. Elle a répondu à son annonce. C'est ce qui m'inquiète. Ne pourrais-tu téléphoner à cet agent du FBI qui t'a écrit et le mettre au courant ?

Quelques minutes plus tard, Bev passa la tête dans le bureau de Darcy.

— Je ne voudrais pas te déranger, mais c'est Nona.

Une bienveillante compréhension se reflétait sur son visage. Darcy lui avait parlé de la disparition d'Erin.

Nona fut brève.

— J'ai laissé un message pour que le type du FBI me rappelle. Je te préviendrai dès qu'il l'aura fait

— S'il demande à te rencontrer, j'aimerais être présente.

Lorsque Darcy raccrocha, son regard se posa sur la cafetière posée sur une table basse près de la fenêtre. Elle se prépara du café, remplissant le filtre d'une dose bien serrée.

Erin avait apporté une bouteille Thermos de café noir et fort, la nuit où elles s'étaient cachées dans la bibliothèque. « Ça active les cellules grises », avait-elle décrété après une seconde tasse.

Aujourd'hui, après la seconde tasse, Darcy se sentit enfin capable de se concentrer totalement sur les plans de l'appartement. « Tu as raison comme toujours, Erin-la-crâne », songea-t-elle en reprenant son carnet de croquis.

Vince D'Ambrosio regagna son bureau au vingt-septième étage en sortant de la salle de conférences du quartier général du FBI, sur Federal Plaza. Il était grand, mince, et personne en l'observant n'aurait douté qu'après vingt-cinq ans il détenait encore le record du mille mètres de son lycée, à St. Joe, Montvale, dans le New Jersey.

Il avait des cheveux brun-roux coupés court, des yeux écartés couleur noisette et un visage mince souvent éclairé d'un sourire. Les gens aimaient Vince D'Ambrosio et lui faisaient instinctivement confiance.

Vince avait servi comme officier judiciaire au Viêt-nam, terminé une maîtrise de psychologie à son retour, avant d'entrer au Bureau du FBI. Dix ans plus tôt, au centre de formation du FBI, à la base de Quantico près de Washington, il avait participé à l'élaboration du programme de prévention de la grande criminalité. Le PPGC, comme on l'appelait, était un fichier national sur ordinateur concernant particulièrement les meurtriers récidivistes.

Vince venait de mener une séance de mise à jour du PPGC pour des inspecteurs de la région de New York qui avaient participé au programme à Quantico. Le propos de la conférence d'aujourd'hui était de les prévenir que l'ordinateur mis sur la trace de crimes sans liens apparents avait émis un signal d'alerte. Il se pouvait qu'un meurtrier récidiviste se promenât en liberté dans Manhattan.

Pour la troisième fois en trois semaines, Vince venait de communiquer la même nouvelle alarmante : « Comme vous le savez tous, le PPGC est capable de déceler un schéma répétitif dans ce que l'on a considéré jusqu'ici comme des cas isolés. Les analystes et les enquêteurs du programme nous ont récemment avertis d'une possible relation entre les cas de six jeunes femmes disparues durant les deux dernières années.

« Toutes vivaient à New York. Personne ne peut affirmer si elles se trouvaient réellement à New York le jour de leur disparition. Elles sont toujours officiellement inscrites sur la liste des personnes disparues. Nous croyons aujourd'hui que c'est une erreur. Il est probable qu'il s'agit d'un acte criminel.

« Les similarités entre ces femmes sont frappantes. Elles sont toutes minces et très jolies. Elles ont toutes entre vingt-deux et vingt-quatre ans. Toutes sortent du meilleur milieu et ont reçu la meilleure éducation. Confiantes. Extraverties. Enfin, chacune d'elles avait commencé à répondre régulièrement à des petites annonces. Je suis convaincu que nous sommes en présence d'un " meurtrier par petite annonce ", et bougrement intelligent de surcroît.

« Sauf erreur de notre part, le profil du sujet est le suivant : instruit, sophistiqué, âgé de trente à quarante ans ; d'un physique séduisant. Ces femmes ne se seraient pas intéressées à un rustre. Il n'a peut-être jamais été arrêté, mais peut avoir manifesté des tendances au voyeurisme dans sa jeunesse, volé des effets personnels féminins à l'école. Son passe-temps favori pourrait être la photographie. »

Les inspecteurs étaient partis, promettant d'être attentifs à toute déclaration de disparition de jeunes femmes correspondant à cette catégorie. Dean Thompson, l'inspecteur du commissariat du sixième district, s'attarda après les autres. Vince et lui s'étaient connus au Viêt-nam et étaient restés liés au cours des années.

— Vince, une jeune femme s'est présentée au commissariat hier ; elle voulait signaler la disparition d'une amie, Erin Kelley, que personne n'a revue depuis mardi soir. Elle correspond au profil des femmes que tu viens de décrire. *Et* elle répondait à des petites annonces. Je vais rester sur le coup.

— Tiens-moi au courant.

Vince parcourut les messages déposés sur son bureau et hocha la tête avec satisfaction en voyant que Nona Roberts l'avait appelé. Il composa son numéro, communiqua son nom à sa secrétaire et fut immédiatement mis en communication.

Il fronça les sourcils en entendant la voix troublée de Nona Roberts expliquer :

— Erin Kelley, une jeune fille qui répondait aux petites annonces pour mon documentaire, a disparu depuis mardi soir. A moins d'un accident ou pire, il n'y a aucune raison qu'Erin se soit envolée dans la nature. J'en mettrais ma tête à couper.

Vince jeta un coup d'œil à la liste de ses rendez-vous. Il avait des réunions toute la matinée. Il était attendu chez le maire à 13 h 30. Impossible d'y échapper.

— Quinze heures vous conviendrait-il ? demanda-t-il à Nona Roberts.

Après avoir raccroché, il dit à voix haute : « Encore une autre. »

Quelques minutes après avoir prévenu Darcy par téléphone de son rendez-vous de 15 heures avec Vincent D'Ambrosio, Nona vit entrer dans son bureau Austin Hamilton, directeur général et seul propriétaire de l'Hudson Cable.

Hamilton avait un comportement hautain et sarcastique que son personnel redoutait. Nona était parvenue à l'intéresser à son documentaire sur les petites annonces, malgré ses réticences initiales : « Qui se passionne pour un tas de paumés rencontrant d'autres paumés ? »

Elle lui avait arraché son acceptation en lui montrant les pages et les pages de petites annonces dans les magazines et les journaux. « C'est un phénomène de société, avait-elle plaidé. Ces annonces sont loin d'être gratuites. C'est la vieille histoire. Un homme à la recherche d'une femme. Cadre vieillissant voudrait rencontrer riche divorcée. La question est : le Prince Charmant va-t-il trouver la Belle au Bois dormant ? Ou ces annonces sont-elles une formidable et humiliante perte de temps ? »

Hamilton avait admis à contrecœur que ça pouvait peut-être fournir la matière d'un documentaire. « De mon temps, avait-il fait remarquer, on faisait connaissance au collège, à l'université ou dans les surprise-parties. On entrait dans un groupe choisi d'amis qui vous présentaient à d'autres relations du même milieu. »

Hamilton était le sexagénaire bon chic bon genre type, le snob consommé. Il avait toutefois bâti l'Hudson Cable à lui seul et ses innovations en matière de programmes posaient un sérieux défi aux trois plus gros réseaux de télévision.

Lorsqu'il pénétra dans le bureau de Nona, il était visiblement d'une humeur massacrante. Bien qu'il fût comme à l'accoutumée coûteusement habillé, Nona décréta en son for intérieur qu'il n'en restait pas moins étonnamment peu séduisant. Son costume de Savile Row ne parvenait pas à dissimuler ses épaules étroites et sa taille épaisse. Ses cheveux clairsemés étaient teints dans un blond cendré qui n'avait rien de naturel. Ses lèvres étroites, capables de s'étirer en un sourire aimable selon l'interlocuteur qui lui faisait face, étaient en ce moment figées en un trait presque invisible. Son regard bleu pâle était glacial.

Il alla droit au but.

— Nona, j'en ai assez de votre foutu projet. Je suis prêt à parier qu'il n'y a pas un seul ou une seule célibataire dans ces studios qui ne perde son temps à placer des petites annonces, y répondre et comparer sans fin les résultats. Soit vous bouclez rapidement le programme, soit vous le laissez tomber.

Il y avait un temps pour apaiser Hamilton ; un temps pour éveiller sa curiosité. Nona choisit la seconde option.

— Je ne supposais pas à quel point ce sujet pouvait être explosif.

Elle prit sur son bureau la lettre de Vincent D'Ambrosio et la tendit à Hamilton. Il haussa les sourcils et la lut.

— D'Ambrosio doit venir ici à quinze heures. — Nona avala sa salive. — Comme vous le voyez, il souligne la face menaçante de ces annonces. Une de mes amies, Erin Kelley, a répondu à l'une d'elles, mardi soir. Elle a disparu.

L'instinct du journaliste l'emporta chez Hamilton sur son exaspération.

— Croyez-vous qu'il y ait un rapport ?

Nona détourna la tête, nota machinalement que la plante arrosée par Darcy il y a deux jours piquait du nez à nouveau.

— J'espère que non. Je ne sais pas.

— Tenez-moi au courant lorsque vous aurez vu ce type.

Dégoûtée, Nona s'aperçut qu'Hamilton savourait à l'avance la valeur médiatique potentielle de la disparition d'Erin. Avec un effort visible pour paraître compatissant, il ajouta :

— Il n'est sans doute rien arrivé à votre amie. Ne vous inquiétez pas.

Lorsqu'il fut parti, la secrétaire de Nona, Connie Frender, passa la tête à la porte.

— Vous êtes encore en vie ?

— A peine.

Nona s'efforça de sourire. Avait-elle jamais eu vingt et un ans ? se demanda-t-elle. Connie était la réplique à la peau noire de Joan Nye, la présidente du Club « Ciao les enfants ». Jeune, jolie, brillante, intelligente. La nouvelle femme de Matt avait vingt-deux ans. « Et je vais en avoir quarante et un, songea Nona. Sans jules ni enfant. » Agréable pensée.

— Il y a une femme noire et célibataire qui veut rencontrer tout ce qui respire, dit en riant Connie. J'ai un nouveau paquet de réponses provenant des numéros de boîte postale auxquels vous avez écrit. Vous voulez jeter un coup d'œil ?

— Bien sûr.

— Désirez-vous un peu plus de café ? Après la visite de l'Abominable Austin, vous en avez sûrement besoin.

Le sourire de Nona devint presque maternel. Connie semblait ignorer qu'offrir une tasse de café à son patron était répréhensible du point de vue de certaines féministes.

— Avec plaisir.

Cinq minutes plus tard, Connie revint avec le café.

— Nona, Matt est au téléphone. Je lui ai dit que vous étiez en réunion, mais il a insisté, dit que c'était vital.

— Je suis certaine que c'est vital.

Nona attendit de voir la porte se refermer et avala rapidement une gorgée de café avant de soulever le récepteur. « Matthew », songea-t-elle. La signification du nom ? Cadeau de Dieu. Personne n'en doutait !

— Allô, Matt. Comment allez-vous, toi et la princesse régnante ?

— Nona, te serait-il possible de cesser d'ironiser ?

Avait-il toujours eu ce ton plaintif ?

— Non, ça ne m'est pas possible.

70

« Bon Dieu, pensa Nona. Après presque deux ans, il m'est toujours aussi douloureux de lui parler. »

— Nona, je me posais une question. Pourquoi ne m'achèterais-tu pas la maison ? Jeanie n'aime pas les Hamptons. Le marché est encore déprimé et je te ferai un vrai rabais sur le prix. Tu sais que tu peux toujours emprunter à tes parents

Matty le tapeur professionnel, pensa Nona. Voilà à quoi l'avait réduit d'épouser une femme enfant.

— Je n'en ai pas envie, dit-elle calmement. J'achèterai ma propre maison lorsque nous nous serons débarrassés de celle-ci.

— Nona, tu adores cette maison. Tu agis ainsi uniquement pour me punir.

— Au revoir.

Nona mit fin à la communication. « Tu as tort, Matt, pensa-t-elle. J'aimais cette maison parce que nous l'avions achetée ensemble, que nous avions préparé des homards pour y fêter notre première nuit et que tous les ans nous faisions quelque chose pour l'embellir. Désormais, je veux commencer quelque chose d'entièrement nouveau. Sans souvenir. »

Elle se mit à feuilleter le nouveau paquet de lettres. Elle en avait envoyé plus d'une centaine à des gens qui avaient récemment fait passer des annonces, les priant de raconter leurs expériences. Elle avait également convaincu le présentateur de la chaîne, Gary Finch, d'inviter les spectateurs à écrire au sujet des petites annonces qu'ils avaient placées ou auxquelles ils avaient répondu, et la raison pour laquelle ils avaient cessé de le faire.

Le résultat de l'appel à l'antenne dépassait leurs espérances. Un nombre restreint de gens écrivirent avec ravissement avoir rencontré « l'être le plus merveilleux au monde, et aujourd'hui nous sommes fiancés »... « nous vivons ensemble »... « nous sommes mariés ».

Beaucoup d'autres exprimaient leur déception. « Il disait être chef d'entreprise. Ça voulait dire qu'il était fauché. A essayé de m'emprunter de l'argent dès notre premier rendez-vous. » Venant d'un timide célibataire : « Elle a passé son temps à me critiquer pendant tout le dîner, me reprochant d'avoir écrit que j'étais séduisant. Seigneur, elle m'a fichu le bourdon. » « J'ai commencé à recevoir des appels téléphoniques obscènes au milieu de la nuit. » « Quand je suis rentrée chez moi, après mon travail, je l'ai trouvé assis sur le seuil de ma porte, en train de sniffer de la coke. »

Plusieurs lettres n'étaient pas signées. « Je ne veux pas vous communiquer mon nom, mais je suis certaine que l'un des types que j'ai rencontrés par petite annonce a ensuite cambriolé ma maison. » « J'ai amené chez moi un riche et séduisant quadragénaire que j'ai retrouvé en train d'essayer d'embrasser ma fille de dix-sept ans. »

Nona sentit son cœur se serrer en parcourant la dernière lettre sur la pile. Elle provenait d'une femme qui vivait à Lancaster, en Pennsylvanie. « Ma fille de vingt-deux ans, actrice, a disparu il y a presque deux ans. Voyant qu'elle ne répondait pas à nos appels téléphoniques, nous sommes venus dans son appartement à New York. Il était évident qu'elle n'y habitait plus depuis plusieurs jours. Elle répondait à des petites annonces. Nous sommes fous d'angoisse. Nous n'avons jamais eu aucune nouvelle d'elle. »

« Oh, mon Dieu ! pria Nona. Oh, mon Dieu ! Je vous en supplie, faites qu'il ne soit rien arrivé à Erin. » Les mains tremblantes, elle commença à trier les lettres, insérant les plus intéressantes respectivement dans l'un des trois dossiers : *Heureux dénouement. Déception. Sérieux ennuis.* Elle mit de côté la dernière lettre pour la montrer à l'inspecteur D'Ambrosio.

A 13 heures, Connie lui apporta un sandwich au jambon-fromage.

— Rien ne vaut un petit peu de cholestérol, fit remarquer Nona.

— C'est inutile de vous commander un thon-salade alors que vous n'y touchez pas, rétorqua Connie.

Vers 14 heures, Nona avait dicté les lettres destinées aux invités éventuels. Elle nota de penser à inviter un psychiatre ou un psychologue sur le plateau. « Il faut que j'aie quelqu'un capable de faire une synthèse de tout ce qui a trait aux petites annonces », décida-t-elle.

Vincent D'Ambrosio arriva à 14 h 15.

— Il sait qu'il est en avance, dit Connie à Nona, et ne voit pas d'inconvénient à attendre.

— Non, c'est bien. Faites-le entrer.

En moins d'une minute, Vince D'Ambrosio oublia l'exceptionnel inconfort du canapé vert du bureau de Nona Roberts. Il s'estimait bon juge face aux gens et Nona lui plut immédiatement. Ses manières étaient directes, plaisantes. Il lui trouva l'air séduisant. Pas jolie mais pleine de charme, surtout avec ses grands yeux bruns au regard pensif. Elle était très peu maquillée. Il aima aussi les reflets gris dans ses cheveux blond foncé. Alice, son ex-femme, était également blonde mais ses boucles dorées devaient beaucoup aux efforts répétés du coiffeur Vidal Sassoon. Au moins était-elle aujourd'hui mariée à un type capable de les lui offrir.

Nona était visiblement terriblement inquiète.

— Votre lettre coïncide avec les réponses que je viens de recevoir, lui dit-elle. De la part de personnes qui se sont retrouvées en présence de voleurs, de tapeurs, de drogués, de pervers ou de débauchés. Et aujourd'hui... — elle se mordit la lèvre —, aujourd'hui une jeune femme qui n'aurait jamais répondu à une seule annonce si je ne le lui avais demandé a disparu.

— Parlez-moi d'elle.

Nona fut un instant reconnaissante à Vince D'Ambrosio de ne pas perdre de temps en paroles rassurantes.

— Erin a vingt-sept ou vingt-huit ans. Nous nous sommes connues il y a six mois dans un club de gymnastique. Elle, Darcy Scott et moi suivions le même cours de danse et nous sommes devenus amies. Darcy va arriver dans quelques minutes.

Elle prit la lettre écrite par la femme de Lancaster et la tendit à Vince.

— Voilà ce que je viens de recevoir.

Vince la lut rapidement et siffla entre ses dents.

— Il n'y a pas eu de déclaration. Cette fille ne figure pas sur notre liste. Cela porte le total à sept disparues.

Dans le taxi qui la conduisait au bureau de Nona, Darcy songeait à l'époque où Erin et elle étaient allées skier à Stowe durant leur dernière année de collège. Les pentes étaient glacées et la plupart des skieurs étaient redescendus plus tôt dans la station. Elle avait entraîné Erin dans une dernière descente. Erin avait heurté une plaque de glace et était tombée, se brisant la jambe.

Lorsque les pisteurs étaient arrivés pour secourir Erin, Darcy avait skié à côté du traîneau, et accompagné son amie dans l'ambulance. Elle revoyait le visage pâli d'Erin, qui s'efforçait de plaisanter. « Espérons que je danserai toujours aussi bien. J'ai l'intention d'être la reine du bal de La Vie en Rose.

— Tu le seras. »

A l'hôpital, une fois les radios développées, le chirurgien avait haussé les sourcils. « Vous vous êtes sérieusement esquintée, mais nous allons réparer ça. — Il avait souri à Darcy. — Ne prenez pas cette mine inquiète. Elle s'en tirera très bien.

— Je ne suis pas seulement inquiète. Je me sens terriblement responsable, avait-elle dit au docteur. Erin ne voulait pas descendre cette dernière piste. »

Aujourd'hui, en entrant dans le bureau de Nona qui la présentait à l'inspecteur D'Ambrosio, Darcy s'aperçut qu'elle éprouvait exactement le même sentiment. Le même soulagement à voir quelqu'un prendre la situation en main, la même impression de culpabilité parce qu'elle avait poussé Erin à répondre aux petites annonces avec elle.

— Nona nous a seulement demandé si nous voulions faire un essai. C'est moi qui ai incité Erin à accepter, dit-elle à D'Ambrosio.

Il prit des notes pendant qu'elle relatait l'appel téléphonique de mardi, le fait qu'Erin avait rendez-vous avec un dénommé Charles North dans un bar près de Washington Square. Elle remarqua un changement dans son attitude lorsqu'elle raconta comment elle avait ouvert le coffre, donné le collier de Bertolini à Jay Stratton, comment Jay Stratton avait déclaré qu'il manquait des diamants.

Il la questionna plus en détail sur la famille d'Erin.

Darcy contemplait ses mains.

Te souviens-tu de l'arrivée à Mount Holyoke le premier jour ? Erin était déjà là, ses bagages sagement rangés dans le coin de la chambre qu'elles allaient partager. Elles s'étaient évaluées du regard, s'appréciant immédiatement. Erin avait ouvert de grands yeux en reconnaissant son père et sa mère, mais sans perdre pour autant son calme.

« Lorsque Darcy m'a écrit cet été pour se présenter, je n'avais pas réalisé que ses parents étaient Barbara Thorne et Robert Scott, avait-elle dit. Je crois avoir vu tous vos films sans exception. » Puis elle avait ajouté : « Darcy, je n'ai pas voulu m'installer avant ton arrivée. J'ai pensé que tu aurais peut-être une préférence pour un côté de la chambre. »

Te souviens-tu du regard qu'échangèrent Papa et Maman ? Ils pensaient : quelle délicieuse enfant ! Ils lui ont demandé de se joindre à nous pour le dîner.

Erin était venue seule au collège. Son père était infirme, expliqua-t-elle. Nous nous demandions pourquoi elle ne faisait jamais allusion à sa mère. Plus tard, elle me raconta que lorsqu'elle avait six ans, son père avait contracté une sclérose en plaques. Condamné à se déplacer en fauteuil roulant. Elle avait sept ans le jour où sa mère était partie. « Ce n'était pas dans mon contrat de mariage, avait-elle dit. Erin, tu peux venir avec moi, si tu veux.

— Je ne peux pas laisser Papa tout seul. Il a besoin de moi. »

Pendant des années, Erin perdit tout contact avec sa mère. « Aux dernières nouvelles, elle vivait avec un type qui faisait du charter dans les Caraïbes. » Erin avait obtenu une bourse pour Mount Holyoke. *« Comme le dit Papa, être immobilisé vous donne tout le temps nécessaire pour aider votre enfant à faire ses devoirs à la maison. Et si vous ne pouvez pas payer l'université, au moins pouvez-vous l'aider à obtenir la gratuité de ses études. »* Oh ! Erin, *où es-tu ? Que t'est-il arrivé ?*

Darcy se rendit compte que D'Ambrosio attendait une réponse à sa question.

— Depuis quelques années, son père vit dans une maison de santé dans le Massachusetts, dit-elle. Il n'est plus conscient de grand-chose. Je suis sans doute la personne la plus proche d'Erin après lui.

Vince vit la douleur inscrite dans le regard de Darcy.

— Dans mon métier, j'ai souvent observé qu'un véritable ami vaut souvent une ribambelle de parents.

Darcy parvint à sourire.

— La citation préférée d'Erin était cette phrase d'Aristote : « Qu'est-ce qu'un ami ? Une âme unique en deux corps. »

Nona se leva, s'approcha de la chaise de Darcy et posa doucement ses mains sur ses épaules. Elle regarda D'Ambrosio droit dans les yeux.

— Que pouvons-nous faire pour retrouver Erin ?

P etey Potters avait été ouvrier en bâtiment autrefois. « Des gros chantiers, se vantait-il volontiers auprès du premier venu. Le World Trade Center. J' me baladais sur les poutrelles. J' peux vous dire qu'y a des jours où le vent soufflait si fort qu'on se demandait si on allait rester en haut. — Il riait, avec un gloussement sifflant. — Une vue, mon vieux, une vue ! »

Mais le soir, l'idée de remonter sur les poutrelles reprenait Petey. Deux gorgées de whisky, deux bocks de bière, et la chaleur coulait dans le creux de son estomac et se répandait dans ses veines.

« Tu es comme ton père, criait alors sa femme. Un ivrogne, un bon à rien. »

Petey ne se sentait jamais insulté. Il comprenait. Il se mettait à rire lorsque sa femme tempêtait à cause du Vieux. Le Vieux était un sacré rigolo. Il disparaissait pendant des semaines à la suite, allait cuver son vin dans un asile de nuit dans Bowery, puis revenait à la maison. Quand j'ai faim, pas de problème, confiait-il à son fils Petey alors âgé de huit ans. Je vais à l'Armée du Salut, j' fais mon mea culpa, ils me donnent un repas, un bain, un lit. Ça marche toujours.

— Qu'est ça veut dire, faire son mea culpa ? avait demandé Petey.

— Quand tu vas à l'abri, ils te parlent de Dieu et de sa clémence et que nous sommes tous frères et que nous voulons être sauvés. Ensuite ils demandent à celui qui croit dans le Livre saint de s'avancer et de reconnaître son Créateur. Comme ça, tu deviens religieux. Tu t'amènes, tu tombes à genoux et tu cries que tu veux être sauvé. Ça s'appelle faire son mea culpa. »

Près de quarante ans plus tard, le souvenir amusait encore Petey Potters.

Il s'était arrangé son propre abri, un assemblage de bois, de tôle et de vieux chiffons empilés en une construction semblable à une tente, le tout appuyé contre le vieux terminus délabré et barricadé du quai abandonné de la cinquante-sixième rue ouest. Ses besoins étaient simples. Du vin. Des clopes. De quoi manger. Les poubelles contenaient toujours des boîtes et des bouteilles qu'on pouvait rapporter contre remboursement. Lorsqu'il avait du courage, Petey s'armait d'un lave-glace et d'une bouteille d'eau et se plaçait à la sortie de la cinquante-sixième rue sur le West Side Highway. Aucun conducteur n'avait envie de voir son pare-brise barbouillé par ses soins, mais la plupart n'osaient pas le repousser. Encore la semaine dernière, il avait entendu une vieille bique reprocher à la conductrice d'une Mercedes : « Jane, pourquoi te laisses-tu faire comme ça ? »

Pete avait apprécié la réponse. « Parce que, maman, je ne veux pas voir l'aile de la voiture complètement éraflée si je refuse. »

Petey n'éraflait rien quand on le repoussait. Il se contentait d'aller vers la voiture suivante, un sourire engageant aux lèvres.

Hier avait été un bon jour. Juste assez de neige pour que le périphérique se remplisse de gadoue et que les pare-brise soient constellés d'éclaboussures. Peu de gens avaient refusé les soins de Petey, posté sur la rampe de sortie. Il avait empoché dix-huit dollars, assez pour un club-sandwich, des clopes, et trois bouteilles de rouge italien.

Dans la soirée, il s'était installé sous sa tente, enveloppé dans la vieille couverture de l'armée que lui avait filée l'église arménienne, Seconde Avenue, un bonnet de ski enfoncé jusqu'aux oreilles, le col de fourrure mité de son manteau en loques remonté autour du cou. Il avait terminé le sandwich avec la première bouteille de vin, puis s'était allongé pour fumer et boire, satisfait et au chaud dans les brumes de l'ébriété. Le Vieux qui faisait son mea culpa. Man qui rentrait chez eux, Tremont Avenue, épuisée d'avoir frotté et nettoyé les maisons des autres. Birdie, sa femme. *Harpie*, non Birdie. C'est comme ça qu'ils auraient dû l'appeler.

Petey fut secoué de rire à la pensée du jeu de mots. Où elle était à présent ? Et le môme ? Un gentil môme.

Petey ne sut pas exactement quand il entendit la voiture s'arrêter. Il tenta de sortir de son brouillard, voulant instinctivement protéger son territoire. Valait mieux que les flics ne fichent pas en l'air son abri. Bah. Les flics ne s'intéressaient pas à ce genre de cabane au milieu de la nuit.

Peut-être que c'était un camé. Petey agrippa le goulot d'une bouteille vide. Fallait pas qu'il s'amuse à rentrer ici. Mais personne ne vint. Au bout de quelques minutes, il entendit la voiture démarrer à nouveau ; il jeta un regard prudent à l'extérieur. Les feux arrière disparaissaient sur le West Side Highway désert. Sans doute un type pris d'une envie de pisser, décida Petey en s'emparant de la dernière bouteille.

Il était tard dans l'après-midi lorsque Petey rouvrit les yeux. Il avait la tête vide, les tempes battantes, l'estomac en feu. Un goût de fond de cage à oiseaux dans la bouche. Il se redressa péniblement. Les trois bouteilles vides ne lui offrirent aucune consolation. Il trouva vingt cents dans les poches du grand manteau. « J'ai faim », gémit-il en silence. Passant la tête derrière la tôle qui servait de porte à son abri, il estima qu'il devait être tard dans l'après-midi. Les ombres s'allongeaient sur le quai. Son regard s'arrêta sur quelque chose qui n'était manifestement pas une ombre. Petey cligna les yeux, grommela une obscénité, et se mit péniblememt debout.

Les jambes raides, il se dirigea d'un pas vacillant vers la forme étendue sur le quai.

C'était une femme. Jeune. Des mèches roux foncé bouclaient autour de son visage. Petey pouvait jurer qu'elle était morte. Un collier était tordu dans les chairs du cou. Elle portait un chemisier et un pantalon. Avec des chaussures dépareillées.

Le collier étincelait dans la lumière du crépuscule. De l'or. De l'or véritable. Petey se passa nerveusement la langue sur les lèvres. Rassemblant son courage à la pensée de toucher le cadavre de la jeune femme, il passa ses mains derrière son cou pour trouver le fermoir du collier. Ses doigts épais tâtonnèrent. Ils ne parvenaient pas à détacher le fermoir. Bon dieu, cette poupée était glacée !

Il ne voulait rien casser. Le collier était-il assez large pour passer par la tête ? S'efforçant de ne pas regarder la gorge meurtrie et veinée de bleue, il tira sur la lourde chaîne.

Des taches de doigts maculaient le visage d'Erin lorsque Petey eut libéré le collier. Il le fourra dans sa poche. Les boucles d'oreilles. Elles valaient du fric, elles aussi.

Petey entendit dans le lointain le hurlement d'une sirène de police. Apeuré, il se releva d'un bond, oubliant les boucles d'oreilles. Fallait pas qu'on le voie ici. Il n'avait plus qu'à ramasser ses affaires et se trouver un autre abri. Au moment où les flics découvriraient le cadavre, il leur suffirait de trouver Petey dans les parages pour qu'il soit cuit.

La conscience du danger dessoûla Petey. D'un pas trébuchant il regagna au plus vite sa cabane. Tout ce qu'il possédait tenait dans la couverture de l'armée. Son oreiller. Deux paires de chaussettes, un sous-vêtement. Une chemise de flanelle. Une assiette, une cuillère et une tasse. Des allumettes. Des mégots. Quelques vieux journaux pour les nuits froides.

Quinze minutes plus tard, Petey s'était évanoui dans le monde des sans-abri. Mendier sur la Septième Avenue lui rapporta quatre dollars et trente-deux cents. Il les utilisa pour acheter du vin et un bretzel. Il connaissait un jeune type dans la cinquante-septième rue qui achetait des bijoux volés. Il donna à Petey vingt-cinq dollars pour le collier.

— De la bonne camelote, mec. Essaie d'en ramener encore comme ça.

A 22 heures, Petey dormait sur une grille du métro d'où s'échappait de l'air chaud et humide. A 23 heures, il sentit qu'on le secouait. Une voix sans agressivité disait :

— Viens, mon vieux. Il risque de faire vraiment froid cette nuit. On va t'emmener dans un endroit où tu pourras avoir un lit décent et un bon repas.

Vendredi soir à 17 h 45, Wanda Fletcher, enfermée en sécurité dans sa nouvelle BMW, roulait au pas sur le West Side Highway. Satisfaite des excellents achats qu'elle avait faits Cinquième Avenue, Wanda se reprochait d'être repartie si tard pour regagner Tarrytown. Les encombrements du vendredi soir étaient les pires de la semaine, l'heure à laquelle les New-Yorkais quittaient la ville pour leurs maisons de campagne. Pour rien au monde, Wanda n'accepterait de vivre à nouveau à New York. C'était trop sale. Trop dangereux.

Elle regarda du coin de l'œil le sac Valentino posé sur le siège à côté d'elle. En se garant dans le parking de Kinney ce matin, elle l'avait tenu fermement sous son bras, et gardé serré contre elle pendant toute la journée. Elle n'était pas assez idiote pour le laisser pendre à bout de bras, à la portée de n'importe quel voleur.

Encore un feu. Patience, il restait à peine quelques blocs avant d'arriver à la rampe d'accès et de franchir cette détestable partie du soi-disant périphérique.

Un coup frappé à la fenêtre lui fit tourner la tête vers la droite. Un visage mangé de barbe lui souriait. Un chiffon commença à s'activer sur le pare-brise.

Les lèvres de Wanda se crispèrent. Merde. Elle secoua énergiquement la tête. Non. Non.

L'homme n'en tint pas compte.

« Je ne vais pas me laisser faire par ces gens-là », fulmina Wanda, appuyant sur le bouton qui ouvrait la fenêtre du côté passager.

— Je ne veux pas... commença-t-elle d'un ton furieux.

Le chiffon atterrit brutalement sur le pare-brise. La bouteille de liquide se répandit sur le capot. Une main s'introduisit dans la voiture. Wanda vit son sac disparaître.

Une voiture de patrouille roulait en direction de l'ouest dans la cinquante-cinquième rue. Soudain, le conducteur se raidit.

— Que se passe-t-il ?

A l'approche du périphérique, il vit la circulation arrêtée, les gens qui sortaient de leurs voitures.

— Allons voir.

Sirène et girophare en action, la voiture de police se

fraya un chemin, se glissant habilement à travers les embouteillages et les véhicules en double file.

Hurlant encore de rage et de frustration, Wanda désigna du doigt le quai, une rue plus loin.

— Mon sac. Le voleur s'est enfui par là.

— Allons-y.

La voiture de police bifurqua vers la gauche, puis vira brusquement sur la droite et s'engagea en rugissant sur le quai. Le policier sur le siège du passager alluma le projecteur, dévoilant l'abri abandonné par Petey.

— Je vais jeter un coup d'œil.

Puis il s'écria :

— Regardez, par là-bas. De l'autre côté du terminus. Qu'est-ce que c'est?

Le corps d'Erin Kelley, luisant sous la neige glacée, la sandale argentée étincelant dans le rayon puissant du projecteur, était découvert pour la seconde fois.

Darcy quitta le bureau de Nona avec Vince D'Ambrosio. Il l'accompagna en taxi jusqu'à son appartement et elle lui remit l'agenda d'Erin et son dossier « Petites annonces personnelles ». Vince les étudia attentivement.

— Il n'y a pas grand-chose, fit-il remarquer. Nous allons chercher qui a placé les annonces qu'elle a entourées. Avec un peu de chance, Charles North en fait partie.

— Erin n'est pas très douée pour le rangement, dit Darcy. Je pourrais retourner dans son appartement et fouiller à nouveau dans ses tiroirs. Il est possible que quelque chose m'ait échappé.

— Cela nous aiderait peut-être. Mais ne vous inquiétez pas. Si North est un avocat d'affaires de Philadelphie, il sera aisé de le retrouver. — Vince se leva. — Je vais m'en occuper tout de suite.

— Et je vais me rendre chez Erin. Je pars avec vous.

Darcy hésita. Le répondeur clignotait.

— Pouvez-vous attendre une minute ? — S'efforçant de sourire, elle ajouta : — Peut-être Erin a-t-elle laissé un message.

Il y avait deux messages. Les deux concernaient les annonces. L'un était aimable.

— Hé, Darcy. C'est encore moi. J'aime beaucoup votre lettre. J'espère que nous pourrons nous voir. Je suis Boîte postale 4358. David Weld, 555-4890.

L'autre était nettement différent.

— Bonjour Darcy, pourquoi perdez-vous *votre* temps à répondre aux petites annonces et *le mien* à essayer de vous joindre ? C'est la quatrième fois que j'appelle. Je n'aime pas laisser des messages, mais en voici un. Laissez tomber.

Vince secoua la tête.

— En voilà un qui n'est pas commode.

— Je n'ai pas laissé le répondeur branché pendant mon absence, dit Darcy. Je suppose que ceux qui ont voulu me joindre en réponse aux quelques lettres que j'ai moi-même envoyées ont dû abandonner. Erin avait commencé à répondre aux annonces à ma place, il y a environ deux semaines. Ce sont les premiers appels que je reçois.

Gus Boxer fut surpris et visiblement peu ravi lorsqu'il répondit à l'interphone et entendit la même jeune femme qui lui avait fait perdre une bonne partie de sa journée, hier. Il se préparait à refuser catégoriquement de la laisser entrer une nouvelle fois dans l'appartement d'Erin Kelly, mais il n'en eut pas le temps.

— Nous avons signalé la disparition d'Erin au FBI, lui dit Darcy. L'inspecteur chargé de l'affaire m'a chargée d'aller vérifier ses papiers dans son bureau.

Le FBI. Gus sentit un frisson nerveux le parcourir de la tête aux pieds. Mais l'eau avait coulé sous les ponts depuis ce temps-là. Il n'avait pas à s'inquiéter. Récemment, deux personnes avaient laissé leur nom au cas où un appartement se libérerait. Une belle fille lui avait même promis un dessous-de-table de mille dollars s'il lui donnait la priorité. Si l'amie de Kelley découvrait qu'il lui était arrivé malheur, il en résulterait un bon paquet de fric dans la poche de Gus.

— Je suis aussi inquiet que vous pour elle, fit-il, un trémolo de sympathie inhabituel dans la voix. Montez.

Dans l'appartement, le premier geste de Darcy fut d'allumer toutes les lumières dans la pénombre menaçante. Hier, la pièce avait une atmosphère joyeuse. Aujourd'hui, l'absence d'Erin laissait son empreinte. Il y avait une légère trace de suie sur le rebord de la fenêtre. La longue table de travail avait besoin d'un coup de chiffon. Les affiches encadrées qui donnaient vie et couleur aux murs semblaient contempler Darcy d'un air moqueur.

Le Picasso acheté à Genève. Erin l'avait rapporté d'un voyage d'étudiants à l'étranger. « Je l'aime beaucoup, même si ce n'est pas l'un de mes thèmes favoris », avait-elle fait remarquer. L'affiche représentait une mère et son enfant.

Il n'y avait aucun autre message sur le répondeur d'Erin. Fouiller son bureau ne révéla rien de significatif. Une cassette vierge pour le répondeur se trouvait dans le tiroir. D'Ambrosio voudrait peut-être le vieil enregistrement, celui qui contenait les messages. Darcy opéra le changement.

La maison de retraite. Erin téléphonait presque toujours à cette heure-ci. Darcy chercha le numéro et le composa. L'infirmière-chef de l'étage où résidait Billy Kelley répondit.

— J'ai parlé à Erin comme d'habitude mardi soir vers cinq heures. Je lui ai dit que son père me paraissait proche de la fin. Elle devait passer le week-end à Wellesley. — Puis elle ajouta : — Je crois comprendre qu'elle a disparu. Nous prions tous pour qu'il ne lui soit rien arrivé.

« Il ne me reste plus rien à faire ici », se dit Darcy, et elle éprouva soudain un désir irrésistible de rentrer chez elle.

Il était 15 h 45 lorsqu'elle regagna son appartement. Une douche chaude serait la bienvenue, décida-t-elle, plus un bon grog. A 18 h 10, enveloppée dans sa robe de chambre de flanelle préférée, un grog fumant à la main, elle se pelotonna dans le canapé et appuya sur la commande de la télévision.

Une nouvelle venait de tomber. John Miller, le reporter criminel de Channel 4, se tenait à l'entrée d'un quai sur le West Side. Derrière lui, dans une zone encerclée par une corde, les silhouettes d'une douzaine de policiers se découpaient sur les eaux noires de l'Hudson. Darcy monta le son.

« ... le corps d'une jeune femme non identifiée vient d'être découvert sur ce quai désert de la cinquante-sixième rue. Il semble qu'elle ait été étranglée. La femme est mince, âgée de vingt-cinq à trente ans, les cheveux auburn. Elle est vêtue d'un pantalon et d'un chemisier imprimé. Détail étrange, elle porte des chaussures dépareillées, un boot de cuir marron au pied gauche, une sandale du soir au droit. »

Darcy fixa l'écran. Des cheveux auburn. Entre vingt-cinq et trente ans. Un chemisier imprimé multicolore. Elle avait offert un chemisier imprimé à Erin pour Noël. Erin s'était montrée ravie. « C'est exactement les couleurs du manteau que j'ai acheté chez Joseph, avait-elle dit. Je l'adore. »

Auburn. Mince. Le manteau de Joseph.

Le manteau biblique de Joseph était maculé de sang lorsque ses frères perfides l'avaient montré à son père pour preuve de sa mort.

Darcy parvint à trouver dans son sac la carte que lui avait donnée l'inspecteur D'Ambrosio.

Vince se préparait à quitter son bureau. Il avait rendez-vous avec son fils de quinze ans, Hank, à Madison Square Garden. Ils devaient rapidement déjeuner avant d'aller assister au match des Rangers. Tout en écoutant Darcy, il se rendit compte qu'il s'attendait à cet appel ; il n'avait simplement pas prévu qu'il arriverait aussi tôt.

— Ça ne me dit rien de bon, lui dit-il. Je vais téléphoner au commissariat du quartier où ils ont découvert le corps. Courage. Je vous rappelle tout de suite.

Lorsqu'il raccrocha, il téléphona à l'Hudson Cable. Nona était encore dans son bureau.

— Je pars sur-le-champ rejoindre Darcy, dit-elle.

— On va lui demander de venir identifier le corps, la prévint Vince.

Il téléphona au commissariat de Midtown North et fut mis en communication avec le chef de la brigade criminelle. Le corps se trouvait toujours sur les lieux du crime. Dès qu'il serait transporté à la morgue, ils enverraient une voiture de police chercher Mlle Scott. Vince expliqua son intérêt pour cette affaire.

— Nous apprécierions votre aide, lui dit-on. A moins qu'il ne s'agisse d'un cas totalement évident, nous aimerions le soumettre au PPGC.

Vince rappela Darcy, lui dit que la voiture de police et Nona étaient en route. Elle le remercia, d'un ton monocorde et sans émotion.

Chris Sheridan quitta la galerie à 17 h 10 et parcourut à longues enjambées les quatorze blocs qui s'étendaient de la soixante-dix-huitième rue et Madison jusqu'au croisement de la soixante-cinquième rue et de la Cinquième Avenue. La semaine avait été chargée et couronnée de succès et il savoura à l'avance la luxueuse perspective d'avoir un week-end tout à lui. Pas un seul projet.

Son appartement au neuvième étage faisait face à Central Park. « Avec vue directe sur le zoo », comme lui disaient ses amis. De goût éclectique, il avait mêlé tables, lampes et tapis anciens avec de grands et confortables canapés qu'il avait fait recouvrir d'un tissu inspiré d'une tapisserie médiévale. Les tableaux étaient des paysages anglais. Des gravures de chasse du XIXe siècle et une tapisserie de soie représentant l'arbre de vie complétaient la table et les chaises Chippendale dans le coin salle à manger.

C'était une pièce confortable, accueillante, une pièce que durant ces huit dernières années bien des femmes avaient contemplée avec espoir.

Chris alla dans sa chambre, passa une chemise de sport et un pantalon de grosse toile. D'abord, un Martini bien sec. Peut-être irait-il manger un plat de pâtes, plus tard. Son verre à la main, il prit les informations de 18 heures et vit le reportage que regardait Darcy au même moment.

Sa peine pour la jeune morte et la compassion qu'il ressentit pour sa famille firent place à un sentiment d'horreur. Étranglée! Une chaussure de danse à un pied! « Oh non! » s'écria-t-il. L'assassin de cette femme pouvait-il être l'individu qui avait écrit à sa mère? La lettre disait qu'une jeune fille aimant danser et habitant Manhattan mourrait mardi soir de la façon dont était morte Nan.

Mardi après-midi, après l'appel téléphonique de sa mère, Chris avait contacté Glenn Moore, le chef de la police de Darien. Moore s'était rendu chez Greta, avait pris la lettre, lui assurant qu'elle provenait sans doute d'un cinglé, puis il avait rappelé Chris : « Chris, même s'il y a du vrai, comment protéger toutes les jeunes femmes qui habitent New York? »

Chris composa à nouveau le numéro du commissariat de police de Darien et demanda à parler à l'inspecteur principal. Moore n'avait pas encore entendu parler de la jeune femme trouvée morte à New York.

— J'appelle le FBI, dit-il. Si cette lettre provient du meurtrier, c'est une preuve matérielle. Je dois vous avertir, le FBI voudra probablement vous interroger vous et votre mère sur la mort de Nan. Je suis navré. Je sais que ce sera terrible pour elle.

Devant l'entrée du Beefsteak Charlie's, Madison Square Garden, Vince passa son bras autour des épaules de son fils.

— Je parie que tu as grandi depuis la semaine dernière.

Hank et lui étaient exactement de la même taille.

— Un de ces jours, tu me mangeras ton assiette complète sur la tête.

— Qu'est-ce que tu entends exactement par assiette complète ?

Le visage mince de Hank avec son nez parsemé de taches de rousseur ressemblait comme deux gouttes d'eau à celui que Vince regardait dans la glace trente ans auparavant. Seul le gris-bleu des yeux provenait des gènes maternels.

Le serveur les accueillit. Une fois à table, Vince expliqua :

— Une assiette complète était le plat spécial du soir dans un restaurant bon marché. Pour soixante-dix-neuf cents, tu avais droit à un morceau de viande, deux légumes, une pomme de terre. L'assiette était compartimentée pour empêcher le tout de se mélanger. Ton grand-père appréciait ces plats économiques.

Ils commandèrent des hamburgers avec l'accompagnement de rigueur, frites et salade. Vince prit une bière, Hank un Coca. Vince s'efforça de ne pas penser à Darcy Scott et à Nona Roberts se rendant à la morgue pour identifier la victime du meurtre. Une épreuve atroce pour toutes les deux.

Hank lui raconta les derniers exploits de son équipe d'athlétisme.

— On court à Randall's Island samedi prochain. Tu crois que tu pourras venir ?

— Sûrement, à moins...

— Oh, bien sûr !

Contrairement à sa mère, Hank comprenait les obligations du métier de Vince.

— Tu travailles sur quelque chose de nouveau ?

Vince lui dit leurs craintes qu'un meurtrier récidiviste soit en liberté ; il lui parla du rendez-vous avec Nona Roberts, ajouta qu'Erin Kelley était probablement la jeune femme trouvée morte sur le quai.

Hank écouta attentivement.

— Tu crois qu'on va te confier l'affaire, Papa ?

— Pas nécessairement. C'est peut-être un meurtre concernant uniquement le Département de Police de New York, mais ils ont demandé l'assistance du laboratoire des sciences comportementales à Quantico, et je les aiderai dans la mesure du possible.

Il demanda l'addition.

— Nous ferions bien d'y aller.

— Papa, je reviens dimanche. Je peux très bien me rendre seul au match. Tu sais bien que tu crèves d'envie de suivre cette affaire.

— Je ne veux pas t'en faire subir les conséquences.

— Écoute, ils ont vendu toutes les places pour le match. Je vais passer un marché avec toi. Si je revends ton billet pour le prix que tu l'as payé, sans bénéfice, je garde l'argent. OK ? J'ai rendez-vous avec une fille demain soir. Je suis fauché et je ne supporte pas de demander à maman de me prêter de l'argent. Elle m'envoie voir ce gros plein de soupe qu'elle a épousé. Si désireux que nous soyons copains.

Vince sourit.

— Tu as l'étoffe d'un escroc. A dimanche, fiston.

Dans la voiture qui roulait vers la morgue, Darcy et Nona gardèrent les mains jointes. Dès qu'elles arrivèrent, on les conduisit dans une pièce près de l'entrée.

— On va venir vous chercher lorsque tout sera prêt, leur expliqua le policier qui les avait amenées. Ils sont sans doute en train de prendre des photos.

Des photos. *Erin, ne t'en fais pas. Envoie ta photo s'ils la réclament. Autant faire les choses jusqu'au bout.* Darcy regarda droit devant elle, à peine consciente de l'endroit où elle se trouvait, du bras de Nona autour d'elle. Charles North. Erin l'avait rencontré à 19 heures, mardi soir. Il y avait plus de deux jours. Mardi matin, elle et Erin avaient plaisanté au sujet de ce rendez-vous.

Darcy dit à voix haute :

— Et aujourd'hui, je suis assise à la morgue de la ville de New York, en train d'attendre qu'on m'emmène voir une femme morte qui, j'en suis sûre, va être Erin.

Elle sentit vaguement le bras de Nona se resserrer autour d'elle.

Le policier revint.

— Un inspecteur du FBI va venir vous rejoindre. Il vous demande de l'attendre avant de descendre.

Vince s'avança entre Darcy et Nona, les tenant chacune fermement par le coude. Ils s'arrêtèrent devant la vitre qui les séparait de la forme immobile allongée sur la civière. Au hochement de tête de Vince, l'employé de service retira le drap qui recouvrait le visage de la victime.

Mais Darcy savait déjà. Une mèche de cheveux auburn s'échappait du drap qui dissimulait la victime. Maintenant, elle voyait le profil familier, les grands yeux bleus à jamais clos, l'ombre des cils, les lèvres souriantes si figées, si calmes.

« Erin. Erin. Erin-la-crâne », pensa-t-elle, et elle se sentit glisser dans une miséricordieuse obscurité.

Vince et Nona la retinrent.

— Non. Non. Ça va.

Elle lutta contre les vagues de l'étourdissement et se redressa. Elle repoussa les bras qui la soutenaient et regarda Erin, étudiant délibérément la blancheur cireuse de sa peau, les marques sur son cou.

— Erin, dit-elle avec violence, je te jure que je retrouverai Charles North. Je te donne ma parole qu'il va payer pour ce qu'il t'a fait.

Des sanglots rauques résonnèrent dans le couloir austère. Darcy se rendit compte qu'ils provenaient d'elle.

La journée du vendredi avait commencé sous les meilleurs auspices pour Jay Stratton. Il était passé chez Bertolini dans la matinée. Hier, lorsqu'il avait rapporté le collier, Aldo Marco, le directeur, lui avait encore reproché son retard. Aujourd'hui, Marco avait changé de ton. Son client était aux anges. Mlle Kelley avait remarquablement exécuté le projet qu'ils avaient en tête lorsqu'ils avaient décidé de faire monter les pierres. Ils avaient l'intention de continuer à travailler avec elle. En tant qu'agent d'Erin Kelley, Jay avait demandé que le chèque soit libellé à son nom.

De là, Stratton s'était rendu au commissariat de police pour déposer une plainte au sujet des diamants disparus. La copie du rapport officiel à la main, il s'était ensuite présenté aux bureaux de sa compagnie d'assurances. L'agent lui annonça d'un ton peiné que la Lloyd à Londres avait contracté une contre-assurance sur ces pierres. « Ils vont probablement offrir une récompense, dit-elle nerveusement. La Lloyd s'inquiète beaucoup des vols de bijoux à New York. »

A 16 heures, Jay buvait un verre au Stanhope en compagnie d'Enid Armstrong, une veuve qui avait répondu à l'une de ses annonces. Il l'écouta attentivement lui parler de sa désespérante solitude.

— Cela fait un an, lui dit-elle, les yeux brillants. Vous savez, les gens se montrent gentils, ils vous invitent à sortir de temps en temps, mais c'est un fait de la vie que le monde va deux par deux et qu'une femme seule se sent toujours en trop. Je suis partie en croisière aux Caraïbes le mois dernier. C'était d'une tristesse épouvantable.

Jay émit les petits gloussements de compréhension appropriés et lui prit la main. Armstrong était passablement jolie, approchait de la soixantaine, portait des vêtements luxueux mais sans style. Un genre qu'il connaissait bien. Mariée jeune. Femme à la maison. A passé sa vie entre les enfants et le club de golf. Le mari qui a réussi dans la vie mais tond la pelouse pendant le week-end. Le genre de type qui a assuré l'avenir de sa femme avant de passer l'arme à gauche.

Jay étudia la bague de fiançailles et l'alliance d'Armstrong. Tous les diamants étaient de la plus belle eau. Le solitaire était une splendeur.

— Votre mari était très généreux, fit-il remarquer.

— Il me les a offerts pour notre vingt-cinquième anniversaire de mariage. Vous devriez voir la tête d'épingle qu'il m'a donnée lorsque nous nous sommes fiancés. Nous étions si jeunes.

Ses yeux brillèrent davantage.

Jay fit signe au serveur d'apporter une autre coupe de champagne. Au moment où il quitta Enid Armstrong, elle était tout excitée à la pensée de le revoir la semaine prochaine, et avait accepté de réfléchir à la possibilité de faire remonter ses bagues.

— J'aimerais vous proposer une très belle bague qui mettrait en valeur toutes ces pierres. Le solitaire et les roses au centre, entourés de diamants et d'émeraudes en alternance. Nous utiliserons les diamants de votre alliance et je peux trouver de belles émeraudes à un prix très raisonnable.

En dînant tranquillement au Water Club, il savoura à l'avance le plaisir de substituer un zircon au solitaire sur la bague d'Enid Armstrong. Certains étaient si parfaits que même un joaillier pouvait s'y tromper. Mais bien entendu, le solitaire serait encore en place lorsqu'il ferait estimer la nouvelle bague à l'intention de sa cliente. C'était étonnant de voir comment les femmes seules tombaient facilement dans le panneau. « Comme c'est attentionné de votre part d'avoir procédé à l'estimation pour moi. Je vais tout de suite la communiquer à ma compagnie d'assurances. »

Il s'attarda au bar du Water Club après dîner. Agréable détente. Faire la cour à toutes ces vieilles peaux était éreintant, même si les résultats étaient lucratifs.

Il était 21 h 30 quand il parcourut à pied les quelques blocs qui séparaient le restaurant de son appartement. A 22 heures, vêtu du pyjama et de la robe de chambre qu'il avait récemment achetés chez Armani, il s'installa sur le canapé avec un bourbon et des glaçons, alluma la télévision et écouta les nouvelles.

Le verre tressauta dans les mains tremblantes de Stratton et l'alcool se répandit sans qu'il s'en aperçût sur sa robe de chambre tandis qu'il fixait l'écran, apprenant qu'on venait de découvrir le cadavre d'Erin Kelley.

Michael Nash se demanda piteusement s'il ne devrait pas proposer une psychanalyse gratuite à Anne Thayer, la blonde qui avait par malheur acheté l'appartement voisin du sien. Lorsqu'il sortit de son cabinet à 17 h 50, vendredi après-midi, elle était dans l'entrée, en conversation avec le concierge. Dès qu'elle l'aperçut, elle vint précipitamment se placer à côté de lui pour pour attendre l'ascenseur. Pendant la montée, elle bavarda sans arrêt, comme si les minutes lui étaient comptées pour le séduire avant d'atteindre le dix-neuvième étage.

— Je suis allée chez Zabar aujourd'hui et j'ai acheté le plus merveilleux saumon. J'ai préparé un plateau de hors-d'œuvre. Mon amie devait venir me voir, mais elle a dû se décommander. Ça me fait mal au cœur d'avoir à jeter tout ça. Je me demandais...

Nash l'interrompit.

— Le saumon de Zabar est magnifique. Mettez-le de côté. Il se conservera pendant plusieurs jours.

Le regard de commisération du garçon d'ascenseur ne lui échappa pas.

— A tout à l'heure, Ramon. J'ai l'intention de ressortir dans quelques minutes.

Il dit un ferme bonsoir à l'infortunée Mlle Thayer et

disparut à l'intérieur de son appartement. Il avait l'intention de sortir, en effet, mais pas avant une heure ou deux. Et s'il tombait sur elle alors, peut-être comprendrait-elle le message et finirait-elle par le laisser tranquille. « Personnalité dépendante, probablement névrosée, peut devenir malveillante quand on la contrarie », dit-il à voix haute. Il éclata de rire. « Hé, tu n'es plus dans ton cabinet. Laisse tomber. »

Il avait prévu de passer le week-end à Bridgewater. Les Balderston donnaient un dîner demain soir. Ils recevaient toujours des invités intéressants. Plus important, il avait l'intention d'utiliser la plus grande partie de ces deux prochains jours à la rédaction de son livre. Nash dut s'avouer qu'il s'était tellement pris d'intérêt pour ce projet que les distractions l'irritaient.

Au moment de partir, il composa le numéro d'Erin Kelley. Il eut un demi-sourire en entendant le message prononcé d'une voix mélodieuse : « Ici Erin. Navrée de ne pas répondre à votre appel. Voulez-vous laisser un message, s'il vous plaît. »

« Ici Michael Nash. Je suis également désolé de vous manquer, Erin. J'essayerai de vous rappeler un autre jour. Je suppose que vous êtes absente de New York. J'espère qu'il n'y a pas de problème avec votre père. » Il laissa les numéros de son bureau et de son domicile.

Le trajet jusqu'à Bridgewater le vendredi soir fut aussi détestable qu'à l'habitude. Ce n'est qu'après avoir dépassé Paterson sur la nationale 80 que le flot des voitures diminua. Puis, à mesure que défilaient les kilomètres, le paysage devint plus campagnard. Nash commença à se détendre. Au moment où il franchissait la grille de Scotshays, il éprouva un sentiment total de bien-être.

Michael était âgé de onze ans lorsque son père avait fait l'acquisition de cette propriété. Deux cents hectares de jardins, de bois et de champs. Une piscine, des courts de tennis, une écurie. La maison était la copie d'un manoir breton. Murs de pierre, toit d'ardoises, volets verts, porche blanc. Vingt-deux pièces en tout. Michael en occupait à peine la moitié depuis des années. Irma et John Hughes, le couple de gardiens, entretenaient la maison.

Irma avait préparé le dîner. Elle le servit dans le bureau. Michael s'installa dans son vieux fauteuil de cuir pour étudier les notes qu'il utiliserait demain, lorsqu'il rédigerait le prochain chapitre de son livre. Ce chapitre concernait les problèmes psychologiques des gens qui, répondant aux petites annonces, communiquaient des photos d'eux vieilles de vingt-cinq ans. Il se concentrerait sur les facteurs qui les poussaient à utiliser ce stratagème et sur la façon dont ils s'expliquaient lors du rendez-vous.

Ce genre de mésaventure était arrivé à un grand nombre des femmes qu'il avait interviewées. Deux d'entre elles s'étaient montrées folles de rage. Certaines avaient décrit la rencontre avec beaucoup de drôlerie.

A 21 h 50, Michael alluma la télévision un peu avant l'heure des informations, puis reprit ses notes. Le nom, Erin Kelley, lui fit lever la tête, l'air surpris. Il saisit la commande et augmenta fébrilement le volume du son, si fort qu'il eut l'impression d'entendre l'annonceur crier dans la pièce.

A la fin de la séquence, Michael éteignit le poste et fixa l'écran sombre. « Erin, dit-il à voix haute, qui a pu vous faire ça ? »

Vendredi soir, avant de rentrer chez lui à Scarsdale, Doug Fox s'arrêta pour prendre un verre chez Harry. C'était le rendez-vous des assoiffés de Wall Street. Comme à l'accoutumée, quatre rangées d'habitués se tenaient devant le bar et personne ne s'intéressait à la télévision. Doug ne vit pas le communiqué à propos de la femme retrouvée morte sur le quai.

Si elle savait qu'il rentrait, Susan faisait généralement manger les enfants d'abord, puis attendait pour dîner avec lui, mais ce soir, lorsqu'il arriva à 20 heures, il trouva Susan en train de lire dans le petit salon. Elle leva à peine les yeux quand il pénétra dans la pièce et se détourna du baiser qu'il voulut poser sur son front.

Donny et Beth étaient allés au cinéma avec les Goodwyn, expliqua-t-elle. Trish et le bébé dormaient. Elle ne lui proposa pas de lui préparer quelque chose à manger. Ses yeux retournèrent à son livre.

Doug resta un instant hésitant devant elle, puis lui tourna le dos et se dirigea vers la cuisine. Elle agit ainsi exprès le seul soir où j'ai faim, pensa-t-il avec amertume. Elle est furieuse parce que je ne suis pas rentré à la maison depuis deux nuits et qu'il était très tard hier soir. Il ouvrit la porte du réfrigérateur. Le seul talent de Susan était de savoir cuisiner. Sentant la colère monter en lui, il estima que lorsqu'il s'arrangeait pour rentrer tôt chez lui, le moins qu'elle pût faire était de lui préparer un repas.

Il sortit du jambon et du fromage de leur emballage et s'approcha de la boîte à pain. L'hebdomadaire local était ouvert sur la table de cuisine. Doug se prépara un sandwich, se versa une bière, et commença à feuilleter le journal tout en mangeant. La page des sports attira son regard. Contre toute attente, Scarsdale avait battu Dobbs Ferry dans le tournoi des juniors. Le coup final avait été infligé par le deuxième ligne Donald Fox.

Donny ! Pourquoi ne lui avait-on rien dit ?

Doug sentit ses paumes devenir moites. Susan avait-elle cherché à le joindre mardi soir ? Donny s'était montré déçu et triste en apprenant que son père ne pourrait pas assister au match. C'était tout à fait le genre de Susan de proposer de téléphoner la nouvelle à Papa.

Mardi soir. Mercredi soir.

La nouvelle standardiste de l'hôtel. Elle ne ressemblait pas à ces jeunes qui acceptaient sans se faire prier les cent dollars qu'il leur glissait de temps à autre dans la main. « N'oubliez pas, pour tous les appels qui me parviennent pendant mon absence, je suis en rendez-vous. S'il est vraiment tard, j'ai prié qu'on ne me dérange pas. »

La nouvelle standardiste aurait pu poser pour une publicité en faveur de la moralité. Il se demandait encore comment l'inciter à mentir pour lui. Néanmoins, il n'y avait pas attaché beaucoup d'importance. Il avait habitué Susan à ne pas lui téléphoner lorsqu'il restait en ville « pour des réunions d'affaires ».

Mais elle *avait* cherché à le joindre mardi soir. C'était certain. Sinon elle aurait dit à Donny de lui téléphoner au bureau, mercredi après-midi. Et cette idiote à l'hôtel lui avait probablement raconté qu'il n'y avait pas de réunion et que personne ne séjournait dans la suite réservée pour la société.

Doug parcourut la cuisine du regard. Elle était étonnamment rangée. Ils avaient fait rénover toute la maison après l'avoir achetée il y a huit ans. La cuisine était un rêve de cordon-bleu. Bloc central avec évier et planche incorporée. Comptoir spacieux. Les derniers instruments. Velux.

Le père de Susan leur avait prêté l'argent pour les travaux. Il leur avait aussi prêté la plus grande partie du premier versement. *Prêté*. Pas donné.

Si Susan était réellement en rogne...

Doug jeta le reste du sandwich dans le broyeur et emporta sa bière dans le petit salon.

Susan le regarda entrer dans la pièce. « Mon beau mari », pensa-t-elle. Elle avait délibérément laissé le journal sur la table, sachant que Doug le lirait probablement. Il ruisselait d'angoisse à présent. « Il s'imagine que j'ai téléphoné à l'hôtel pour que Donny lui annonce la nouvelle. C'est curieux. Lorsque vous voyez enfin la réalité en face, tout devient étonnamment clair. »

Doug s'assit sur le canapé en face d'elle. Il a peur de me laisser commencer la discussion, pensa-t-elle. Prenant son livre sous son bras, elle se leva.

— Les enfants vont rentrer vers 22 heures, lui dit-elle. Je vais lire au lit.

— Je les attendrai, chérie.

Chérie ! Il devait être vraiment inquiet.

Susan s'installa dans son lit avec son livre. Puis, incapable de se concentrer sur les mots, elle le reposa et alluma la télévision.

Doug entra dans la chambre au moment où commençaient les informations de 22 heures.

— Je me sens trop seul en bas.

Il s'assit sur le lit, chercha à lui prendre la main.

— Comment va ma poupée ?

— Bonne question, dit Susan. Comment va-t-elle ?

Il feignit de prendre sa remarque pour une plaisanterie. Lui relevant le menton, il dit :

— Elle me semble bien jolie.

Tous deux se tournèrent vers l'écran tandis que le speaker annonçait les titres principaux de l'actualité. « Erin Kelley, une jeune et talentueuse orfèvre, a été trouvée étranglée sur le quai de la cinquante-sixième rue ouest. Nous vous donnerons plus de détails dans le journal. »

Une annonce publicitaire.

Susan regarda Doug. Il fixait l'écran. Le visage blême.

— Doug, qu'y a-t-il ?

Il ne sembla pas l'avoir entendue.

« ... La police recherche Petey Potters, un clochard dont on sait qu'il vivait dans cet abri et qui a peut-être vu le corps au moment où il a été abandonné sur ce quai glacial et jonché de débris. »

A la fin du communiqué, Doug se tourna vers Susan. Comme s'il venait d'entendre sa question, il dit sèchement :

— Il n'y a rien. Rien du tout.

Des gouttes de transpiration se formaient sur son front.

A 3 heures du matin, Susan fut tirée de son sommeil par Doug qui remuait à côté d'elle. Il murmurait quelque chose.

Un nom ? « ... non, ça ne peut pas... » Le même nom à nouveau. Susan se redressa sur le coude et écouta attentivement.

Erin. C'était ça, le nom de la jeune femme que l'on avait retrouvée assassinée.

Elle était sur le point de secouer Doug pour le réveiller quand il s'apaisa soudainement. Avec une horreur grandissante, Susan comprit pourquoi la nouvelle l'avait bouleversé. Il avait certainement fait le rapprochement avec cette terrible histoire, à l'université, où on l'avait interrogé ainsi que d'autres étudiants à propos du meurtre d'une jeune fille retrouvée étranglée.

VI

Samedi
23 février

LE samedi matin, Charley lut le *New York Post* avec une intense fascination. LE PLAGIAIRE ASSASSIN, titrait le journal en première page.

La similitude entre la mort d'Erin Kelley et l'émission « Crimes-Vérité » sur Nan Sheridan formait le point central de l'article dans les pages intérieures.

Un reporter chargé de l'enquête au *Post* avait eu vent de la lettre envoyée à la mère de Nan Sheridan la prévenant qu'une jeune New-Yorkaise serait assassinée dans la nuit de mardi. Tenant son information de bonne source, le journaliste écrivait que le FBI était sur la trace d'un éventuel assassin récidiviste. Au cours des deux dernières années, sept jeunes femmes de Manhattan avaient disparu après avoir répondu à des petites annonces. Erin Kelley répondait à des petites annonces.

Les circonstances de la mort de Nan Sheridan étaient relatées dans le moindre détail.

Le passé d'Erin Kelley ; des interviews avec des collègues orfèvres. Leurs réponses unanimes. Erin était une personne chaleureuse, exquise, d'un immense talent. La photo reproduite par le *Post* était celle qu'Erin avait envoyée à Charley. Ce détail le réjouit.

La chaîne de télévision prévoyait de rediffuser mercredi

soir la séquence de « Crimes-Vérité » sur la mort de Nan. Ce serait passionnant à regarder. Bien sûr, il l'avait enregistrée le mois dernier, mais malgré tout, quelle jouissance de la revoir, en sachant que des centaines de milliers de gens joueraient au détective amateur ! *Qui est l'auteur du crime ? Quel est cet homme brillant qui a su échapper à toutes les recherches ?*

Charley s'assombrit. *Plagiat.*

Cela signifiait que dans leur esprit un autre l'imitait. Une colère noire l'envahit. Ils n'avaient pas le droit de lui ôter ce qui lui revenait. Tout comme Nan n'avait pas le droit, il y avait quinze ans, de ne pas l'inviter à sa surprise-partie.

Il rejoindrait son havre secret dans les prochains jours. Il en sentait le besoin. Il mettrait la vidéo en marche et danserait en cadence avec Astaire. Il ne tiendrait pas Ginger, ou Leslie, ou Ann Miller dans ses bras.

Son cœur se mit à battre plus vite. Cette fois-ci, ce ne serait même pas Nan. Ce serait Darcy.

Il tint la photo de Darcy entre ses mains. Les souples cheveux châtains, la silhouette élancée, les grands yeux interrogateurs. Ce joli corps serait-il encore plus adorable lorsqu'il la tiendrait, raide et froide, dans ses bras ?

Plagiat.

Il se rembrunit à nouveau. Ses tempes battaient sous l'effet de la colère, déclenchant un de ces terribles maux de tête dont il était coutumier. « C'est moi, Charley, moi seul qui ai un pouvoir de vie et de mort sur ces femmes. Moi, Charley, qui me suis échappé de la prison où me maintenait l'autre, et qui le domine à mon gré. »

Il s'emparerait de Darcy et lui ôterait la vie, comme il l'avait fait pour les autres. Et il confondrait les autorités par son génie, déroutant leurs esprits fatigués.

Plagiat.

Les crétins qui écrivaient ça devraient voir les boîtes de chaussures au sous-sol. Alors, ils comprendraient. Ces boîtes qui contenaient les deux chaussures dépareillées correspondant à celles que l'on avait trouvées sur chacune des filles mortes, à commencer par Nan.

Bien sûr.

Il y avait un moyen de prouver qu'il ne s'agissait pas d'un vulgaire plagiat. Son corps fut secoué d'un rire silencieux et sans joie.

Mais oui. Il y avait un moyen.

VII

Du samedi 23 février
au mardi 26 février

PENDANT la semaine suivante, Darcy eut l'impression d'être un robot remonté et programmé pour accomplir des tâches spécifiques.

Le dimanche, accompagnée par Vince D'Ambrosio et un inspecteur du commissariat local, elle se rendit dans l'appartement d'Erin. Il y avait trois appels supplémentaires sur le répondeur depuis vendredi matin. Darcy écouta les messages enregistrés. L'un provenant du directeur de Bertolini. « Mademoiselle Kelley, nous avons remis votre chèque à votre agent, M. Stratton. Nous ne pouvons vous dire à quel point nous sommes satisfaits du collier. »

Darcy haussa les sourcils.

— Erin ne m'a jamais dit que Stratton était son agent.

Le second appel provenait d'un correspondant qui s'identifiait comme Boîte postale 2695. « Erin, ici Milton. Nous nous sommes rencontrés le mois dernier. Je me suis absenté de New York depuis. J'aimerais vous revoir. Mon numéro de téléphone est 555-3681. Et écoutez, je regrette sincèrement de m'être montré un peu trop insistant la dernière fois. »

Le troisième appel émanait de Michael Nash.

— Il a déjà laissé un message l'autre soir, dit Darcy.

Vince nota les noms et les numéros.

— Nous laisserons le répondeur branché pendant quelques jours encore.

Vince avait prévenu Darcy que des experts de la police de New York allaient venir dans l'appartement d'Erin rechercher d'éventuels indices. Elle avait demandé à Vince si elle pouvait l'accompagner et prendre les papiers personnels d'Erin.

— Mon nom figure sur son compte bancaire et sur ses polices d'assurances en tant que curatrice de son père. Elle m'avait prévenue que je trouverais les documents nécessaires dans son dossier personnel.

Les instructions d'Erin étaient simples et explicites. S'il lui arrivait malheur, Darcy comme convenu utiliserait son assurance pour régler les dépenses de la maison de santé. Elle avait donné des instructions à un entrepreneur des pompes funèbres qui, lorsque le temps viendrait, s'occuperait des funérailles de son père. Dans l'appartement, tous ses vêtements et bijoux personnels étaient légués à Darcy Scott.

Il y avait un court billet à l'intention de Darcy : « Darce, c'est bien entendu " au cas où ". Mais je sais que tu prendras soin de Papa si je ne suis plus là. Et si cela devait arriver, merci pour tous les moments formidables que nous avons passés ensemble, et sois heureuse pour nous deux. »

Les yeux secs, Darcy contempla la signature familière.

— J'espère que vous suivrez son conseil, dit doucement Vince.

— Je le ferai un jour, répondit Darcy. Mais pas encore. Pouvez-vous me procurer une photocopie du dossier que je vous ai confié sur les petites annonces ?

— Bien sûr, dit Vince. Mais pourquoi ? Nous allons vérifier les faits et gestes de tous ceux qui ont placé les annonces qu'elle a entourées.

— Mais vous n'allez pas leur donner rendez-vous. Elle a répondu à quelques petites annonces pour nous deux. Certains de ceux qui sont sortis avec elle vont peut-être me téléphoner.

Darcy partit au moment où arrivaient les experts de la police. Elle alla directement chez elle et commença à téléphoner. L'entrepreneur des pompes funèbres à Wellesley. Condoléances suivies de considérations pratiques. Il enverrait un fourgon mortuaire à la morgue lorsque le corps d'Erin serait disponible. Quels vêtements ? Un cercueil ouvert ?

Darcy revit les meurtrissures sur le cou d'Erin. Il y aurait sûrement des journalistes dans le salon funéraire.

— Cercueil fermé. J'apporterai les vêtements adéquats.

Veille le lundi. Messe funéraire mardi à St. Paul's.

St. Paul's. Lors d'un séjour chez Erin et Billy, elle était allée à St. Paul's avec eux.

Elle retourna à l'appartement d'Erin. Vince D'Ambrosio s'y trouvait encore. Il l'accompagna dans la chambre et la regarda ouvrir la porte de la penderie.

— Erin avait beaucoup d'allure, dit Darcy d'une voix mal assurée, cherchant la robe qu'elle avait l'intention de mettre à Erin. Elle me disait souvent qu'elle s'était sentie si peu dans le vent en me voyant pénétrer avec mes parents dans la chambre, le jour de la rentrée universitaire. Ma mère m'avait forcée à porter un tailleur de couturier et des boots italiens. Erin m'a semblée d'un chic fou en pantalon et sweater avec un très beau bijou. Elle dessinait déjà les bijoux qu'elle portait.

Vince savait écouter. Inconsciemment, Darcy se sentit réconfortée qu'il la laissât parler.

— Personne ne la verra, dit-elle, excepté moi peut-être, le temps d'une minute. Mais je veux sentir qu'elle aurait été satisfaite du choix que j'ai fait pour elle... Erin me poussait à être plus audacieuse dans le choix de mes vêtements. Je lui ai appris à suivre son instinct. Elle avait un goût sans faille.

Elle sortit un deux-pièces du soir : une veste rose pâle, ornée de délicats boutons d'argent, une jupe de mousseline rose et argent.

— Elle venait de l'acheter pour un gala de charité, un dîner dansant. Elle dansait à merveille. Une autre chose que nous partagions. Ainsi que Nona. Nous avions fait la connaissance de Nona dans un cours de danse à notre club de gymnastique.

Vince se rappela que Nona lui en avait parlé.

— D'après ce que vous dites, il me semble qu'Erin aurait aimé porter cette tenue dans les circonstances actuelles.

Les pupilles agrandies de Darcy l'inquiétèrent. Il aurait aimé téléphoner à Nona Roberts. Elle lui avait dit qu'elle devait absolument assister à une prise de vue à Nanuet, aujourd'hui. Darcy Scott ne devait pas rester trop longtemps sans quelqu'un à ses côtés.

Darcy s'aperçut qu'elle lisait dans les pensées de D'Ambrosio. Et elle sut qu'il était vain de le rassurer. La meilleure chose à faire était de quitter l'appartement et de laisser les spécialistes en empreintes digitales et Dieu sait qui d'autre accomplir leur travail. Elle s'efforça de prendre un ton et une attitude détachés pour demander :

— Que comptez-vous faire pour trouver l'homme qu'Erin devait rencontrer mardi soir ?

— Nous savons qui est Charles North. Ce qu'Erin vous a dit a été vérifié. C'est une veine que vous l'ayez interrogée à son sujet. Il a quitté un cabinet juridique à Philadelphie le mois dernier pour un autre dans Park Avenue. Il est parti hier en Allemagne. Nous attendrons son retour lundi prochain. Des inspecteurs du district font le tour des pubs et des bars autour de Washington Square avec la photo d'Erin. Nous cherchons à savoir si un serveur ou un barman se souvient d'avoir vu Erin mardi soir et pourrait éventuellement identifier North lorsque nous aurons mis la main sur lui.

Darcy hocha la tête.

— Je pars pour Wellesley. Je reviendrai après l'enterrement.

— Nona Roberts vous rejoint-elle ?

— Mardi matin. Elle ne peut se libérer avant. — Darcy se força à sourire. — Je vous en prie, ne vous inquiétez pas.

Erin avait des tas d'amis. Beaucoup des anciens élèves de Mount Holyoke m'ont écrit. Ils seront présents. Ainsi que tous nos copains de New York. Et elle a grandi à Wellesley. J'habiterai chez les gens qui étaient autrefois ses plus proches voisins.

Elle rentra chez elle faire sa valise. Un appel lui parvint d'Australie. Son père et sa mère.

— Chérie, si seulement nous pouvions être auprès de toi. Tu sais que nous aimions Erin comme notre seconde fille.

— Je sais.

Si seulement nous pouvions être auprès de toi. Combien de fois avait-elle entendu cette phrase au cours des années ? Anniversaires. Diplômes. Mais ils n'avaient pas toujours été absents. Une autre qu'elle aurait été heureuse d'avoir des parents aussi prestigieux. Pourquoi avait-elle toujours regretté de ne pas avoir eu une enfance comme les autres ?

— C'est si bon de vous parler. Comment se passe la pièce ?

A présent, ils étaient sur un terrain sûr.

Les funérailles furent un événement médiatique. Photographes et caméras. Voisins et amis. Amateurs de faits divers. Vince lui avait dit que des caméras cachées filmeraient tous ceux qui viendraient à la veillée funèbre, à l'église, et à l'enterrement au cas où le meurtrier d'Erin serait présent. Le prêtre aux cheveux blancs qui avait connu Erin depuis l'enfance.

— Qui peut oublier la vue de cette petite fille poussant le fauteuil roulant de son père dans cette église ?

Mardi après-midi, retour à New York par la correspondance de la Pan Am, Nona à ses côtés.

— Veux-tu prendre deux jours de congé, Darce ? demanda Nona. Ces derniers jours ont été si douloureux pour toi.

— Dès que je saurai qu'ils ont arrêté Charles North, je prendrai huit jours de vacances. Un couple de mes amis possède un appartement à St Thomas. Ils m'ont invitée.

Nona hésita.

— Les choses sont un peu différentes, Darcy. Vince m'a téléphoné hier soir. Ils ont intercepté Charles North. Mardi dernier, il participait à un conseil d'administration à son cabinet juridique avec une vingtaine de partenaires. L'homme qui a rencontré Erin se servait de son nom.

Après avoir regardé les informations et parlé au commissaire Moore, Chris décida d'aller passer le week-end à Darien. Il voulait être présent lorsque le FBI questionnerait sa mère.

Il savait que Greta avait l'intention d'assister à une soirée au club. Il s'arrêta pour dîner chez Nicola's, arriva à Darien vers 22 heures et décida de regarder un film. Amateur de films classiques, il mit *Le Pont de San Luis Rey*, se demandant la raison de son choix. La pensée que deux vies étaient attirées l'une vers l'autre à un moment particulier l'intriguait toujours. Quelle était la part du destin ? Quelle était la part du fortuit ? Existait-il une sorte de dessein inévitable, inexorable qui présidait à tout ça ?

Peu avant minuit, il entendit le roulement de la porte du garage et descendit au sous-sol pour accueillir Greta, regrettant une fois encore que personne ne demeure avec elle. Il n'aimait pas la savoir rentrer seule et tard le soir dans cette grande maison.

Greta refusait catégoriquement de prendre quelqu'un à domicile. Dorothy, la femme de ménage qui venait chez elle depuis trois décennies, lui suffisait amplement. Plus le service de nettoyage hebdomadaire. Si elle devait donner un dîner, le traiteur était excellent. Un point c'est tout.

Alors qu'elle s'avançait vers l'escalier, il l'appela :

— Bonsoir, Maman.

Il l'entendit sursauter.

— Quoi ! Oh doux Jésus, Chris. Tu m'as fait peur. Je suis un paquet de nerfs.

Elle leva les yeux, s'efforçant de sourire.

— J'étais pourtant si contente de voir ta voiture dans l'allée.

Dans la faible lumière, son visage bien dessiné lui rappela les traits délicats de Nan. Un chignon retenait sur sa nuque ses beaux cheveux gris argenté. Une veste de zibeline tombait négligemment sur ses épaules. Elle portait un long fourreau de velours noirs. Greta aurait soixante ans à son prochain anniversaire. C'était une belle femme, élégante, dont le sourire ne cachait jamais totalement la tristesse du regard.

Chris se rendit soudain compte que sa mère semblait toujours aux aguets, comme si elle attendait ou écoutait quelque chose, une sorte de signal. Lorsqu'il était enfant, son grand-père lui avait raconté l'histoire, pendant la Première Guerre mondiale, d'un soldat qui avait égaré le message d'une attaque imminente. Par la suite, ce soldat s'était toujours reproché les pertes dues à sa négligence et avait passé sa vie entière à rechercher le message perdu dans les fossés et sous les pierres.

En buvant un dernier verre, il parla d'Erin Kelley à Greta et comprit pourquoi la comparaison lui était venue à l'esprit. Greta gardait l'impression que Nan, avant de mourir, lui avait dit quelque chose qui avait éveillé en elle un sentiment d'alarme. La semaine dernière encore, elle avait reçu un signal et s'était trouvée dans l'incapacité de prévenir une tragédie.

— La jeune femme qu'ils ont trouvée avait-elle une chaussure du soir à talon ? demanda Greta. Comme Nan ? Le genre de chaussures que l'on met pour aller danser ? Ce billet disait qu'une jeune fille aimant danser allait mourir.

Chris choisit soigneusement ses mots.

— Erin Kelley était dessinatrice de bijoux. D'après ce que j'ai compris, on pense que ce meurtre est l'œuvre d'un plagiaire assassin. Quelqu'un en a eu l'idée en regardant l'émission « Crimes-Vérité ». Un inspecteur du FBI voudrait nous interoger toi et moi à ce propos.

Le commissaire Moore téléphona le samedi. Un inspecteur du FBI, Vincent D'Ambrosio, aimerait passer chez les Sheridan dans la journée de dimanche.

Chris fut reconnaissant à D'Ambrosio de souligner que même s'ils avaient eu connaissance de la lettre adressée à Greta, ils n'auraient rien pu faire.

— Madame Sheridan, lui dit-il, nous recevons des indications souvent beaucoup plus précises que celle-ci, sans pourtant pouvoir empêcher une tragédie d'avoir lieu.

Vince demanda à Chris de faire quelques pas dehors avec lui.

— La police de Darien possède le dossier concernant la mort de votre sœur, expliqua-t-il. Ils vont en faire une photocopie à mon intention. Verriez-vous un inconvénient à me conduire sur les lieux exacts où on l'a trouvée?

Ils longèrent la route qui menait de la propriété des Sheridan à la partie boisée où sinuait la piste de jogging. Les arbres avaient grandi, leurs branches s'étaient épaissies depuis les quinze dernières années, mais à part ça, fit remarquer Chris, l'endroit était resté identique.

Un décor bucolique de petite ville prospère contrastant avec le quai à l'abandon du West Side. Nan Sheridan était une jeune fille de dix-neuf ans. Étudiante. Qui faisait du jogging. Erin Kelley était une jeune femme accomplie de vingt-huit ans. Les deux seules similitudes résidaient dans la façon dont elles avaient été tuées et dont elles étaient chaussées. Elles avaient toutes les deux

112

été étranglées. Elles portaient toutes les deux une chaussure du soir. Vince demanda à Chris si, à l'université, Nan répondait en cachette à des petites annonces.

Chris sourit.

— Croyez-moi, il y avait assez de types qui tournaient autour d'elle pour qu'elle n'ait pas besoin d'avoir recours à ce genre de truc. Par ailleurs, toutes ces histoires de petites annonces n'existaient pas lorsque nous étions étudiants.

— Vous avez fait vos études à Brown?

— Nan était à Brown. Moi à Williams.

— Je suppose que l'on a interrogé tous ses petits amis?

Ils marchaient le long du sentier qui s'enfonçait dans les bois. Chris s'arrêta.

— C'est ici que je l'ai trouvée. — Il fourra ses mains dans les poches de son anorak. — Nan trouvait stupide de s'attacher à un seul garçon. Elle aimait papillonner, s'amuser. Elle n'aurait jamais raté une surprise-partie et ne manquait pas une seule danse.

Vince se tourna pour lui faire face.

— Ce point est important. Vous êtes certain que la chaussure du soir que portait votre sœur lorsqu'on l'a retrouvée ne lui appartenait pas.

— Absolument sûr. Nan avait horreur des talons hauts. Elle n'en portait jamais. Et, bien sûr, on n'a pas trouvé trace de la seconde chaussure dans son placard.

Sur le trajet du retour vers New York, Vince continua à peser les similitudes et les différences entre Nan Sheridan et Erin Kelley. « Ça ressemble vraiment à un plagiat », se dit-il. *Jeune fille aimant danser.* Voilà ce qui le tracassait. La lettre adressée à Greta Sheridan. Nan Sheridan ne ratait jamais aucune danse. L'avait-on mentionné dans l'émission « Crimes-Vérité »? Erin Kelley avait fait la connaissance de Nona Roberts dans un cours de danse. Était-ce une coïncidence?

Mardi après-midi, Charles North fut interrogé pour la seconde fois par Vincent D'Ambrosio. On était venu l'attendre à Kennedy Airport, le lundi soir, et sa stupéfaction à la vue des deux agents du FBI avait rapidement fait place à l'irritation.

— Je n'ai jamais entendu parler d'Erin Kelley. Je n'ai jamais répondu à une petite annonce de ma vie. Je trouve cela parfaitement ridicule. Je ne vois pas qui pourrait utiliser mon nom.

Il fut aisé de vérifier que North assistait à un conseil d'administration le mardi précédent à 19 heures, heure à laquelle Erin Kelley devait soi-disant le rencontrer.

Cette fois-ci, l'interrogatoire se déroula au quartier général du FBI, Federal Plaza. North était de taille moyenne, trapu. Son visage légèrement rougi indiquait que boire trois Martini d'affilée ne lui faisait pas peur. Vince lui trouva néanmoins une élégance autoritaire qui séduisait probablement les femmes. Agé d'une quarantaine d'années, il était resté marié pendant douze ans avant son récent divorce. Il fit clairement entendre qu'il appréciait peu d'avoir été prié de se présenter dans le bureau de Vince pour un second entretien.

— Vous devez réaliser que je viens de m'associer à un prestigieux cabinet juridique et qu'il serait extrêmement embarrassant que mon nom soit mêlé en quoi que ce soit à la mort de cette jeune femme. Une gêne pour moi personnellement et encore plus pour ma société.

— Je suis réellement navré de vous causer ces ennuis, monsieur North, dit froidement Vince. Je peux vous assurer qu'en ce moment précis vous ne faites pas figure de suspect dans la mort d'Erin Kelley. Mais Erin Kelley est morte, victime d'un homicide brutal. Il est possible qu'elle soit l'une des nombreuses femmes qui ont répondu à des petites

114

annonces et disparu. Quelqu'un s'est servi de votre nom pour placer cette annonce. Quelqu'un de très intelligent, qui savait que vous aviez quitté votre société à Philadelphie au moment où il décidait de donner rendez-vous à Erin Kelley.

— Pouvez-vous, je vous prie, me dire en quoi cela importait ? dit sèchement North.

— Parce que certaines des femmes qui répondent aux petites annonces sont assez malignes pour se renseigner sur l'homme qu'elles acceptent de rencontrer. Supposons que le meurtrier d'Erin Kelley ait pensé qu'elle ait pu prendre cette précaution. Quel meilleur nom utiliser que celui de quelqu'un qui vient juste de quitter Philadelphie pour venir s'installer à New York ? Supposons qu'Erin vous ait repéré dans l'annuaire téléphonique de Pennsylvanie et ait appelé votre ancien cabinet. On lui aurait dit que vous veniez de quitter la société pour vous établir à New York. Elle aurait même pu s'assurer que vous êtes réellement divorcé. Et n'avoir ensuite aucun scrupule à rencontrer Charles North.

Vince se pencha en avant par-dessus son bureau.

— Que cela vous plaise ou non, monsieur North, vous avez un lien avec la mort d'Erin Kelley. Quelqu'un connaissant vos activités s'est servi de votre nom. Nous sommes sur plusieurs pistes. Nous allons contacter les personnes qui ont placé des annonces auxquelles Erin Kelley est susceptible d'avoir répondu. Nous allons faire appel aux souvenirs de ses amis, au cas où elle aurait mentionné des noms qui nous sont inconnus. A chaque fois, nous viendrons vérifier avec vous si la personne en question a d'une façon ou d'une autre un rapport avec vous.

North se leva.

— Je vois qu'on ne me demande pas mon avis. Juste une chose. Mon nom a-t-il été communiqué aux médias ?

— Non, pas jusqu'à présent.

— Alors, veillez à ce qu'il ne le soit pas. Et lorsque vous téléphonerez à mon bureau, soyez aimable de ne pas mentionner le FBI. Dites — il eut un sourire sans joie —, dites : cela concerne une affaire personnelle. Pas une affaire *de petites annonces*, bien entendu.

Après son départ, Vince se renfonça dans son fauteuil. « Je n'aime pas les gens trop sûrs d'eux », pensa-t-il. Il pressa sur l'interphone.

— Betsy, je veux un rapport complet sur le passé de Charles North. Je veux tout savoir. Sur un autre type aussi, Gus Boxer, l'intendant du 101, Christopher Street. C'est l'immeuble où habitait Erin Kelley. Sa tête me dit quelque chose. On a un dossier sur lui. J'en suis sûr.

Vince claqua des doigts.

— Attendez. Ce n'est pas son nom. Je me souviens, il s'appelle *Hoffman*. Il était concierge, il y a dix ans, dans l'immeuble où une jeune fille de vingt ans a été assassinée.

L e docteur Michael Nash ne fut pas surpris, à son retour dimanche soir, de trouver un message sur son répondeur le priant de se mettre en rapport avec l'inspecteur du FBI Vincent D'Ambrosio. Visiblement, ils s'intéressaient aux personnes qui avaient laissé des messages à Erin Kelley.

Il rappela le lundi matin et convint de recevoir Vince à son cabinet, mardi avant son premier rendez-vous.

Vince arriva chez Nash mardi matin à 8 h 15 tapantes. La réceptionniste l'attendait et le fit entrer immédiatement. Nash était déjà à son bureau.

La pièce avait une atmosphère de club, se dit Vince. Quelques fauteuils confortables, des murs d'un jaune lumineux, des rideaux qui laissaient filtrer la lumière du jour tout en protégeant les occupants de la vue des passants sur le trottoir. Le traditionnel divan, version en cuir de la chaise de repos achetée par Alice il y a des années, était placé à angle droit du bureau.

L'endroit était paisible, et l'expression dans le regard de l'homme à la fois aimable et pensive. Vince songea aux dimanches après-midi de son enfance. Confession. « Bénissez-moi, mon père, parce que j'ai péché. » Les transgressions avaient évolué de la désobéissance à ses parents à l'aveu de « mauvaises pensées » dans les années d'adolescence.

Entendre dire que la psychanalyse avait remplacé la confession l'agaçait. « Dans la confession, c'est vous que vous blâmez, faisait-il remarquer. En psychanalyse, vous faites porter la responsabilité sur un autre. » Son diplôme en psychologie n'avait fait que renforcer ce point de vue.

Il eut le sentiment que Nash devinait son hostilité envers la plupart des psy. Qu'il la devinait et la comprenait.

Ils s'observèrent. « Vêtu avec élégance et discrétion », pensa Vince, connaissant son inaptitude à trouver la cravate assortie à son costume. C'était Alice qui s'en chargeait autrefois pour lui. Il s'en souciait peu, d'ailleurs. Il préférait porter une cravate marron avec un costume bleu plutôt que de l'entendre le harceler du matin au soir : « Pourquoi ne quittes-tu pas le Bureau ? Tu pourrais trouver une situation où tu gagnerais correctement ta vie. » Ce matin, il avait attrapé la première cravate qui lui était tombée sous la main, la nouant dans l'ascenseur. Elle était marron et verte. Son costume était rayé bleu.

Alice s'appelait maintenant Mme Malcolm Drucker. Malcolm arborait des cravates Hermès et des costumes sur mesure. Récemment, Hank avait raconté à Vince que Malcolm ne rentrait plus dans du cinquante-deux. Cinquante-deux, court.

Nash portait une veste de tweed grise, une cravate rouge et gris. « Beau garçon », dut reconnaître Vince. Un menton carré, des yeux enfoncés. Un teint légèrement hâlé. Vince aimait qu'un homme n'ait pas l'air de rester cloîtré à l'intérieur par mauvais temps.

Il alla droit au but.

— Docteur Nash, vous avez laissé deux messages sur le

répondeur d'Erin Kelley. Ils laissent entendre que vous la connaissiez, que vous avez eu des rendez-vous avec elle. Est-ce exact ?

— Oui. Je suis en train d'écrire un ouvrage sur le phénomène social que représentent les petites annonces. Kearns and Brown est mon éditeur, Justin Crowell le directeur de la collection.

Au cas où je le soupçonnerais d'essayer de faire des rencontres, se dit Vince, regrettant immédiatement sa pensée.

— Comment êtes-vous entré en contact avec Erin Kelley ? Avez-vous répondu à son annonce ou est-ce elle qui a répondu à la vôtre ?

— C'est elle qui a répondu à la mienne. — Nash chercha dans son tiroir. — Je m'attendais à votre question. Voici l'annonce à laquelle elle a répondu. Et voici sa lettre. Nous avons pris un verre ensemble le 30 janvier au Pierre. Elle était ravissante. Je me suis étonné qu'une aussi jolie femme ait besoin de chercher de la compagnie. Elle m'a avoué franchement répondre aux petites annonces pour le compte d'une amie qui réalisait un documentaire. Je n'explique généralement pas que je fais une étude sur ce type de rencontres, mais je l'ai mise au courant.

— Et vous ne l'avez pas revue depuis ?

— Non. J'ai été très occupé. Je suis en train de rédiger les derniers chapitres de mon livre et je voulais le terminer. J'avais prévu de téléphoner à nouveau à Erin après avoir remis mon manuscrit. La semaine dernière, je me suis rendu compte qu'il me faudrait un mois de plus pour le finir et que me presser ne servait à rien.

— Et vous l'avez appelée ?

— Oui, en début de semaine. Puis jeudi dernier. Non, c'était vendredi, avant de partir en week-end.

Vince examina la lettre qu'Erin avait écrite à Nash. L'annonce de Nash était agrafée en haut de la lettre : « Divorcé, médecin, 37 ans, 1 m 85, séduisant, bonne situation, sens de l'humour. Aime le ski, l'équitation, les musées et les concerts. Cherche personne créative, séduisante, célibataire, divorcée, malheureuse en ménage. Boîte postale 3295. »

La lettre manuscrite d'Erin disait : « Hello, Boîte 3295. Peut-être suis-je tout ça à la fois. Pas tout à fait quand même. J'ai un bon sens de l'humour. J'ai vingt-huit ans, 1 m 70, 58 kilos, et ma meilleure amie me dit que je suis irrésistible ! Je suis orfèvre, en passe de devenir célèbre. Je suis bonne skieuse ; capable de monter à cheval si l'animal est lent et gros. Passe des heures dans les musées. En fait, j'y puise des idées pour mes bijoux. Et la musique est pour moi une priorité. A bientôt ? Erin Kelley, 212-555-1432. »

— Vous comprenez pourquoi j'ai téléphoné, dit Nash.

— Et vous ne l'avez jamais revue.

— Je n'en ai pas eu l'occasion.

Michael Nash se leva.

— Je suis désolé. Je dois mettre fin à notre entretien. Mon prochain patient arrive plus tôt qu'à l'habitude. Mais je suis à votre disposition si vous avez besoin de moi. Si je puis vous être utile en quoi que ce soit, je vous en prie, n'hésitez pas.

— En quoi pensez-vous pouvoir nous être utile, docteur ?

Vince s'était levé tout en posant cette question. Nash haussa les épaules.

— Je l'ignore. Je suppose qu'il s'agit du désir instinctif de voir un meurtrier traduit en justice. Visiblement, Erin Kelley aimait la vie et avait beaucoup à offrir. Elle n'avait que vingt-huit ans. — Il tendit la main. — Vous ne pensez pas grand bien des psychanalystes, n'est-ce pas, monsieur D'Ambrosio ? Votre version est que des gens névrosés et égocentriques paient des fortunes pour venir gémir sur le divan. Laissez-moi vous expliquer ma vision des choses. Ma vie professionnelle consiste à essayer d'aider des êtres qui, pour une raison ou une autre, sont au bord du précipice. Certains cas sont faciles. Je ressemble alors au maître-nageur qui se jette à l'eau en apercevant quelqu'un en train de se noyer, et le ramène simplement à terre. D'autres sont plus difficiles. Comme si j'essayais de sauver la victime d'un naufrage pendant un ouragan. L'approcher prend du temps et la lame de fond me repousse en arrière. C'est assez satisfaisant de pouvoir accomplir le sauvetage.

Vince rangea la lettre d'Erin dans sa serviette.

— Vous serez peut-être en mesure de nous aider, docteur. Nous allons rechercher la trace des individus qu'Erin a rencontrés par le biais des petites annonces. Accepteriez-vous d'en questionner certains et de nous donner votre avis professionnel sur ce qui les anime ?

— Absolument.

— Seriez-vous, par chance, membre de l'AAPL ?

Les psychiatres qui appartenaient à l'Association américaine de la psychiatrie et de la loi, savait Vince, étaient particulièrement expérimentés dans le traitement des psychopathes.

— Non. Mais, monsieur D'Ambrosio, mes recherches ont démontré que la vaste majorité des personnes qui placent ces annonces ou y répondent le font poussées par la solitude et l'ennui. Les autres peuvent avoir des motifs plus sinistres.

Vince tourna le dos et s'avança vers la sortie. Au moment où il tournait le bouton de la porte, il se retourna.

— Je dirais que ce fut le cas pour le meurtrier d'Erin Kelley.

Le mardi soir, Charley conduisit d'une traite jusqu'à son repaire et alla directement au sous-sol. Il prit la pile de boîtes de chaussures et les déposa sur le dessus du congélateur. Le nom de la fille à laquelle correspondait chaque boîte était étiqueté sur le carton. Non qu'il eût besoin d'un pense-bête, bien sûr. Il les revoyait toutes dans le moindre détail. En outre, à l'exception de Nan, il possédait une vidéo de chacune d'entre elles. Et il avait enregistré la séquence de

« Crimes-Vérité » sur la mort de Nan. Ils avaient fait du bon boulot en trouvant une fille qui lui ressemblait.

Il ouvrit la boîte de Nan. La Nike marquée par l'usure et la chaussure de satin noir à paillettes. Du plus mauvais goût. Il avait fait des progrès depuis.

Fallait-il renvoyer en même temps les affaires de Nan et d'Erin ? Il pesa le pour et le contre. C'était une décision extrêmement difficile.

Non. S'il les renvoyait le même jour, la police et les médias comprendraient immédiatement que leur thèse de plagiat était fausse. Ils sauraient que les mêmes mains avaient mis fin aux deux vies.

Peut-être serait-il plus amusant de jouer avec eux pendant un temps.

Il pourrait commencer par retourner la chaussure de Nan et celle de la première des autres filles. Claire, il y a deux ans. Une blonde, actrice de comédie musicale, originaire de Lancaster. Elle dansait à ravir. Douée. Réellement douée. Son portefeuille se trouvait dans la boîte, avec sa sandale blanche et la chaussure dorée. A l'heure actuelle, sa famille avait certainement résilié la location de l'appartement. Il adresserait le paquet à Lancaster.

Puis, dans quelques jours, il expédierait un autre paquet. Janine. Marie. Sheila. Leslie. Annette. Tina. Erin.

Il ferait en sorte que les boîtes soient toutes arrivées à destination aux environs du 13 mars. Dans quinze jours à partir d'aujourd'hui.

Ce soir-là, il ne savait pas encore comment, Darcy danserait ici avec lui.

Charley contempla le congélateur. Darcy serait la dernière. Peut-être la garderait-il à jamais avec lui...

Lorsque Darcy rentra chez elle, en revenant de l'aéroport le mardi soir, une douzaine de messages l'attendaient sur son répondeur. Des condoléances de la part de vieux amis. Sept appels consécutifs aux réponses qu'Erin avait envoyées à sa place. A nouveau la voix plaisante de David Weld. Cette fois, il avait laissé son numéro de téléphone. Ainsi que Len Parker, Cal Griffin et Albert Booth.

Un appel de Gus Boxer disant qu'il avait un locataire pour l'appartement d'Erin Kelley. Mlle Scott pouvait-elle venir le débarrasser pendant le week-end ? Si oui, le loyer de mars ne serait pas à sa charge.

Darcy rembobina l'enregistrement, inscrivit les noms et les numéros de téléphone des correspondants des petites annonces, et introduisit une cassette neuve. Vince D'Ambrosio voudrait peut-être avoir l'enregistrement de ces voix.

Elle fit chauffer une boîte de soupe, se mit au lit avec un plateau. Puis elle prit le téléphone et la liste des hommes qui avaient appelé pour demander un rendez-vous. Elle composa le premier numéro. En entendant tinter la sonnerie, elle reposa brutalement l'appareil. Des larmes inondèrent ses joues et elle se mit à sangloter.

— Erin, c'est *toi* que je veux appeler.

VIII

Mercredi
27 février

DARCY arriva à son bureau à 9 heures. Bev était déjà là. Elle avait préparé du café, des croissants et un jus de fruits. Une nouvelle plante ornait l'appui de la fenêtre. Bev serra brièvement Darcy dans ses bras ; ses yeux noircis de mascara débordaient de compassion.

— Tu sais tout ce que je voudrais te dire.

— Oui, je sais.

L'odeur du café était alléchante. Elle prit un croissant.

— Je ne m'étais pas rendu compte que j'avais faim.

Bev prit l'air sérieux.

— Nous avons reçu deux appels hier. Des gens qui ont vu ton travail dans l'appartement de Ralston Arms. Ils veulent que tu redécores le leur. De même, veux-tu t'occuper de cette maison particulière trentième rue, Neuvième Avenue ? De nouveaux propriétaires. Ils disent avoir plus de goût que d'argent.

— Avant tout, il faut que je débarrasse l'appartement d'Erin.

Darcy avala une gorgée de café et rejeta ses cheveux en arrière.

— J'appréhende ce déménagement.

Ce fut Bev qui suggéra de tout mettre au garde-meubles.

— Tu m'as dit que c'était merveilleusement aménagé. Ne

pourrais-tu réutiliser peu à peu les meubles d'Erin ? L'une des femmes qui a téléphoné voudrait redécorer de manière originale la chambre de sa fille. La gosse a seize ans et elle sort de l'hôpital après un long séjour. Elle devra rester alitée pendant encore longtemps.

C'était une consolation de penser que le lit en cuivre d'Erin ferait le bonheur d'une jeune fille comme celle-ci. Ça lui facilitait la tâche.

— Je ferais mieux de vérifier si j'ai le droit de déménager toutes ses affaires.

Elle téléphona à Vince D'Ambrosio.

— Je sais que la police départementale a fini de fouiller l'appartement, lui dit-il.

Bev prit des dispositions pour envoyer un camion Christopher Street dès le lendemain.

— Je serai sur place. Indique-moi seulement ce que tu veux garder.

A midi, elle se rendit avec Darcy dans l'appartement d'Erin. Boxer les laissa entrer.

— J' suis certain que vous êtes contente de libérer les lieux, dit-il d'un ton doucereux. C'est une personne très correcte qui reprend l'appartement.

« Je me demande combien on lui a filé sous la table, pensa Darcy. Je ne veux plus jamais remettre les pieds ici. »

Elle décida de garder en souvenir quelques chemisiers et écharpes. Elle donnerait à Bev le reste des affaires d'Erin.

— Tu as la même taille qu'elle. Je te demande une seule chose, ne les porte pas au bureau.

Les bijoux dessinés par Erin. Elle les rassembla rapidement, refusant de penser au talent de son amie. Qu'est-ce qui la tracassait ? Elle finit par disposer tous les bijoux sur la table de travail. Boucles d'oreilles, colliers, broches, bracelets. Or. Argent. Pierres semi-précieuses. Témoins de l'imagination d'Erin, qu'ils soient classiques ou fantaisie. *Qu'est-ce qui la tracassait ?*

Le nouveau collier orné de pièces d'or, copies de monnaies

romaines. Erin avait plaisanté : « Il y en a pour trois mille dollars. Je l'ai créé pour un défilé de mode en avril. Je ne peux pas me permettre de le garder pour moi, mais pour l'instant je vais le porter de temps en temps. »

Où était ce collier ?

Erin l'avait-elle mis la dernière fois qu'elle était sortie ? Ce collier, la bague à son initiale, et sa montre. Se trouvaient-ils avec les vêtements qu'elle portait le jour où l'on avait découvert son corps ?

Darcy rassembla les bijoux personnels d'Erin dans une valise avec le contenu du coffre-fort. Elle ferait estimer les pierres en vrac et les vendrait pour couvrir les dépenses de la maison de santé de Billy. Elle ne jeta pas de regard en arrière en refermant la porte de l'appartement 3B pour la dernière fois.

Mercredi à 16 heures, un inspecteur du sixième district, armé de la photo d'Erin Kelley, faisait le tour des bars dans le secteur de Washington Square. Sa recherche avait été vaine jusqu'alors. Plusieurs serveurs reconnurent d'eux-mêmes Erin. « Elle passait de temps en temps. Quelquefois accompagnée. Parfois, elle avait rendez-vous avec quelqu'un. Mardi dernier... non. On ne l'a pas vue la semaine dernière. »

La photo de Charles North ne dit rien à personne. « On n'a jamais vu ce type-là. »

Enfin, chez Eddie's Aurora, quatrième rue ouest, un serveur déclara sans hésitation :

— Ouais, cette fille était bien là, mardi dernier. Je partais pour la Floride le mercredi matin. Suis juste de retour. C'est pourquoi j' suis certain de la date. Je me suis mis à bavarder avec elle. J'ai raconté que je partais enfin au soleil. Elle a dit qu'elle était une rousse typique, qu'elle devenait rouge écrevisse au soleil. Elle avait rendez-vous avec quelqu'un et a attendu au moins quarante minutes. Le type s'est pas montré. Gentille fille. Au bout du compte, elle a payé et est partie.

Le serveur était certain de la date, mardi dernier ; sûr qu'Erin Kelley était arrivée à 19 heures ; sûr qu'on lui avait posé un lapin. Il décrivit avec précision ses vêtements, y compris un collier inhabituel qui ressemblait à des pièces romaines.

— Le collier était vraiment spécial. Semblait avoir de la valeur. Je lui ai dit de pas trop traîner dehors sans remonter le col de son manteau pour le cacher.

Le détective fit son rapport à Vince D'Ambrosio depuis la cabine téléphonique du bar. Vince téléphona immédiatement à Darcy qui confirma qu'Erin possédait un collier fait de pièces d'or.

— Je pensais qu'on l'avait peut-être trouvé sur elle.

Elle raconta à Vince que la bague d'Erin et sa montre manquaient également.

— Elle portait une montre et des boucles d'oreilles lorsqu'on l'a trouvée sur le quai, dit calmement Vince, et il demanda s'il pouvait passer.

— Bien sûr, dit Darcy. Je compte travailler tard.

Vince arriva au bureau avec une copie du dossier d'Erin concernant les petites annonces.

— Nous avons minutieusement étudié tous les papiers d'Erin. Nous y avons trouvé un reçu pour l'un de ces coffre-forts privés auxquels on peut avoir accès vingt-quatre heures sur vingt-quatre. Erin en avait fait la demande la semaine dernière. Elle avait dit au directeur qu'elle était orfèvre et n'était pas rassurée à l'idée de garder des pièces de valeur chez elle.

Darcy écouta attentivement Vince D'Ambrosio lui raconter que quelqu'un avait posé un lapin à Erin mardi soir.

— Elle a quitté le bar seule vers 19 h 45. Nous penchons pour la thèse d'un meurtre crapuleux. Elle portait le collier mardi soir, mais ne l'avait plus lorsqu'on l'a retrouvée. Quant à la bague, nous ne savons pas.

— Elle portait toujours cette bague, dit Darcy.

Vince hocha la tête.

— Elle avait peut-être la pochette de diamants avec elle.

Il se demanda s'il se faisait comprendre de Darcy. Elle était assise à son bureau, un pull jaune pâle accentuant les reflets blonds de ses cheveux châtains, maîtresse d'elle-même, ses yeux aujourd'hui plus verts que noisette. C'est à contrecœur qu'il lui remit les copies du dossier « Petites annonces » de Kelley ; il mettait sa main au feu qu'elle allait écrire à celles qui étaient entourées.

Il prit inconsciemment un ton plus grave :

— Darcy, je comprends le sentiment de rage que vous éprouvez à l'idée d'avoir perdu une amie comme Erin. Malgré tout, je vous supplie de ne pas répondre à ces petites annonces avec l'idée folle que vous trouverez l'homme qui se fait appeler Charles North. Nous allons mettre en œuvre tout ce qui est en notre pouvoir pour retrouver le meurtrier d'Erin. Mais soyons clairs : même si Erin n'est pas l'une de ses victimes, il existe un assassin récidiviste qui utilise ces annonces pour rencontrer des jeunes femmes, et je ne veux pas que vous soyez sa prochaine victime.

Doug Fox était resté à Scarsdale pendant tout le week-end. Il avait entièrement consacré son temps à Susan et aux enfants et avait été agréablement récompensé de ses efforts en entendant Susan lui dire qu'elle s'était arrangée pour avoir un baby-sitter lundi après-midi. Elle voulait faire quelques courses et lui proposa de dîner avec lui à New York et de rentrer ensemble à la maison.

Elle ne lui avait pas dit qu'avant de courir les magasins, elle avait rendez-vous dans une agence de détectives privés.

Doug l'avait emmenée dîner au San Domenico et s'était

montré spécialement charmant, allant même jusqu'à lui dire qu'il oubliait parfois combien elle était jolie.

Susan avait ri.

Mardi soir, Doug était rentré à la maison à minuit, soupirant : « Ces foutues réunions se terminent de plus en plus tard. »

Mercredi matin, il s'était senti assez sûr de son affaire pour annoncer à Susan qu'il emmenait des clients dîner en ville et serait peut-être obligé de rester au Gateway. Il fut soulagé de la voir aussi compréhensive. « Un client est un client, Doug. Fais seulement attention de ne pas te fatiguer. »

Mercredi après-midi en quittant le bureau, il s'était rendu directement à l'appartement, London Terrace. Il avait rendez-vous à 19 h 30 au SoHo avec une divorcée de trente-deux ans, agent immobilier. Mais d'abord, il voulait passer une tenue plus décontractée et donner un coup de fil.

Ce soir, il espérait joindre Darcy Scott.

Mercredi après-midi, Jay Stratton reçut un appel de Merril Ashton depuis Winston-Salem, en Caroline du Nord. Ashton avait longuement réfléchi à la suggestion de Stratton d'acheter à Frances un bijou de valeur pour leur quarantième anniversaire de mariage.

— Si je lui en parle, elle ne voudra rien savoir, dit Ashton. Le fait est que je dois me rendre à New York la semaine prochaine pour mes affaires. Avez-vous quelque chose à me montrer ? Je pensais peut-être à un bracelet de diamants.

Jay lui assura qu'il aurait sûrement quelque chose qui l'intéresserait.

— Je viens justement d'acheter quelques diamants d'une très belle eau que je fais monter en bracelet en ce moment même. Il serait parfait pour votre épouse.

— Je veux une estimation.

— Bien entendu. Si le bracelet vous plaît, vous pourrez le

montrer à un bijoutier à Winston-Salem en qui vous avez confiance, et s'il n'est pas d'accord sur sa valeur, nous ne conclurons pas l'affaire. Etes-vous prêt à dépenser quarante mille dollars ? Mille pour chaque année de mariage ?

Il sentit une hésitation dans la réaction d'Ashton.

— Eh bien, c'est un peu excessif.

— C'est un bracelet de toute beauté, insista Jay. Un bijou que Frances Junior sera sans doute fière de pouvoir laisser à sa propre fille.

Ils convinrent de prendre un verre ensemble le lundi suivant, 4 mars.

Tout se déroulait-il trop bien ? se demanda Stratton en reposant le téléphone portable sur la table basse. Le chèque de vingt mille dollars pour le collier de Bertolini. Quelqu'un penserait-il à le réclamer ? L'assurance sur les diamants ? Avec la découverte du corps d'Erin, les chances qu'on l'ait dévalisée ne seraient sans doute pas contestées. Il laisserait à Ashton les pierres à un prix raisonnable mais sans éveiller ses doutes. Un bijoutier de Winston-Salem n'allait pas vérifier s'il s'agissait de pierres signalées comme disparues ou volées.

Une vague de plaisir à l'état pur l'envahit. Stratton éclata de rire, se rappelant les propos de son oncle vingt ans plus tôt. « Jay, je t'ai envoyé dans une des meilleures universités. Tu es assez intelligent pour avoir de bonnes notes, et tu continues à tricher. Tu seras donc toujours le portrait vivant de ton père ! »

Lorsqu'il avait annoncé à son oncle qu'il était parvenu à convaincre le recteur de Brown de le réinscrire à l'université s'il s'engageait dans les Peace Corps pendant deux ans, son oncle avait répondu d'un ton sarcastique : « Fais attention. Il n'y a rien à voler dans les Peace Corps et on pourrait te demander de travailler dur. »

Pas si dur. A vingt ans, il s'était retrouvé à Brown, en première année. « Ne te fais jamais prendre, lui recommandait son père. Et si ça t'arrive, débrouille-toi comme tu veux, mais fais en sorte de ne pas avoir de casier judiciaire. »

Il était certes plus âgé que les autres étudiants. Ils avaient tous l'air de gosses avec des figures de bébé, même les plus riches.

Hormis l'un d'eux.

Le téléphone sonna. C'était Enid Armstrong. Enid Armstrong ? Bien sûr, la veuve au regard éploré.

Elle paraissait tout excitée.

— J'ai parlé à ma sœur de vos suggestions à propos de ma bague et elle a dit : « Enid, si ça doit te remonter le moral, fais-le. Tu mérites de t'offrir ce plaisir. »

Au journal de 18 heures sur la Chaîne 4, le présentateur John Miller donna les dernières nouvelles concernant Erin Kelley. On venait d'apprendre qu'il manquait un quart de million de dollars en diamants dans son coffre-fort. La Lloyd de Londres avait promis une récompense de cinquante mille dollars pour celui qui les rapporterait. La police croyait encore qu'Erin avait été victime d'un assassin plagiaire qui aurait ignoré qu'elle portait sur elle des bijoux de valeur. Le reportage prit fin avec le rappel de la rediffusion à 20 heures de l'émission « Crimes-Vérité » consacrée à la mort de Nan Sheridan.

Darcy éteignit brusquement la télévision.

— Ça n'a rien à voir avec un vol, dit-elle tout haut. Ça n'a rien à voir avec un assassin qui aurait commis un meurtre plagiat. Quoi qu'ils en disent, le crime a un rapport avec une petite annonce.

Vince D'Ambrosio allait sans aucun doute apprendre l'identité de certains des individus rencontrés par Erin. Mais Erin avait rendez-vous pour la première fois avec l'homme qui se faisait appeler Charles North, et il n'était pas venu la retrouver. « Supposons qu'ils se soient rencontrés à la porte, juste au moment où il entrait dans le bar ? Supposons qu'il soit l'un des hommes à qui elle avait envoyé sa photo ?

Supposons qu'il ait dit : " Erin Kelley, je suis Charles North. Je suis resté coincé dans les encombrements. Il y a trop de monde ici. Allons ailleurs. "

« C'est plausible, pensa Darcy. S'il existe un meurtrier récidiviste quelque part, et s'il est l'auteur des autres morts, il ne va pas s'arrêter maintenant. » Si seulement elle savait à quelles annonces Erin avait réellement répondu, à quelles annonces elle avait répondu pour elles deux.

Il était 19 heures, une bonne heure pour essayer de répondre aux appels enregistrés sur le répondeur. Pendant les quarante minutes suivantes, elle joignit trois personnes, laissa des messages pour les autres. A la fin, elle avait pris rendez-vous pour un verre jeudi au McMullen's avec Len Parker, vendredi au Smith and Wollensky's Grill avec David Weld, et samedi elle devait prendre un brunch avec Albert Booth au Victory Café.

Quant à ceux qui avaient laissé des messages sur le répondeur d'Erin ? Deux d'entre eux avaient indiqué leur numéro de téléphone qu'elle avait noté. Peut-être devrait-elle les rappeler, les prévenir au sujet d'Erin au cas où ils ne seraient pas encore au courant, et essayer d'obtenir un rendez-vous avec eux. S'ils rencontraient beaucoup de filles, il était possible qu'ils aient entendu l'une d'elles parler d'un rendez-vous qui s'était bizarrement terminé.

Le premier des deux ne répondit pas. Le suivant décrocha immédiatement.

— Michael Nash.

— Michael, je suis Darcy Scott, une amie d'Erin Kelley. J'imagine que vous savez ce qui lui est arrivé.

— Darcy Scott !

La voix agréable prit une inflexion grave.

— Erin m'a parlé de vous. Je suis vraiment navré. Je me suis entretenu avec un inspecteur du FBI hier, et l'ai assuré que j'aimerais apporter mon aide dans la mesure du possible. Erin était une fille exquise.

Darcy sentit ses yeux s'emplir de larmes.

— Oui.

Visiblement, la fêlure dans la voix de Darcy ne lui échappa pas.

— C'est affreusement triste pour vous. Puis-je vous emmener dîner un soir ? Parler d'Erin vous ferait peut-être du bien.

— J'en serais très heureuse.

— Demain ?

Darcy réfléchit rapidement. Elle devait rencontrer Len à 18 heures.

— Si 20 heures n'est pas trop tard ?

— C'est parfait. Je réserverai une table au Cirque. Au fait, comment vous reconnaîtrai-je ?

— Cheveux châtains, un mètre soixante-douze. Je porterai une robe de lainage bleue avec un col blanc.

— Je serai le type le plus « Américain moyen » de l'assemblée. Je vous attendrai au bar.

Darcy raccrocha, un peu réconfortée. « Je vais peut-être enfin trouver une utilité à mes tenues de Rodeo Drive », pensa-t-elle, et elle s'aperçut qu'elle notait mentalement d'appeler Erin pour le lui raconter.

Elle se leva et se massa la nuque. Un sourd mal de tête lui rappela qu'elle n'avait pas mangé depuis midi. Il était 19 h 45. Une douche rapide et chaude lui ferait du bien. Puis je me ferai chauffer un bol de soupe et regarderai le programme.

La soupe, appétissante avant de refroidir, se transforma en une épaisse mixture de légumes nageant dans du bouillon à la tomate tandis que Darcy fixait l'écran. La photographie de la jeune morte de dix-neuf ans, un pied dans une Nike usagée, l'autre dans une chaussure de satin noir à talon aiguille, était terrifiante. Est-ce l'air qu'avait Erin lorsqu'on l'avait retrouvée ? Les mains repliées sur la poitrine, les pointes des chaussures dépareillées pointées en l'air ? Quel cerveau dérangé pouvait voir cette scène et vouloir la reproduire ? L'émission se termina en mentionnant que le responsable de la mort d'Erin Kelley pouvait être l'auteur du meurtre de Nan Sheridan.

Lorsque la dernière image se fut effacée, Darcy éteignit la télévision et se cacha le visage entre les mains. Le FBI avait peut-être raison en soupçonnant un tueur plagiaire. Qu'Erin soit morte de la même façon quelques semaines après la diffusion de cette émission ne pouvait être une simple coïncidence.

Mais pourquoi Erin ? Et la chaussure qu'elle portait était-elle à sa pointure ? Si oui, comment son assassin la connaissait-il ? « Peut-être suis-je folle, se dit-elle. Peut-être devrais-je renoncer à chercher et laisser cette tâche aux gens dont c'est le métier. »

Le téléphone sonna. Elle fut tentée de ne pas répondre. Soudain, elle se sentait trop lasse pour parler à qui que ce soit. Mais on l'appelait peut-être au sujet de Billy. La maison de santé avait son numéro en cas d'urgence. Elle souleva le récepteur.

— Darcy Scott.

— En personne ? Et bien, ce n'est pas trop tôt. Cela fait des jours entiers que j'essaie de vous joindre. Je suis Boîte postale 2721. Doug Fields.

IX

Jeudi
28 février

J EUDI matin, Nona et son assistante de la production, Liz Kroll, mirent la dernière main à la programmation du documentaire. Liz, jeune femme au visage mince et pointu, avait interviewé les éventuels intervenants, virant les imbéciles, comme elle disait.

— Nous avons un bon échantillon, assura-t-elle à Nona. Deux couples qui ont fini par se marier. Les Cairone sont tombés amoureux dès le premier regard et tiennent des propos à la guimauve qui feront pleurer dans les chaumières. Les Quinlan ont chacun répondu à la petite annonce de l'autre et sont assez drôles quand ils racontent comment leurs lettres se sont croisées dans le courrier. Nous avons un sosie d'Abe Lincoln jeune, confessant qu'il est horriblement timide et cherche toujours désespérément la jeune fille de ses rêves. Il y a une femme dont la petite annonce suggérait qu'elle était une riche divorcée. Elle a reçu sept cents réponses et obtenu cinquante-deux rendez-vous jusqu'à aujourd'hui. Et une autre que son premier correspondant a invitée à dîner et plaquée au milieu du dessert après avoir sciemment cherché la bagarre, lui laissant payer l'addition. Le suivant l'a pratiquement attaquée en la reconduisant chez elle en voiture. Maintenant, il rôde autour de sa maison. En se réveillant un matin, elle l'a trouvé en train de lorgner par la fenêtre de sa chambre. Si votre amie Erin Kelley avait réellement rencontré le type avec lequel elle avait rendez-vous ce soir-là, ça nous ferait une sacrée conclusion.

— On peut toujours rêver, dit Nona d'un ton calme, s'apercevant qu'elle n'avait jamais aimé Liz.

Kroll ne parut rien remarquer.

— Cet inspecteur du FBI, Vince D'Ambrosio, est charmant. Je lui ai parlé hier. Il va montrer à l'antenne des photos de toutes les filles disparues et prévenir le public qu'elles ont toutes répondu à des petites annonces. Puis il demandera si quelqu'un a une information à communiquer, ce genre de chose. Ça m'ennuie un peu. Il n'est pas question d'imiter « Crimes-Vérité », mais que faire ?

Elle se leva, s'apprêtant à partir.

— Une chose encore. Vous connaissez cette Mme Barnes, de Lancaster, dont la fille Claire a disparu depuis deux ans ? J'ai eu une idée hier. Si on l'avait dans l'émission ? Juste une brève séquence. J'ai rencontré Hamilton par hasard dans les couloirs, et il pense que c'est une idée formidable mais m'a dit d'en discuter avec vous.

— Personne ne rencontre Austin Hamilton par hasard dans les couloirs.

Nona sentit la colère secouer la léthargie qui l'avait envahie à mesure que les jours s'écoulaient. Elle ne pouvait effacer Erin de ses pensées, pas une seule minute. Son visage, toujours prêt à s'éclairer d'un sourire, sa silhouette fine et gracieuse. Comme les autres élèves du cours de valse où elles s'étaient connues, Nona était assez bonne danseuse, mais Darcy et Erin étaient toutes les deux exceptionnelles. Particulièrement Erin. Tout le monde s'immobilisait pour l'admirer lorsqu'elle dansait avec le professeur. « Et je me suis liée d'amitié avec elles, je leur ai parlé de ma grande idée : faire un documentaire sur les petites annonces. » Si seulement Vince D'Ambrosio avait raison. Il croyait qu'Erin avait été la victime prise au hasard d'un assassin plagiaire. « Je vous en prie, Seigneur, faites qu'il ait raison, pria Nona. Faites qu'il ait raison. Mais si Erin est morte parce qu'elle répondait à des petites annonces, faites que cette émission aide à sauver quelqu'un d'autre. »

— Je vais téléphoner à Mme Barnes à Lancaster, dit-elle à Liz Kroll, sans dissimuler le mépris dans sa voix.

Darcy s'assit sur le rebord de la fenêtre de la chambre qu'elle décorait pour la jeune convalescente qui allait bientôt quitter l'hôpital. Le lit en cuivre d'Erin conviendrait parfaitement. La charmante coiffeuse début du siècle qu'elle avait dénichée à Old Tappan, la semaine dernière, comportait de profonds tiroirs. Elle ferait office de commode sans encombrer la pièce. Le buffet à double porte qui occupait actuellement la chambre, un meuble très abîmé en plaqué d'acajou, était une véritable horreur. Des étagères supplémentaires dans la penderie serviraient à ranger les effets encombrants comme les chandails.

Elle sentit que la mère de la jeune fille, un air de lassitude sur son doux visage, l'étudiait avec anxiété.

— Lisa a vécu dans une pièce si triste à l'hôpital, et pendant si longtemps. J'ai pensé que retrouver sa chambre redécorée lui remonterait le moral. Elle est loin d'être complètement rétablie, mais c'est une fille courageuse. Elle a dit aux médecins qu'elle reprendrait son cours de danse dans deux ans. Depuis sa petite enfance, à la minute où elle entendait un air de musique, elle se mettait à danser.

Lisa avait été renversée par un coursier en bicyclette qui fonçait tête baissée à contre-courant dans une rue à sens unique. Il l'avait heurtée de plein fouet, lui brisant les jambes, les chevilles et les os du pied.

— Elle adore danser, ajouta sa mère d'un air nostalgique.

« *Aime la musique, aime danser.* » Darcy sourit, songeant au poster encadré qui ornait la chambre d'Erin. Erin disait qu'elle le voyait en ouvrant l'œil, le matin, et que ça la mettait de bonne humeur pour la journée. Elle repoussa l'envie instinctive de le garder en souvenir.

— J'ai exactement ce qu'il faut pour ce mur, dit-elle — et elle sentit sa peine s'adoucir un peu. Il lui sembla qu'Erin lui adressait un petit signe d'approbation.

L'agence Harkness, dans la quarante-cinquième rue est, était l'agence de détectives privés que Susan Fox avait choisie pour suivre son mari dans ses balades nocturnes. La provision de quinze cents dollars lui avait paru symbolique. C'était exactement la somme qu'elle avait économisée sur son compte personnel, en vue du prochain anniversaire de Doug, en août. Elle avait souri tristement en remplissant le chèque.

Mercredi, elle avait téléphoné à Carol Harkness. « Mon mari assiste à l'une de ses prétendues réunions ce soir.

— Nous chargerons Joe Pabst, l'un de nos meilleurs détectives, de le suivre », lui avait-on assuré.

Le jeudi, Pabst, un costaud à l'air jovial, fit son rapport à sa patronne.

— Ce type est un sacré malin. Il quitte son bureau, prend un taxi jusqu'à London Terrace. Il y habite un appartement, sous-loué à un ingénieur du nom de Carter Fields, pour deux ans. Il est inscrit sous le nom de Douglas Fields. Commode. Ainsi personne ne soupçonne une sous-location illégale et il ne tombe jamais sur quelqu'un qui puisse le retrouver, au boulot ou chez lui. Mêmes initiales, aussi. Un coup de bol. N'a pas à s'inquiéter du monogramme sur ses boutons de manchette.

Pabst secoua la tête, admiratif malgré lui.

— Les voisins le croient illustrateur. Le concierge m'a dit qu'il a un tas de dessins signés dans son appartement. J'ai refilé au portier l'habituel bobard de la mission officielle. Ajouté les habituels vingt dollars pour qu'il ferme sa gueule.

A trente-huit ans, Carol Harkness ressemblait à l'une de ces femmes cadres jeunes et dynamiques que l'on voit dans les films publicitaires. Seule une broche en or piquée au revers de sa veste éclairait son tailleur noir à la coupe impeccable. Ses cheveux blond cendré lui arrivaient aux épaules. Ses yeux noisette avaient un regard froid, impassible. Fille d'un inspecteur de la ville de New York, la passion de l'enquête policière coulait dans ses veines.

— Est-il resté chez lui ou sorti ?

— Sorti. Vers 19 heures. Vous auriez dû voir la différence. Cheveux coiffés comme s'ils ondulaient naturellement. Un pull à col roulé. Jeans. Veste de cuir. Attention, pas des trucs bon marché. Le genre de fringues que les artistes fortunés se mettent sur le dos. Il a rencontré une fille au SoHo. Séduisante. A peine la trentaine. Élégante. Je me suis installé à la table derrière eux. Ils ont bu deux verres, puis elle a dit qu'elle devait partir.

— Impatiente de le plaquer ? demanda vivement Harkness.

— Pas du tout. Elle lui faisait les yeux doux. Il est du genre beau gosse et sait jouer de son charme. Ils ont pris rendez-vous pour vendredi soir. Ils doivent aller danser dans une boîte du Village.

Le front plissé par la concentration, Vince D'Ambrosio étudia le rapport d'autopsie d'Erin Kelley. Il établissait qu'elle avait mangé approximativement une heure avant de mourir. Son corps ne montrait aucun signe de décomposition. Ses vêtements étaient trempés. Ces faits avaient été initialement attribués à la neige fondue et au froid qui régnait le jour où on l'avait trouvée. Mais l'autopsie révélait que ses organes étaient en partie dégelés. Le médecin légiste en concluait que son corps avait été gelé immédiatement après sa mort.

139

Gelé! Pourquoi ? Parce qu'il était trop dangereux pour le meurtrier de se débarrasser tout de suite du corps ? Où l'avait-on gardée ? Était-elle morte dans la soirée du mardi ? Se pouvait-il qu'on l'ait retenue prisonnière quelque part et qu'elle soit morte seulement jeudi ?

Avait-elle eu l'intention de déposer la pochette de diamants au coffre-fort ? De l'avis unanime, Erin Kelley était une jeune femme raisonnable. Certainement pas le genre de personne à confier à un inconnu qu'elle transportait une fortune en bijoux dans son sac.

A moins qu'elle ne l'ait quand même raconté ?

Ils avaient passé en revue l'identité des individus qui avaient placé certaines des annonces auxquelles Erin était susceptible d'avoir répondu. Jusqu'ici, ils étaient tous comme cet avocat, North. Capables de prouver incontestablement l'endroit où ils se trouvaient mardi soir. Certains d'entre eux ramassaient leur courrier au magazine ou au journal qui avait passé leur annonce. Trois des adresses de réexpédition s'étaient révélées fausses. Probablement des types mariés ne voulant pas courir le risque de voir leurs femmes ouvrir le courrier.

Il était presque 17 heures lorsque Vince reçut un appel de Darcy Scott.

— Je voulais vous parler depuis ce matin, mais j'ai travaillé à l'extérieur pendant toute la journée, expliqua-t-elle.

« Rien ne peut être meilleur pour elle », songea Vince. Il aimait bien Darcy Scott. Après la découverte du corps d'Erin Kelley, il avait interrogé Nona Roberts sur la famille de Darcy, surpris d'apprendre qu'elle avait deux superstars pour parents. Rien d'Hollywood chez cette fille. Elle était simple et naturelle. Il était surprenant qu'aucun type n'ait mis le grappin dessus. Il lui demanda comment elle allait.

— Ça va, dit Darcy.

Vince chercha à analyser ce qu'il entendait dans sa voix. Lorsqu'il l'avait rencontrée pour la première fois dans le bureau de Nona, sa voix basse et tendue témoignait d'une immense inquiétude. A la morgue, avant de s'écrouler, elle avait parlé avec l'intonation plate et monocorde d'une personne en état de choc. Aujourd'hui, elle avait une certaine sécheresse dans le ton. De la détermination. Vince sut instantanément que pour Darcy Scott, la mort d'Erin était le résultat d'une petite annonce.

Il était sur le point d'aborder le sujet quand elle demanda :

— Vince, quelque chose me tracasse. Cette sandale à talon haut que portait Erin lui allait-elle ? Je veux dire, était-elle de sa pointure ?

— C'était la même pointure que son boot, trente-huit et demi, pied étroit.

— Alors, comment celui qui l'a chaussée pouvait-il avoir en sa possession une chaussure qui soit exactement de la pointure voulue ?

« Bien raisonné », pensa Vince. Prudemment, il pesa ses mots.

— Mademoiselle Scott, c'est un point sur lequel nous travaillons en ce moment. Nous cherchons à retrouver la trace de cette chaussure à partir du fabricant pour apprendre qui l'a achetée. Ce n'est pas un article bon marché. En fait, la paire coûte probablement plusieurs centaines de dollars. Cela limite considérablement le nombre de magasins où enquêter dans la région de New York. Je vous promets de vous tenir au courant des progrès de nos recherches.

Il hésita, puis ajouta :

— J'espère que vous avez renoncé à l'idée de donner suite aux petites annonces auxquelles Erin Kelly a répondu pour vous.

— Pour tout vous avouer, répondit Darcy, j'ai mon premier rendez-vous dans une heure.

Len Parker à 18 heures. Ils devaient se retrouver au McMullen's, soixante-seizième rue, Troisième Avenue. « Un endroit à la mode, songea Darcy, et certainement sans risque. » Favori des « branchés » de New York. Elle s'y rendait parfois et aimait bien le patron, Jim McMullen. Elle avait seulement l'intention de prendre un verre de vin avec Parker. Il lui avait dit qu'il devait retrouver quelques amis à l'Athletic Club pour un match de basket-ball.

Elle avait prévenu Michael Nash qu'elle serait vêtue d'une robe de lainage bleue à col blanc. Maintenant qu'elle la portait, elle se sentit trop habillée pour la circonstance. Erin la taquinait sur les vêtements dont sa mère la couvrait. « En te voyant déambuler ainsi vêtue, on a toutes l'impression de s'habiller au Prisunic du coin. »

« Ce n'est pas vrai », pensa Darcy en rajoutant un peu d'ombre grise sur ses paupières. Erin avait toujours un chic fou, même à l'université lorsqu'elle n'avait pas un sou pour s'habiller.

Elle décida de porter la broche d'argent et d'azurite qu'Erin lui avait offerte pour son anniversaire. « Une petite note rigolote », comme le disait Darcy. La broche avait la forme d'une portée musicale. Les notes étaient bordées d'azurite, du même bleu océan que sa robe. Bracelets, boucles d'oreilles en argent, et fines chaussures de daim complétaient le tout.

Darcy s'examina attentivement dans la glace. Pendant son séjour en Californie, sa mère l'avait envoyée chez son coiffeur personnel. Il avait changé sa raie de côté, coupé quelques centimètres, puis accentué les reflets blonds naturels. Il fallait admettre que le résultat était satisfaisant. Elle haussa les épaules. « Bon, en principe Len Parker ne devrait pas s'enfuir à ma vue. »

Parker était grand, maigre, mais non sans charme. Professeur à l'université, il dit à Darcy qu'il venait de Wichita, dans le Kansas, et s'était récemment installé à New York où il ne connaissait pas grand monde. En buvant un verre de vin, il lui confia qu'un ami lui avait suggéré de placer une petite annonce.

— Elles sont très chères. Je peux vous l'assurer. C'est certainement plus raisonnable de répondre aux annonces des autres, mais je suis heureux que vous m'ayez écrit.

Ses yeux étaient marron clair, gronds et expressifs. Il regarda franchement Darcy.

— Il faut que je vous dise une chose. Vous êtes vraiment très jolie.

— Merci.

Quelque chose chez lui la mettait mal à l'aise. Quoi? Était-il réellement professeur ou ressemblait-il à ce type qu'elle avait rencontré avant de partir en Californie? Il prétendait avoir un poste important dans la publicité et ne connaissait pas une seule des agences qu'elle lui avait citées.

Parker gigota sur le tabouret de bar, se balançant légèrement. Il parlait d'une voix basse et le brouhaha de la conversation autour d'eux obligeait Darcy à se pencher pour l'entendre.

— Très jolie, insista-t-il. Je n'ai pas rencontré que des jolies filles, vous savez. En lisant leurs lettres, vous penseriez avoir affaire à Miss Univers. Et qui voyez-vous apparaître? Olive Oyl.

Il fit un signe pour commander un autre verre de vin.

— En voulez-vous?

— C'est parfait comme ça. — Elle choisit prudemment ses mots. — Toutes ne sont sûrement pas aussi affreuses. Je gage que vous en avez rencontré de très séduisantes.

Il secoua la tête énergiquement.

— Pas comme vous. Sûrement pas.

L'heure lui parut interminable. Elle écouta Parker raconter ses difficultés pour se loger. Les prix étaient exorbitants.

— Certaines filles estiment que vous devez les emmener dans des restaurants de luxe. Qui peut suivre un tel train de vie ?

Darcy parvint enfin à faire allusion à Erin.

— Je sais. Mon amie et moi aussi, nous avons rencontré des gens bizarres par le biais des petites annonces. Elle s'appelle Erin Kelley. L'auriez-vous rencontrée par hasard ?

— Erin Kelley ?

Parker avala nerveusement sa salive.

— Est-ce que ce n'est pas cette fille qui a été assassinée la semaine dernière ? Non, je ne l'ai jamais rencontrée. Et elle était votre amie ? Seigneur, je suis désolé. C'est moche. Est-ce qu'ils ont retrouvé le meurtrier ?

Elle ne voulait pas discuter de la mort d'Erin. Il n'y avait aucune chance, même si Erin avait rencontré cet homme, qu'elle l'ait revu une seconde fois. Elle jeta un coup d'œil à sa montre.

— Je dois filer. Et vous allez être en retard pour votre match de basket-ball.

— Oh, c'est sans importance ! Je peux très bien m'en passer. Restez dîner avec moi. Ils ont d'excellents hamburgers ici. Chers, mais bons.

— Je ne peux pas. Vraiment. J'ai un rendez-vous.

Parker se rembrunit.

— Demain soir, alors ? Bien sûr, je sais que je ne paie pas de mine et que les professeurs ne sont pas fameux pour faire fortune, mais j'aimerais beaucoup vous revoir.

Darcy enfila les manches de son manteau.

— C'est vraiment impossible. Merci.

Parker se leva et frappa du poing sur le bar.

— Parfait, vous pouvez payer les verres, dans ce cas. Vous croyez être trop bien pour moi. C'est moi qui suis trop bien pour vous.

C'est avec soulagement qu'elle le vit sortir d'un pas furieux du restaurant. Lorsque le barman vint lui apporter l'addition, il dit :

— Mademoiselle, ne vous souciez pas de ce fêlé. Il vous a raconté qu'il était professeur à l'université, hein ? Il fait partie de l'équipe d'entretien à l'université de New York. Il s'offre des verres et des repas gratuits par l'intermédiaire des petites annonces. Vous vous en tirez à bon compte.

Darcy éclata de rire.

— En effet.

Une pensée lui traversa l'esprit. Elle chercha dans son sac la photo d'Erin.

— Par hasard, est-il jamais venu ici avec cette jeune femme ?

Le barman, qui aurait fait un parfait acteur, étudia la photo attentivement, puis hocha la tête.

— Si, il est venu avec elle. Il y a environ deux semaines. Elle était belle à tomber. Elle l'a planté là.

A 18 heures, Nona fut à la fois surprise et ravie de recevoir un appel de Vince D'Ambrosio.

— Vous êtes visiblement de ceux qui n'ont pas d'horaires réguliers, lui dit-il. J'aimerais vous parler de votre émission. Êtes-vous libre pour dîner dans une heure environ ?

Elle l'était.

— Parfait, réservez une table dans un endroit où l'on mange de la bonne viande dans votre quartier.

Elle raccrocha, le sourire aux lèvres. D'Ambrosio était visiblement du genre « steak-pommes frites », mais elle était prête à parier qu'il n'avait pas le moindre problème de cholestérol. Elle se sentit déraisonnablement contente d'avoir mis son nouveau tailleur de Donna Karan, aujourd'hui. Le rouge groseille seyait à son teint et la ceinture dorée fermée par deux mains mettait en valeur la minceur de sa taille. Nona était à juste titre fière de son tour de taille. Puis une vague de tristesse la submergea. Erin lui avait fabriqué et offert cette ceinture pour Noël.

Secouant la tête comme pour nier la réalité de la mort de son amie, elle se leva et marcha de long en large dans son bureau, faisant bouger ses épaules. Elle avait passé la journée entière à travailler sur le documentaire et se sentait les muscles noués. A 15 heures, Gary Finch, le présentateur de l'Hudson Cable, avait visionné le film avec elle. Connu pour son goût de la perfection, Finch avait souri à la fin de la projection, déclarant : « Ça va être formidable.

— L'approbation de Sa Majesté me va droit au cœur. » Nona s'étira et hésita à tenter une fois encore de joindre Emma Barnes, à Lancaster. Elle avait déjà essayé de lui téléphoner à trois ou quatre reprises. Il fallait en convenir, c'était astucieux de la part de Liz d'envisager la présence de Barnes dans l'émission pour parler de sa fille disparue. Liz était brillante et imaginative. « Mais elle a cherché à me doubler en parlant de Barnes à Hamilton, conclut Nona. Elle veut ma place. Qu'elle essaie ! » Elle s'étira longuement une dernière fois, s'assit à son bureau et composa le numéro de téléphone de Lancaster. Une fois de plus, la résidence des Barnes ne répondit pas.

Vince arriva à 19 heures pile. Il portait un costume gris à rayures, bien coupé, assorti d'une cravate marron et beige. Aucune femme ne lui choisit ses cravates, c'est évident, pensa Nona, se rappelant combien Matt se montrait difficile quand il s'agissait d'assortir cravate, chemise et costume.

Le restaurant était situé dans Broadway, à quelques blocs de l'appartement de Nona.

— Laissons les affaires sérieuses pour le dessert, dit Vince.

Tout en dégustant les hors-d'œuvre, ils firent un bref résumé de leur vie.

— Si vous placiez une petite annonce, comment vous décririez-vous ? demanda-t-il.

Nona réfléchit.

— Divorcée. De race blanche. Âge 41. Assez bonne productrice de télévision.

Il avala une gorgée de scotch.

— Et encore ?

— Pur produit de Manhattan. Considère que quiconque vit ailleurs est mentalement dérange.

Il rit. Elle remarqua les petits plis qui se formaient au coin de ses yeux.

Nona but son vin.

— C'est un merveilleux bourgogne, fit-elle remarquer. J'espère que vous avez l'intention d'y goûter avec votre steak.

— Sûrement. Terminez votre annonce.

— Diplômée de Barnard. Vous voyez, je n'ai même pas quitté Manhattan pour aller à l'université. J'ai passé une année à l'étranger, et j'aime voyager tant que je ne reste pas partie plus de trois semaines.

— Votre annonce va vous coûter cher.

— Je n'ai plus grand-chose à ajouter. Soignée mais peu douée pour l'ordre. Mon bureau en témoigne. N'ai pas les pouces verts. Bonne cuisinière mais n'apprécie pas les plats compliqués. Aime le jazz. Et, oh oui, je suis assez bonne danseuse.

— C'est ainsi que vous vous êtes liée avec Erin Kelley et Darcy Scott, dans un cours de danse, fit observer D'Ambrosio, — et il vit le chagrin assombrir le regard de Nona. A la hâte il ajouta : — Mon annonce sera un peu plus courte. Je travaille pour le gouvernement. Divorcé, de race blanche, 43 ans, agent du FBI, a grandi à Waldwick, New Jersey, diplômé de l'université de New York. Incapable de danser sans me prendre les pieds dans le tapis. Aime voyager tant que ce n'est pas au Viêt-nam. Trois années là-bas m'ont suffi. Enfin et surtout, j'ai un fils de quinze ans, Hank, qui est un gosse épatant.

147

Comme elle l'avait promis, les steaks étaient succulents. En buvant leur café, ils parlèrent de l'émission.

— Nous allons l'enregistrer dans deux semaines, dit Nona. J'aimerais vous garder pour la fin afin que le public reste sur l'impression qu'il existe un risque éventuel à répondre à ces annonces. Vous allez montrer les photos de jeunes filles disparues, n'est-ce pas ?

— Oui. Il y a toujours une chance qu'un spectateur ait une information sur l'une d'entre elles.

Il faisait un froid mordant lorsqu'ils quittèrent le restaurant. Le vent glacé fit frissonner Nona. Vince lui prit le bras pour traverser la rue. Il le garda pendant le reste du trajet jusqu'à son appartement.

Il accepta son invitation à monter prendre un dernier verre chez elle. Nona se rappela avec soulagement que sa femme de ménage, Lola, était passée le jour même. Les lieux auraient l'air présentables.

L'appartement de sept pièces se trouvait dans un immeuble d'avant-guerre. Elle vit D'Ambrosio hausser les sourcils en embrassant du regard le vaste hall d'entrée, les hauts plafonds, les grandes baies vitrées sur Central Park ouest, les tableaux dans le salon, l'imposant mobilier XVIIe.

— Très beau, fit-il.

— Mes parents me l'ont donné tel quel lorsqu'ils sont partis s'installer en Floride. Je suis enfant unique, et de cette façon, lorsqu'ils viennent à New York, mon père se sent chez lui. Il déteste les hôtels.

Elle se dirigea vers le bar.

— Que désirez-vous ?

Elle remplit deux verres de Sambuca, puis s'immobilisa.

— Il n'est que neuf heures et quart. M'en voudrez-vous si je prends une minute pour téléphoner à quelqu'un ?

Elle fouilla dans son sac. Tout en vérifiant le numéro de Barnes, elle expliqua la raison de son appel.

Cette fois, le téléphone fut décroché dès la première sonnerie. Nona se figea lorsqu'elle se rendit compte que les sons qu'elle ententendait étaient des hurlements de femme. La voix masculine qui répondit à Nona semblait affolée, bouleversée.

— Qui que vous soyez, veuillez raccrocher. Je dois tout de suite appeler la police. Nous nous sommes absentés toute la journée et venons juste d'ouvrir le courrier. Il y avait un paquet adressé à ma femme.

Les cris allaient maintenant crescendo. Nona fit signe à Vince de prendre l'écouteur sur la table.

— Notre fille, continua la voix. Elle a disparu depuis deux ans. Ce paquet contient une des chaussures de Claire et une autre, en satin à talon haut.

Il se mit à crier.

— Qui a envoyé ça? Pourquoi l'ont-ils envoyé? Cela signifie-t-il que Claire est morte?

Darcy sortit du taxi, franchit la porte du Cirque et commença enfin à se détendre. Elle mesurait seulement maintenant l'énergie que lui avait demandée sa rencontre avec Len Parker. Elle avait encore des bourdonnements dans la tête à la pensée qu'il avait rencontré Erin. Pourquoi l'avoir nié? Erin l'avait planté sur place. Elle n'avait sûrement plus voulu le revoir. Est-ce uniquement parce qu'il ne voulait pas être interrogé, devoir reconnaître qu'il avait menti à propos de sa situation?

Chaque fois que sa mère et son père étaient de passage à New York, ils dînaient au Cirque. C'était un merveilleux restaurant. Darcy se demanda machinalement pourquoi elle n'y venait pas plus souvent. *Comment deux êtres aussi magnifiques ont-ils fait pour mettre au monde une enfant aussi insignifiante?* Et comment une seule phrase pouvait-elle rester ainsi ancrée dans la mémoire?

Le bar se trouvait sur la gauche. Petit et charmant, c'était un endroit agréable où attendre un invité ou une table. Un jeune couple se tenait à une extrémité, plongé dans une discussion animée. A l'autre bout se trouvait un homme seul. *Le type le plus Américain moyen de l'assemblée.*

Michael n'avait pas été indulgent envers lui-même. Des cheveux blond foncé, un visage d'une beauté classique que pimentait un menton pointu, une silhouette longue et mince, un complet bleu sombre à fines rayures, une cravate bleue avec un fil d'argent. Comme il la regardait s'avancer vers lui avec un plaisir évident, Darcy s'aperçut que les yeux de Michael Nash avaient une teinte inhabituelle, entre le bleu saphir et le bleu nuit.

— Darcy Scott.

C'était une affirmation, non une question. Il fit signe au maître d'hôtel et la prit par le coude.

On leur donna une table de premier choix, avec vue sur l'entrée. Michael Nash semblait être un habitué apprécié du Cirque.

— Un cocktail ? Un verre de vin ?

— Un verre de vin blanc, s'il vous plaît. Et de l'eau.

Il commanda une bouteille de San Pellegrino avec le chardonnay, puis se tourna vers elle en souriant.

— Maintenant que les préliminaires sont établis, comme le disait un vieil ami, je suis très heureux de vous connaître, Darcy.

Pendant la première demi-heure, elle se rendit compte qu'il évitait délibérément d'orienter la conversation sur Erin. Il attendit qu'elle eût bu quelques gorgées de vin et rompu un morceau de pain, pour déclarer :

— Mission accomplie. Je crois que vous commencez enfin à vous sentir en sécurité.

Darcy lui jeta un regard étonné.

— Que voulez-vous dire ?

— Je veux dire que je vous observais. J'ai vu la hâte avec laquelle vous êtes entrée. Tout en vous exprimait un degré élevé de tension. Qu'est-il arrivé ?

— Rien. J'aimerais réellement que nous parlions d'Erin.

— Moi aussi. Mais, Darcy... — Il s'interrompit. — C'est terrible, je ne peux m'empêcher de faire ce que je fais toute la journée. Je suis psychiatre.

Il eut un sourire d'excuse. Elle éprouva enfin une impression de détente.

— C'est moi qui devrais m'excuser. Vous avez raison. Je me sentais tendue en entrant ici.

Elle lui parla de Parker. Il écouta attentivement, la tête légèrement inclinée.

— Vous avez certainement l'intention de mentionner cet homme à la police.

— Au FBI, en fait.

— A Vincent D'Ambrosio ? Comme je vous l'ai dit au téléphone, il est venu me voir à mon cabinet, mardi dernier. Malheureusement, je n'ai pas pu lui dire grand-chose. J'ai pris un verre avec Erin il y a plusieurs semaines. Ma première impression fut qu'une fille comme elle n'avait aucun besoin de répondre à des petites annonces. Je l'ai poussée à se dévoiler, et elle m'a parlé de cette émission de télévision produite par une de ses amies. Elle m'a parlé de vous, aussi. Elle a dit que sa meilleure amie répondait aux annonces avec elle.

Darcy acquiesça, espérant que ses yeux n'allaient pas s'emplir de larmes.

— Je n'explique généralement pas que si j'ai choisi la voie des petites annonces, c'est dans le but d'écrire un ouvrage sur ce thème, mais j'ai mis Erin au courant. Nous avons échangé certaines histoires sur nos rendez-vous. J'ai essayé de me rappeler tout ce qu'elle m'a dit, mais elle ne m'a donné aucun nom et il s'agissait surtout d'histoires amusantes. Il ne m'a pas semblé une seconde que quelqu'un pouvait l'inquiéter.

— Elle les traitait généralement de « rencontres de la pire espèce ».

Nash rit.

— C'est ce qu'elle m'a dit. Je lui ai demandé si nous

151

pouvions dîner un soir prochain, et elle a accepté. J'essayais de mettre un terme à mon livre et elle finissait la fabrication d'un collier qu'elle avait dessiné. J'ai dit que je la rappellerais. Lorsque je l'ai fait, je n'ai pas obtenu de réponse. D'après ce que m'a dit Vincent D'Ambrosio, c'était déjà trop tard.

— C'est le soir où elle croyait avoir rendez-vous avec un dénommé Charles North. Je reste convaincue que même si cet homme ne s'est pas présenté, la mort d'Erin a un rapport avec une petite annonce à laquelle elle a répondu.

— Dans ce cas, pourquoi continuez-vous aujourd'hui à répondre à ces annonces ?

— Parce que je veux découvrir qui est cet homme.

Il sembla troublé mais ne fit aucun commentaire. Ils étudièrent le menu, choisirent la sole normande. Pendant le repas, Nash s'évertua manifestement à lui faire oublier momentanément la mort d'Erin. Il lui parla de lui.

— Mon père a fait fortune dans les matières plastiques. Il aurait pu tenir le rôle du père dans *Le Lauréat*. Puis il a acheté un manoir décoré de façon extravagante à Bridgewater. C'était un brave et honnête homme, et chaque fois que je me demande pourquoi nous avions besoin de vingt-deux chambres, je me souviens de sa fierté lorsqu'il les faisait visiter.

Il dit un mot de son divorce.

— Je me suis marié une semaine après avoir obtenu mon diplôme universitaire. Une erreur pour l'un comme pour l'autre. Non que nous ayons eu des problèmes financiers, mais les études de médecine, surtout quand elles comprennent des années continues de psychanalyse, sont une voie longue et difficile. Nous n'avions pas de temps à nous consacrer. Sheryl vit à Chicago aujourd'hui et elle a trois enfants.

Ce fut au tour de Darcy. Elle ne s'attarda pas sur le nom de ses célèbres parents, évoqua rapidement son passage dans la publicité puis la création de son affaire de décoration intérieure pour petits budgets.

— Quelqu'un, un jour, m'a comparée à une nouvelle version de Sanford and Son, et je suppose que c'est exact, mais j'aime ça.

Elle songea à la pièce qu'elle décorait pour la jeune convalescente de seize ans.

S'il remarqua des blancs dans son récit, il n'en dit rien. Ils en étaient aux salades lorsqu'un producteur, ami des parents de Darcy, s'arrêta à leur table.

— Darcy !

Un baiser chaleureux. Il se présenta à Michael Nash.

— Harry Curtis.

Puis se retourna vers Darcy.

— Tu deviens plus ravissante tous les jours. On m'a dit que tes parents étaient en tournée en Australie. Comment cela se passe-t-il ?

— Ils viennent à peine d'y arriver.

— Dis-leur bien des choses de ma part.

Un autre baiser, et Curtis se dirigea vers sa propre table.

Les yeux de Nash ne reflétèrent aucune curiosité. Il en est ainsi avec les psy, se dit Darcy. Ils attendent que vous racontiez. Elle ne chercha pas à lui expliquer les propos de Curtis.

Ce fut un dîner agréable. Nash avoua deux passions, l'équitation et le tennis.

— Ce sont elles qui me poussent à conserver Bridgewater.

En buvant un expresso, il revint au sujet de la mort d'Erin.

— Darcy, je n'ai pas pour habitude de donner des conseils, même gratuits, mais vous devriez renoncer à l'idée de répondre à ces annonces. Ce type du FBI m'a paru parfaitement compétent et, si je suis bon juge, il n'aura de cesse que le meurtrier d'Erin paie le prix de son acte.

— Il me l'a dit et répété. Je suppose que chacun de nous fait ce qu'il a à faire. — Elle parvint à sourire. — La dernière fois que j'ai parlé à Erin, elle a dit qu'elle avait rencontré un type charmant et, croyez-le ou non, qu'il ne l'avait pas rappelée. Je parie que c'était vous.

Il la reconduisit chez elle en taxi, dit au chauffeur d'attendre et la raccompagna jusqu'à la porte. Le vent était piquant et il se tourna afin de la protéger des rafales tandis qu'elle tournait la clé.

— Puis-je vous rappeler ?

— Volontiers.

Pendant un moment, elle crut qu'il allait l'embrasser sur la joue, mais il lui pressa seulement la main et regagna le taxi qui l'attendait.

Le vent s'engouffra, ralentissant la fermeture de la porte. Lorsque le pêne cliqueta dans la gâche, un bruit de pas fit pivoter Darcy sur elle-même. A travers la vitre, elle vit la silhouette d'un homme qui s'élançait sur les marches. Un instant plus tôt, il se serait trouvé dans le hall d'entrée avec elle. Tandis qu'elle le fixait, la bouche trop sèche pour crier, Len Parker frappa à la porte, la bourra de coups de pied, puis fit demi-tour et partit en courant dans la rue.

X

Vendredi 1ᵉʳ mars

GRETA SHERIDAN hésita entre se lever ou dormir une heure de plus. Une bise aigre de mars frappait les carreaux et elle se souvint que Chris lui avait maintes fois répété de faire remplacer ces fenêtres.

La lumière du petit matin filtrait à travers les rideaux tirés. Elle aimait dormir dans une atmosphère fraîche. Bien au chaud sous les couvertures et la courtepointe, elle se sentait douillettement en sécurité à l'abri du baldaquin de moire bleue et blanche.

Elle avait rêvé de Nan. L'anniversaire de sa mort, le 13 mars, tombait dans deux semaines. La veille, Nan avait eu dix-neuf ans. Cette année, elle aurait fêté son trente-quatrième anniversaire.

Aurait fêté.

Greta rejeta les couvertures d'une main impatiente, attrapa sa robe de chambre de velours et se leva. Enfilant ses pantoufles, elle sortit dans le couloir et descendit l'escalier tournant jusqu'au rez-de-chaussée. Elle comprenait l'inquiétude de Chris. La maison était spacieuse et personne n'ignorait qu'elle y vivait seule. « Tu n'imagines pas à quel point c'est enfantin pour un professionnel de débrancher un système d'alarme », l'avait-il souvent prévenue.

« J'aime cette maison. » Chaque pièce contenait tant

d'heureux souvenirs. Greta avait l'impression qu'elle les laisserait derrière elle si elle devait s'en aller. « Et, songea-t-elle tandis qu'un sourire effleurait ses lèvres, si Chris finit un jour par s'établir et me donner des petits-enfants, ce sera un endroit merveilleux pour les recevoir. »

On avait déposé le *Times* devant la porte de service. Tandis que le café passait dans le percolateur, Greta commença à lire. Il y avait un court article dans une page intérieure sur cette jeune fille retrouvée morte à New York, la semaine dernière. « Un meurtre plagiat », disaient-ils. Quelle horreur ! Comment pouvait-il exister deux êtres aussi malfaisants, l'un qui avait ôté la vie à Nan et l'autre qui avait tué Erin Kelley ? Erin Kelley serait-elle toujours en vie si cette émission n'avait pas été diffusée ?

Et quel souvenir Greta cherchait-elle à déterrer en insistant tellement pour la regarder ? « Nan, Nan, pensa-t-elle. Tu m'as dit quelque chose dont l'importance n'aurait pas dû m'échapper. »

Nan, ses bavardages à propos de l'école, de ses cours, de ses amis, de ses rendez-vous. Nan si joyeuse à l'idée d'aller passer l'été en France. Nan qui aimait danser. « Je pourrais danser la nuit entière. »

Erin Kelley avait-elle aussi un pied chaussé d'une chaussure à talon haut lorsqu'on l'avait retrouvée morte ? Talon haut ? Qu'évoquaient ces deux mots ? Impatiemment, Greta ouvrit le *Times* à la page des mots croisés.

Le téléphone sonna. C'était Gregory Layton. Elle avait fait sa connaissance au dîner du club l'autre soir. La soixantaine à peine entamée, il était juge fédéral et vivait dans le Kent à une trentaine de kilomètres de là. « Un veuf séduisant », lui avait chuchoté Priscilla Clayburn. Il *était* séduisant, et il l'invitait à dîner avec lui ce soir. Greta accepta et reposa le téléphone, soudain impatiente d'être à ce soir.

Dorothy arriva sur le coup de 9 heures.

— J'espère que vous n'avez pas à sortir, ce matin, madame Sheridan. Il fait un temps de chien.

Elle apportait le courrier, y compris un gros paquet qu'elle tenait sous son bras. Elle déposa le tout sur la table et fronça les sourcils.

— C'est bizarre, il n'y a pas d'adresse d'expéditeur. J'espère que ce n'est pas une bombe ou je ne sais quoi.

— Sans doute encore un de ces envois loufoques. Maudite émission.

Greta commença à tirer sur la ficelle du paquet, puis s'arrêta, prise d'un soudain sentiment de panique.

— Ça n'a pas l'air d'une plaisanterie. Je préfère appeler Glenn Moore.

Le commissaire principal Moore venait d'arriver à son bureau.

— Ne touchez pas à ce paquet, madame Sheridan, lui ordonna-t-il d'un ton sec. Nous arrivons tout de suite.

Il prévint la police d'État. Ils promirent de faire parvenir au plus vite un détecteur de bombe à la résidence des Sheridan.

A dix heures, tenant le paquet avec d'infinies précautions, un officier de l'équipe de désamorçage le plaça devant les rayons X.

Depuis le living-room où elle était restée cantonnée avec Dorothy, Greta entendit un éclat de rire soulagé. Dorothy sur les talons, elle s'élança dans la cuisine.

— Ça ne risquait pas d'exploser, ma'dam, la rassura-t-on. Rien là-dedans à l'exception d'une paire de chaussures dépareillées.

Greta vit l'expression ébahie de Moore, sentit le sang quitter son visage à mesure que l'emballage était retiré, dévoilant une boîte de chaussures au couvercle orné d'un croquis de soulier de bal. Le couvercle une fois soulevé, apparurent à l'intérieur, nichées dans du papier de soie, une sandale du soir à haut talon et une chaussure de jogging usagée.

— Oh, Nan ! Nan !

Greta ne sentit pas que Moore la retenait au moment où elle s'évanouissait.

A 3 heures le vendredi matin, Darcy fut tirée d'un sommeil agité par la sonnerie insistante du téléphone. Tendant la main pour saisir l'appareil, elle vit l'heure inscrite sur le radio-réveil. Son « Allô » fut bref et précipité.

— Darcy.

Quelqu'un murmurait son nom. La voix lui sembla familière sans qu'elle parvînt à la situer.

— Qui êtes-vous ?

Le ton chuchotant devint soudain perçant.

— Ne vous amusez plus à me refermer la porte au nez ! Vous m'entendez ? Vous m'entendez ?

Len Parker. Elle raccrocha brusquement, ramena les couvertures autour d'elle. Un moment plus tard, le téléphone sonna à nouveau. Elle ne décrocha pas. La sonnerie persista, quinze, seize, dix-sept fois. Elle savait qu'elle aurait dû soulever l'appareil de son réceptacle, mais la seule pensée de le toucher sachant Parker à l'autre bout de la ligne lui était insupportable.

Le silence se fit enfin. Darcy décrocha d'un geste sec le récepteur, se précipita dans le living-room, brancha le répondeur et retourna se coucher avec la même hâte, claquant la porte de sa chambre derrière elle.

S'était-il conduit de la même façon avec Erin ? L'avait-il suivie après qu'elle l'eut planté sur place ? Peut-être l'avait-il suivie jusqu'au bar où elle devait rencontrer un homme qui se faisait appeler Charles North ? Peut-être l'avait-il fait monter de force dans une voiture ?

Elle téléphonerait à Vince D'Ambrosio dans la matinée.

Elle resta éveillée pendant les deux heures suivantes, et finit par sombrer dans un sommeil à nouveau troublé de rêves confus et agités.

A 7 h 30, elle se réveilla avec une sensation de peur, puis s'en rappela la raison. Une bonne douche chaude l'apaisa un peu. Elle enfila un jean, un pull à col roulé, ses boots préférés.

Le répondeur n'avait pas enregistré d'appels.

Jus de fruits et café pris sur la table près de la fenêtre. Avec vue sur le jardin nu. A 8 heures, le téléphone sonna. Pitié, pas Len Parker ! Son « Allô » fut prudent.

— Darcy, j'espère que je ne téléphone pas trop tôt. Je voulais simplement vous dire que j'ai passé une soirée délicieuse, hier.

Elle laissa échapper un soupir de soulagement.

— Oh, Michael, vous ne pouvez savoir combien j'étais heureuse d'être avec vous.

— Il s'est passé quelque chose. Qu'y a-t-il ?

L'inquiétude dans sa voix était réconfortante. Elle lui parla de Len Parker, lui raconta ce qui s'était passé sur le perron, le coup de téléphone.

— J'aurais dû attendre que vous soyez montée chez vous.

— Je vous en prie, vous n'y pouvez rien.

— Darcy, prévenez cet inspecteur du FBI et signalez-lui ce Parker, et puis-je vous demander de ne plus répondre aux petites annonces ?

— Je crains que non. Mais je vais tout de suite appeler Vince D'Ambrosio.

En raccrochant après lui avoir dit au revoir, elle se sentit étrangement consolée.

Elle téléphona à Vince depuis son bureau. Les yeux écarquillés, Bev l'écouta parler à un autre agent. Vince avait pris l'avion pour Lancaster. L'autre agent enregistra la déclaration.

— Nous travaillons avec la police départementale. Nous allons nous occuper de cet individu. Merci, mademoiselle.

Nona téléphona et lui expliqua la raison du départ de Vince pour Lancaster.

— Darcy, c'est véritablement effrayant. C'est déjà atroce d'imaginer un individu assez pervers pour reproduire un meurtre qu'il a vu dans « Crimes-Vérité », mais on a peut-être la preuve qu'il agit ainsi depuis longtemps. Claire Barnes a disparu il y a deux ans. Erin et elle étaient très semblables. Elle venait d'obtenir son premier vrai rôle dans une comédie musicale à Broodway. Erin venait d'avoir sa première commande importante de la part de Bertolini.

Sa première commande de la part de Bertolini. Les mots flottèrent dans l'esprit de Darcy pendant qu'elle composait et écoutait les appels téléphoniques, feuilletait les journaux du Connecticut et de New York, cherchant les annonces de ventes immobilières et de débarras pour cause de déménagement, faisait un saut rapide à l'appartement qu'elle décorait, et s'arrêtait enfin pour avaler un sandwich et un café à un comptoir.

C'est alors qu'elle comprit ce qui la tracassait. *Sa première commande de la part de Bertolini.* Erin lui avait dit qu'elle devait recevoir vingt mille dollars pour le dessin et l'exécution du collier. Dans la précipitation des événements, Darcy avait oublié d'écouter les messages sur le répondeur d'Erin. Elle allait appeler le bijoutier dès son retour à son bureau pour confirmation.

On lui passa Aldo Marco. Était-elle un membre de la famille qui enquêtait ?

— Je suis l'exécuteur testamentaire d'Erin Kelly.

Les mots lui firent un effet consternant.

Le paiement avait déjà été réglé à l'agent de Mlle Kelley, Jay Stratton. Où était le problème ?

— Je suis sûre qu'il n'y en a aucun.

Ainsi Stratton se prétendait l'agent d'Erin.

Il n'était pas chez lui. Elle laissa un message sec. La rappeler d'urgence au sujet du chèque d'Erin.

Jay Stratton téléphona juste avant 17 heures.

— Je suis navré. J'aurais dû vous joindre plus tôt. J'étais en déplacement. A l'ordre de qui dois-je libeller le chèque ?

Il ajouta que pendant son absence, il n'avait cessé de penser à Erin.

— Une fille merveilleuse et bourrée de talent. Je reste convaincu que quelqu'un connaissait l'existence de ce bijou et l'a tuée pour ça, cherchant ensuite à faire passer son crime pour un plagiat.

Vous plus que quiconque étiez au courant du bijou. Écouter Stratton, répondre aimablement à ses condoléances, demanda un effort à Darcy. Il comptait s'absenter à nouveau de New York pendant quelques jours. Elle convint de le rencontrer lundi soir.

Pendant quelques minutes, après avoir raccroché, Darcy resta le regard fixe, perdue dans ses pensées, puis elle prononça à voix haute : « Après tout, comme vous le dites, monsieur Stratton, deux des plus proches amis d'Erin devraient mieux se connaître. » Elle soupira. Elle ferait bien de se mettre au travail avant qu'il ne soit temps de se préparer pour son rendez-vous avec le dénommé Boîte postale 1527.

Vince était parti pour Lancaster par le premier vol vendredi matin. Il avait conseillé au père de Claire Barnes de ne parler à personne, en dehors de la famille, de l'envoi des chaussures. Mais lorsqu'il débarqua à l'aéroport, le journal local publiait déjà toute l'histoire en première page. Il téléphona chez les Barnes et apprit par la femme de ménage que Mme Barnes avait été transportée d'urgence la veille à l'hôpital.

Lawrence Barnes était un homme fortement charpenté qui, en d'autres circonstances, pensa Vince, aurait probablement beaucoup de prestance. Assis au pied du lit, une jeune femme à ses côtés, il couvrait d'un regard inquiet sa femme endormie sous l'effet des sédatifs. Vince lui montra sa carte, le priant de le suivre dans le couloir.

Barnes lui présenta la jeune femme : son autre fille, Karen.

— Un journaliste se trouvait dans la salle des urgences lorsque nous sommes arrivés, dit-il d'une voix blanche. Il a entendu Emma crier à propos du paquet, hurlant que Claire était morte.

— Où sont les chaussures actuellement ?

— A la maison.

Karen Barnes le conduisit en voiture. Avocat-conseil à Pittsburgh, elle n'avait jamais partagé l'espoir de ses parents de voir un jour Claire réapparaître.

— Si elle était en vie, elle se serait débrouillée par n'importe quel moyen pour jouer dans le spectacle de Tommy Tune.

La demeure des Barnes était une grande maison coloniale dans un quartier luxueux. Une propriété qui couvrait au moins un demi-hectare, pensa Vince. Un camion de télévision était stationné dans la rue. Karen le dépassa rapidement, pénétra dans l'allée, et fit le tour par l'arrière de la maison. Un policier empêcha le journaliste de l'intercepter.

Le living-room était rempli de photos de famille, nombre d'entre elles montrant Karen et Claire adolescentes. Karen saisit l'une d'entre elles sur le piano.

— J'ai pris cette photo de Claire la dernière fois que je l'ai vue. Nous nous promenions dans Central Park, quelques semaines avant sa disparition.

Mince. Jolie. Blonde. Vingt-cinq ans. Un sourire joyeux. « Tu les choisis bien, salaud », pensa amèrement Vince.

— Puis-je vous l'emprunter ? J'en ferai faire un tirage et vous renverrai l'original.

Le paquet était posé en évidence sur la table de l'entrée. Du papier brun ordinaire, une étiquette banale, adresse inscrite en lettres capitales. Postée de New York. La boîte ne montrait aucune particularité, à l'exception du croquis d'une chaussure de bal délicatement dessiné sur le couvercle. Les chaussures dépareillées. Une sandale blanche de Bruno Magli, une autre à bride et talon aiguille, dorée, ouverte au bout. Les deux étaient de la même pointure. Trente-huit, pied étroit.

— Vous êtes certaine que cette sandale blanche lui appartenait ?

— Oui. J'en ai une paire identique. Nous les avions achetées ensemble, lors de ce dernier jour à New York.

— Depuis combien de temps votre sœur répondait-elle à des petites annonces ?

— Environ six mois. La police a enquêté auprès de toutes les personnes auxquelles elle avait répondu, du moins celles qui ont pu être retrouvées.

— Avait-elle jamais placé d'annonce elle-même ?

— Pas à ma connaissance.

— Où vivait-elle, à New York ?

— Soixante-troisième rue ouest. Un appartement dans une maison de trois étages. Mon père a continué de payer le loyer pendant près d'une année après sa disparition, puis il a cessé.

— Qu'avez-vous fait de ses affaires ?

— Le mobilier n'avait pas grande valeur. Ses vêtements, ses livres et quelques effets supplémentaires sont rangés en haut dans son ancienne chambre.

— J'aimerais y jeter un coup d'œil.

Il y avait un carton de rangement sur une étagère de la penderie.

— J'ai tout rassemblé, lui dit Karen. Agenda, carnet d'adresses, papier à lettres, courrier, ce genre de choses. Lorsque nous avons déclaré sa disparition, la police de New York a inspecté ses papiers personnels.

Vince prit le carton et l'ouvrit. Un agenda vieux de deux

163

ans se trouvait au-dessus. Il le feuilleta. De janvier à août, les pages étaient noircies de rendez-vous. Claire Barnes n'était pas réapparue depuis le 4 août.

— Claire avait ses propres abréviations, ce qui complique un peu les choses. — La voix de Karen Barnes trembla. — Lorsqu'elle inscrit « Jim », par exemple, cela signifie le studio Jim Haworth, où elle prenait des cours de danse. Le 5 août, elle a marqué « Tommy ». Ce qui veut dire répétition pour le spectacle de Tommy Tune, *Grand Hôtel*. Elle venait d'être engagée.

Vince tourna les pages en arrière. Le 15 juillet à 17 heures, il vit « Charley ».

Charley !

Sans paraître y attacher d'importance, il désigna l'inscription.

— Savez-vous qui est celui-ci ?

— Non... bien qu'elle m'ait parlé d'un Charley qui l'avait emmenée danser, une fois. Je ne crois pas que la police ait jamais pu déterminer de qui il s'agissait.

Le visage de Karen Barnes pâlit.

— Cette sandale. C'est le genre de chaussure que l'on met pour aller danser.

— En effet. Mademoiselle Barnes, ne divulguez pas ce nom, je vous prie. Depuis combien de temps votre sœur vivait-elle dans son appartement ?

— Depuis exactement un an. Auparavant, elle occupait une chambre dans le Village.

— Où ?

— Christopher Street. 101, Christopher Street.

Il était 16 h 45 lorsque Darcy remit à Bev les dernières factures à payer. Puis, dans un élan, elle téléphona à la mère de la jeune convalescente. Le retour de la jeune fille était prévu pour la fin de la semaine prochaine. Le peintre engagé par Darcy, un vigile d'humeur joyeuse qui arrondissait au noir ses fins de mois, n'avait pas terminé.

— La chambre sera complètement finie mercredi, promit Darcy.

« Dieu merci, j'ai eu la bonne idée d'emporter une tenue de rechange ce matin ! » pensa-t-elle en remplaçant jean et pull par un chemisier de soie noire à encolure bateau, une jupe aux genoux en soie vert et or, et une écharpe assortie. Une chaîne en or autour du cou, un jonc d'or au poignet, des pendants d'oreilles. Tous dessinés par Erin. Étrangement, elle eut l'impression de revêtir la côte de mailles d'Erin avant d'entrer dans la bataille.

Elle ôta la pince qui retenait ses cheveux et les brossa en vagues souples autour de son visage.

Bev revint au moment où elle appliquait une dernière touche d'ombre à paupière.

— Tu es superbe, Darcy. — Elle hésita. — Je veux dire : il me semble souvent que tu t'évertues à passer inaperçue, et, ce soir, je veux dire, oh, Seigneur, je ne sais pas trouver les mots justes ! Excuse-moi.

— Erin tenait à peu près le même langage, la rassura Darcy. Elle me poussait toujours à me maquiller davantage, à arborer quelques-unes des fringues de luxe que ma mère m'expédie régulièrement.

Bev portait une jupe et un sweater que Darcy lui avait fréquemment vus sur le dos.

— A propos, comment te vont les affaires d'Erin ?

— A la perfection. Je suis tellement contente de les avoir. Les cours ont encore augmenté et je te jure, Darcy, avec les prix pratiqués dans les boutiques aujourd'hui, je m'apprêtais à jouer les Scarlett O'Hara et à me tailler une robe dans les rideaux.

Darcy éclata de rire.

— Ça reste encore une de mes scènes préférées dans *Autant en emporte le vent.* Écoute, je sais que je t'ai demandé d'éviter de porter les vêtements d'Erin au bureau Mais elle aurait été la première à te conseiller d'en profiter. Mets-les quand tu veux.

— Tu es certaine ?

Négligeant sa fidèle veste de cuir, Darcy prit sa cape de cachemire.

— Bien sûr que j'en suis certaine.

Elle avait rendez-vous avec le numéro de boîte postale 1527, David Weld, au grill de Smith and Wollensky's à 17 h 30. Il l'avait prévenue qu'il l'attendrait au bar, sur le dernier siège, « ou debout par là ». Cheveux bruns. Yeux bruns. Un peu plus d'un mètre quatre-vingts. Costume sombre.

Elle n'eut aucun mal à le repérer.

« Plutôt sympathique », jugea-t-elle quinze minutes plus tard tandis qu'ils étaient assis face à face à l'une des petites tables. Il était né et avait grandi à Boston. Il travaillait pour Holden's, la chaîne de grands magasins. Avait passé les dernières années à aller et venir dans les trois États, suivant les développements successifs de la chaîne.

Darcy lui donna environ trente-cinq ans, se demandant s'il y avait à cet âge quelque chose de particulier qui poussait les célibataires à se ruer sur les petites annonces.

Elle dirigea facilement la conversation. Il était parti s'installer dans le Nord-Est. Son père et son grand-père avaient occupé des postes de cadre dans les magasins d'Holden's. Il y travaillait déjà quand il était gosse. En sortant de l'école. Le dimanche. Pendant les vacances d'été.

— Je n'ai jamais rien fait d'autre, confia-t-il. On a la bosse du commerce dans la famille.

Il n'avait jamais rencontré Erin. Il avait appris sa mort par le journal.

— C'est ce qui vous met mal à l'aise quand vous placez une petite annonce. Je veux dire : tout ce que je désire pour ma part, c'est faire la connaissance d'une fille intéressante. — Silence. — Comme vous.

— Merci.

— J'aimerais beaucoup vous inviter à dîner, si vous êtes libre.

Le regard était plein d'espoir mais la proposition faite avec retenue.

Pas de problème d'ego dans son cas, pensa Darcy.

— Je ne peux sincèrement pas, mais je gage que vous avez rencontré beaucoup de filles charmantes par l'intermédiaire de ces annonces, non ?

Il sourit.

— Deux très gentilles. L'une d'entre elles, aussi improbable que cela puisse paraître, venait d'être engagée par Holden's, au Paramus, leur magasin dans le New Jersey. Elle est acheteuse. Exactement ce que je faisais, avant d'être appelé à la direction.

— Oh ! De quoi s'agissait-il ?

— J'étais chargé des achats de chaussures pour nos magasins en Nouvelle-Angleterre.

Vince regagna son bureau de Federal Plaza à 15 heures. Il y avait un message urgent, le priant de rappeler le chef de la police à Darien. Vince apprit par lui l'histoire du paquet adressé aux Sheridan.

— Vous êtes certains que ce sont les pendants des chaussures que portait Nan Sheridan ?

— Nous les avons comparées. Nous avons les deux paires à présent.

— La presse a-t-elle eu vent de l'histoire ?

— Pas jusqu'ici. Nous tâchons de ne rien ébruiter, mais c'est sans garantie. Vous connaissez Chris Sheridan, je crois. C'était son premier souci.

— C'est aussi le mien, dit rapidement Vince. Nous savons donc maintenant que ce tueur a commencé il y quinze ans, si ce n'est plus tôt. Il a sûrement une raison de renvoyer aujourd'hui les chaussures. Je veux avoir l'avis de l'un de vos psychiatres. Mais si on découvre qu'un type interrogé à propos de Nan Sheridan a aussi un rapport avec Claire Barnes, on aura enfin quelque chose de tangible à se mettre sous la dent.

— Et Erin Kelley ? Vous ne l'incluez pas ?

— Je préfère ne pas porter de jugment trop hâtif. Il est possible que sa mort soit liée à la disparition du bijou et camouflée en plagiat.

Vince convint de venir prendre les chaussures le lendemain et raccrocha.

Son assistant, Ernie Cizek, un jeune agent originaire du Colorado, le mit rapidement au courant du coup de fil de Darcy concernant Len Parker.

— Ce type est complètement azimuté, dit Cizek. Travaille dans l'équipe d'entretien de l'université de New York. Un génie en électricité. Peut réparer n'importe quoi. Solitaire. Paranoïque sur les questions de fric. Mais écoutez ça : la famille est bourrée aux as. Parker a des revenus conséquents. Un mandataire gère ses affaires à la banque. Il n'a fait qu'un seul gros retrait, il y a quelques années. Son mandataire pense qu'il a acheté une propriété. Vit apparemment de son maigre salaire dans un immeuble minable sans ascenseur, Neuvième Avenue. Possède un vieux break. Pas de garage. Stationne dans la rue.

— Casier judiciaire ?

— Le genre de plainte déposée par Scott. Suit les femmes chez elles. Leur crie après. Tape dans les portes. Le roi pour placer des petites annonces. Tout le monde l'envoie balader. Jusqu'à aujourd'hui, aucune agression physique. Injonctions mais pas de condamnations.

— Amenez-le ici.

— J'ai parlé à son psy. Il dit qu'il est inoffensif.

— Bien sûr qu'il est inoffensif. Tout comme les voyeurs sont censés ne jamais mettre en acte leurs fantasmes. Nous savons ce qu'il en est, hein ?

Doug approuva vivement l'intention de Susan d'emmener les enfants passer le week-end chez son père à Guilford, dans le Connecticut. Il avait promis à cette séduisante divorcée spécialiste en immobilier de l'emmener danser et se demandait s'il devait annuler leur rendez-vous. Il était rentré tard deux soirs de suite cette semaine, et même si Susan avait paru apprécier leur dîner à New York, lundi soir, il y avait quelque chose de nouveau dans son attitude qu'il ne parvenait pas à définir.

Le départ de Susan avec les enfants jusqu'au dimanche lui laisserait deux nuits de liberté. Il n'offrit pas de les accompagner. Son geste serait inutile. Le père de Susan ne l'avait jamais aimé, il s'arrangeait toujours pour sous-entendre que Doug était certainement un personnage important dans sa société pour travailler pendant des nuits entières. « C'est étonnant qu'en travaillant autant, tu aies besoin de m'emprunter de telles sommes pour acheter la maison, Doug. Je jetterais volontiers un coup d'œil sur ton budget avec toi pour voir où est le problème. »

Tu peux toujours courir !

— Passe un bon week-end, chérie, dit Doug à Susan en la quittant le vendredi matin. Et embrasse ton père pour moi.

L'après-midi, pendant la sieste du bébé, Susan téléphona à l'agence de détectives pour avoir un compte rendu. Calmement, elle reporta par écrit les renseignements qu'on lui communiqua. Le rendez-vous avec une femme au SoHo. Celui qu'ils avaient pris pour aller danser. L'appartement dans London Terrace au nom de Douglas Fields.

— Carter Fields est son vieux copain, dit-elle au détective. Tous les deux font la paire. Ne vous donnez plus la peine de le suivre. Je ne désire pas en savoir davantage.

Son père vivait toute l'année dans une belle maison

géorgienne, autrefois leur maison d'été. Des crises cardiaques répétées lui avaient laissé une pâleur permanente qui brisait le cœur de Susan. Mais il n'y avait rien de fragile dans son maintien ni dans sa voix. Après le dîner, Beth et Donny allèrent rendre visite à leurs amis dans la maison voisine. Susan mit Trish et le bébé au lit, puis prépara du café et l'emporta dans la bibliothèque.

Elle sentit le regard de son père posé sur elle tandis qu'elle lui préparait sa tasse avec un édulcorant et un zeste de citron.

— Quand exactement saurais-je la raison de ta visite inattendue, quoique toujours bienvenue ?

Susan sourit.

— Maintenant, je crois. Je vais divorcer de Doug.

Son père attendit la suite.

« Promets de ne pas dire " Je te l'avais bien dit " », pria Susan en silence, puis elle continua :

— J'ai demandé à une agence de détectives de le suivre. Il sous-loue un appartement à New York sous le nom de Douglas Fields. Se fait passer pour un illustrateur indépendant. Rencontre un tas de femmes. En même temps, il ne cesse de répéter qu'il travaille comme un fou, « toutes ces réunions tardives ». Ses mensonges n'échappent pas à Donny qui le méprise et lui en veut terriblement. Mieux vaut pour lui ne rien attendre de son père plutôt que d'espérer un changement.

— Veux-tu venir vivre ici, Susan ? Il y a toute la place nécessaire.

Elle lui adressa un sourire reconnaissant.

— Tu deviendrais cinglé en une semaine. Non. La maison est trop grande. Doug a tenu à l'acheter pour impressionner les gens du club. Elle était au-dessus de nos moyens alors et je commence à comprendre pourquoi elle est au-dessus de nos moyens aujourd'hui. Je vais la vendre, chercher un endroit plus petit, mettre le bébé dans une garderie l'année prochaine. Il y en a une formidable en ville. Puis je chercherai du travail.

— Ça ne sera pas facile.

— Ce sera bien mieux que ça ne l'est maintenant.

— Susan, j'essaie de ne pas dire « Je t'avais prévenue », mais c'est pourtant le cas. Ce type est un coureur de jupons et il a de mauvaises tendances. Souviens-toi de ton dix-huitième anniversaire. Ce soir-là, il était tellement ivre quand il t'a ramenée à la maison que je l'ai jeté dehors. Le lendemain matin, toutes les vitres de ma voiture étaient brisées.

— Tu ne peux pas certifier que c'était Doug.

— Allons, Susan. Si tu commences à regarder les faits en face, regarde-les tous. Et dis-moi une chose : ne l'as-tu pas couvert le jour où la police l'a interrogé à propos de la mort de cette fille ?

— Nan Sheridan ?

— C'est ça, Nan Sheridan.

— Doug n'est tout simplement pas capable...

— Susan, à quelle heure est-il venu te chercher le matin où elle est morte ?

— A 7 heures. Nous avions l'intention d'assister à un match de hockey à Brown.

— Susan, avant qu'elle ne meure, j'ai obligé ta grand-mère à m'avouer la vérité. Tu étais en larmes, croyant que Doug t'avait une fois de plus posé un lapin. Il est arrivé chez nous après 9 heures. Donne-moi au moins la satisfaction de me dire la vérité aujourd'hui.

La porte d'entrée claqua bruyamment. Donny et Lisa entrèrent. Le visage de Donny semblait détendu et heureux. Il ressemblait de plus en plus à Doug au même âge. Elle avait eu le béguin pour Doug dès leur première année au lycée.

Susan sentit son cœur se serrer douloureusement. « Je ne l'oublierai jamais totalement », reconnut-elle. Doug la suppliant, *Susan, j'ai eu une panne de voiture. Ils veulent m'accuser. Il*

171

*leur faut un coupable. Je t'en prie, dis-leur que j'étais chez toi à
7 heures.*

Donny vint l'embrasser. Elle tendit le bras en arrière et lui
caressa les cheveux, puis se tourna vers son père.

— Papa, allons. Tu sais bien que grand-mère avait
l'esprit troublé. Même à cette époque, il lui arrivait de
confondre les jours.

XI

Samedi
2 mars

IL était 2 h 30 samedi matin lorsque Charley arriva dans sa retraite secrète. Le besoin de s'y retrouver était devenu insurmontable. Là, il pouvait enfin être lui-même. Rien ne l'obligeait plus à se fondre dans l'autre. Il pouvait danser, ne faisant qu'un avec Fred Astaire, sourire au fantôme qu'il tenait dans ses bras, chantonner à son oreille. La merveilleuse solitude des lieux, les rideaux tirés, le protégeant de l'improbable regard d'un intrus, la sensation d'être soi, sans limites, à l'abri des oreilles ou des yeux indiscrets, libre d'errer dans de délicieuses réminiscences.

Nan. Claire. Janine. Marie. Sheila. Leslie. Annette. Tina. Erin. Elles lui souriaient toutes les neuf, heureuses d'être avec lui ; elles n'auraient plus jamais l'occasion de le rabrouer, de se moquer de lui, de le regarder avec mépris. A la fin, lorsqu'elles avaient compris, une indicible satisfaction l'avait envahi. Il regrettait de ne pas avoir donné à Nan le temps de réaliser ce qui lui arrivait, de l'implorer. Leslie et Annette l'avaient supplié de leur laisser la vie sauve. Marie et Tina avaient sangloté.

Quelquefois, elles revenaient à lui, une à une. A d'autres moments, elles apparaissaient ensemble. *Changez de partenaire et dansez avec moi.*

A présent, les deux premiers paquets étaient certainement

arrivés à destination. Oh! être la légendaire petite souris, observer le moment où l'emballage était défait, voir l'expression de perplexité se transformer en compréhension.

Plagiaire.

Personne ne l'appellerait plus comme ça. Quelle serait la prochaine, Janine, Marie? Janine. Le 20 septembre, il y avait deux ans. Il allait expédier son paquet sans tarder.

Il descendit au sous-sol. La vue des boîtes à chaussures l'enchantait. Enfilant les gants de plastique qu'il utilisait toujours pour manier tout ce qui appartenait aux filles, il attrapa le carton marqué « Janine ». Il l'enverrait à sa famille à White Plains.

Son regard s'attarda sur la dernière étiquette au nom d'Erin. Un rire nerveux le secoua. Pourquoi ne pas envoyer sa boîte maintenant? Ça ficherait définitivement en l'air leur théorie de plagiat. Elle lui avait dit que son père se trouvait dans une maison de santé. Il allait expédier les chaussures à son adresse à New York.

Mais si personne dans son immeuble n'avait l'idée de remettre le paquet à la police? Quelle peine perdue pour qu'il finisse relégué dans un coin sous une couche de poussière.

Et s'il envoyait les chaussures aux bons soins de la morgue? Après tout, c'était sa dernière adresse à New York. L'idée le réjouit.

En premier, frotter méticuleusement chaussures et boîtes afin d'éliminer toute empreinte. Sortir les papiers d'identité. Il avait retiré les portefeuilles de leurs sacs, avant de brûler ces derniers.

Envelopper de papier de soie neuf les deux chaussures dépareillées. Refermer les couvercles. Il admira ses croquis. Il s'améliorait. Celui qu'il avait dessiné sur la boîte d'Erin montrait le coup de crayon d'un professionnel.

Du papier d'emballage marron, du ruban adhésif. L'étiquette. Il utilisait les plus banales, celles qu'on pouvait acheter n'importe où aux États-Unis.

174

Il inscrivit d'abord l'adresse sur le paquet de Janine.

Au tour d'Erin, à présent. L'annuaire de New York lui procurerait l'adresse de la morgue.

Charley fronça les sourcils. Supposons qu'un empoté à la réception du courrier n'ouvre pas le paquet, se contente de le remettre sans plus au facteur. « Y a personne de ce nom ici. » Sans adresse de réexpédition, il finirait au rebut.

Il existait une autre possibilité. Cela risquait-il d'être une erreur ? Non. Pas vraiment. Il gloussa à nouveau. Ça les obligerait à gamberger !

Il commença à inscrire le nom de la destinataire à qui il comptait adresser le boot et la chaussure qu'il avait choisie pour Erin.

DARCY SCOTT...

Samedi, Darcy rencontra le numéro de boîte postale 1143, Albert Booth, à l'heure du brunch au Victory Café. Elle lui donna une quarantaine d'années. Au cours de leur conversation téléphonique, elle s'était arrangée pour lui faire répéter ce qu'il avait mis dans son annonce, à savoir qu'il était informaticien, aimait lire, skier, jouer au golf, valser, se promener dans les musées, et écouter des disques. Il avait ajouté qu'il avait un bon sens de l'humour.

Ce dernier point, décida Darcy après que Booth lui eut demandé « si rencontrer un numéro de boîte postale lui donnait la sensation d'être à l'étroit », se révéla vrai jusqu'à un certain degré. Le temps d'avaler une première tasse de café, elle doutait aussi de tout le reste, excepté que l'informatique n'avait aucun secret pour lui. Son maintien avachi ne laissait en rien transparaître un tempérament de skieur, de joueur de golf, d'amateur de valse ou de marche à pied.

Sa conversation concernait uniquement le passé, le présent et l'avenir des ordinateurs.

— Il y a quarante ans, il fallait deux grandes pièces

bourrées d'équipement lourd pour réaliser ce que fait aujourd'hui l'appareil posé sur votre bureau.

— J'ai attendu l'an dernier pour en acheter un.

Il parut stupéfait.

En mangeant ses œufs en gelée, il lui fit part de son dégoût pour la ruse avec laquelle les étudiants manipulaient les rapports scolaires en pénétrant les systèmes informatiques.

— On devrait les jeter en prison pour cinq ans. Et leur faire payer une belle amende de surcroît.

Darcy fut persuadée que la profanation d'un sanctuaire ou d'un temple ne lui aurait pas paru plus grave.

En avalant la dernière tasse de café, il développa sa théorie selon laquelle les futures guerres seraient gagnées ou perdues par des experts capables de pénétrer les systèmes informatiques ennemis.

— Changer toutes les données, vous voyez ce que je veux dire. Vous croyez posséder deux mille têtes nucléaires dans le Colorado. Quelqu'un les change en deux cents. Vous déployez vos armées. Les chiffres sont modifiés. Où est la cinquième division ? La septième ? Vous n'en savez rien. Vous pigez ?

— Oui.

Booth sourit soudain.

— Vous savez écouter, Darcy. Ce n'est pas le cas des femmes en général.

C'était le signal qu'elle attendait.

— Je commence tout juste à répondre aux petites annonces. Vous avez certainement rencontré des personnes très diverses. A quoi ressemblent la plupart d'entre elles ?

— La plupart sont plutôt ennuyeuses.

Albert se pencha au-dessus de la table.

— Écoutez, vous voulez savoir avec qui je suis sorti il y a deux semaines ?

— Avec qui ?

— Avec cette fille qui a été assassinée. Erin Kelley.

Darcy espéra qu'elle contenait suffisamment sa réaction.

— A quoi ressemblait-elle ?

— Jolie fille. Charmante. Quelque chose la tracassait. Darcy agrippa sa tasse de café.

— Vous a-t-elle dit ce qui la tracassait ?

— Bien sûr. Elle m'a raconté qu'elle terminait un collier, que c'était sa première grosse commande et qu'une fois payée, elle se mettrait immédiatement en quête d'un nouvel appartement.

— Pour une raison précise ?

— Elle a dit que l'intendant de l'immeuble s'arrangeait toujours pour l'effleurer quand elle passait devant lui et trouvait n'importe quel prétexte pour entrer chez elle. Une fuite d'eau, une panne de chauffage, ce genre de chose. Elle le supposait inoffensif, mais le trouver dans sa salle de bains lui donnait la chair de poule. Je crois que cela venait juste de lui arriver la veille de notre rencontre.

— Ne croyez-vous pas que vous devriez raconter ça à la police ?

— Pas question. Je travaille pour IBM. Ils ne veulent voir aucun de leurs employés mentionnés dans la presse si ce n'est pour l'annonce de leur mariage ou de leur enterrement. Si je préviens la police, ils prendront des renseignements sur moi. N'est-ce pas ? Mais j'y pense... Peut-être pourrais-je leur déposer une lettre anonyme ?

La vaste machine de renseignements du FBI passa à la vitesse supérieure pour rechercher le détaillant qui avait vendu la sandale du soir renvoyée chez les parents de Claire Barnes et celle trouvée sur Erin Kelley. Dans le cas de Nan Sheridan, la police avait retrouvé quinze ans auparavant la trace de sa chaussure dans un point de vente sur la Route Un, dans le Connecticut. Personne à cette époque n'était parvenu à se rappeler qui l'avait achetée.

La sandale portée par Claire Barnes était un modèle de

Charles Jourdan, vendu dans les magasins de luxe de tout le pays. Dix mille paires, pour être exact. Impossible à retrouver. Celle d'Erin Kelley était un modèle courant de Salvatore Ferragamo.

Les inspecteurs de la police de New York passèrent au peigne fin les grands magasins, les magasins de chaussures, les boutiques de soldes.

On fit venir Len Parker pour l'interroger. Il commença à fulminer contre la grossièreté de Darcy à son égard.

— Je voulais seulement m'excuser. Je savais que je m'étais montré désagréable. Peut-être avait-elle un rendez-vous pour dîner. Je l'ai suivie et elle ne mentait pas. J'ai attendu dehors dans le froid pendant qu'elle mangeait dans ce restaurant de luxe.

— Vous êtes resté à l'attendre sans bouger ?

— Oui.

— Et ensuite ?

— Elle est montée dans un taxi avec un type. J'en ai pris un de mon côté. Je suis descendu au bout de sa rue. Le type l'a raccompagnée jusqu'à sa porte et il est parti. J'ai remonté la rue en courant. Après tout ce que j'avais enduré pour m'excuser, elle m'a claqué la porte au nez.

— Et Erin Kelley ? L'avez-vous suivie, elle aussi ?

— Pourquoi l'aurais-je fait ? Elle m'a laissé choir. Peut-être était-ce de ma faute. J'étais d'une humeur de chien le jour de notre rendez-vous. Je lui ai dit que toutes les femmes étaient de sales aventurières en quête d'argent.

— Alors pourquoi ne l'avez-vous pas avoué à Darcy Scott ? Lorsqu'elle vous a posé la question, vous avez nié avoir rencontré Erin.

— Parce que je savais que je finirais chez vous.

— Vous habitez Neuvième Avenue, quarante-huitième rue, n'est-ce pas ?

— Oui.

— Votre chargé de compte à la banque vous soupçonne

d'avoir une autre résidence. Vous avez retiré une importante somme d'argent il y a cinq ou six ans.

— J'ai le droit de dépenser mon argent comme je l'entends.

— Avez-vous acheté une autre résidence ?

— Prouvez-le.

Samedi après-midi, après en avoir terminé avec Len Parker, Vince D'Ambrosio se rendit 101, Christopher Street et sonna à la porte. Gus Boxer, le visage bougon, vint lui ouvrir. Il portait un sous-vêtement à manches longues. Des bretelles élimées retenaient un pantalon informe. Il parut peu impressionné par le badge du FBI.

— J' suis pas de service. Qu'est-ce que vous voulez ?

— Je veux vous parler, Gus. Vous préférez que ce soit ici ou au quartier général ? Et laissez tomber vos grands airs. J'ai votre dossier sur mon bureau, monsieur Hoffman.

Les yeux de Boxer regardèrent fébrilement à droite et à gauche.

— Entrez. Et baissez la voix.

— Il ne m'avait pas semblé l'élever.

Boxer le conduisit jusqu'à son studio au rez-de-chaussée. Comme Vince s'y attendait étant donné l'habillement du bonhomme, l'appartement reflétait davantage encore sa personnalité. Des meubles fatigués, tachés. Les vestiges d'un tapis autrefois beige. Une table branlante qui disparaissait sous une pile de magazines pornographiques.

Vince les feuilleta d'une main.

— Vous en avez une sacrée collection.

— Y a pas de loi qui l'interdise, non ?

Vince tapa du poing sur les revues.

— Écoutez, Hoffman, nous n'avons jamais rien retenu contre vous, mais votre nom a la sale habitude d'apparaître un peu trop souvent sur l'ordinateur. Il y a dix ans, vous étiez le concierge d'un immeuble où une fille de vingt ans a été retrouvée morte au sous-sol.

179

— Je n'avais rien à voir dans cette histoire.

— Elle avait déposé une plainte auprès du gérant, déclarant qu'elle vous avait trouvé dans son appartement en train de fouiller dans sa penderie.

— Je cherchais à repérer une fuite d'eau. Une canalisation passait dans le mur derrière cette penderie.

— Vous avez débité le même baratin à Erin Kelley il y a deux semaines, n'est-ce pas ?

— Qui a dit ça ?

— Elle a dit à quelqu'un qu'elle avait l'intention de déménager dès que possible car elle vous avait trouvé dans sa chambre.

— J'étais...

— ... en train de repérer une fuite d'eau. Je sais. A présent, parlons un peu de Claire Barnes. Combien de fois avez-vous pénétré chez elle à l'improviste à l'époque où elle vivait ici ?

— Jamais.

Après avoir quitté Boxer, Vince se rendit directement à son bureau, y arriva juste à temps pour répondre au coup de téléphone de son fils. Ne voyait-il pas d'inconvénient à ce qu'il arrive après 20 heures, ce soir ? Il y avait un match de basket-ball à l'école et les membres de l'équipe allaient manger une pizza dehors après le match.

« Un chouette môme », se répéta Vince, assurant à Hank qu'il n'y avait pas de problème. Ça le récompensait pour toutes ces années où il avait tant bien que mal essayé de maintenir à flot son mariage avec Alice. Au moins était-elle heureuse à présent. L'épouse choyée d'un type au portefeuille aussi gonflé que son estomac. Et lui ? J'aimerais rencontrer quelqu'un, s'avoua Vince, conscient que le visage de Nona Roberts emplissait soudain ses pensées.

Son assistant Ernie lui annonça qu'il y avait du nouveau. Un inspecteur du district nord de la ville avait ramassé Petey Potters, le clochard qui vivait sur le quai où l'on avait retrouvé le cadavre d'Erin Kelley. Ils amenaient Petey au commissariat pour l'interroger. Vince fit demi-tour et se dirigea à la hâte vers la batterie d'ascenseurs.

Petey avait des troubles de vision. Il y voyait double. Ça lui arrivait quelquefois après deux bouteilles de rouge. Et ça signifiait qu'au lieu de trois flics, il voyait trois paires de flics jumeaux. Aucun des six n'avait un regard amical.

Petey pensa à la fille morte. Elle était vachement froide quand il lui avait ôté le collier.

Qu'est-ce que disait le flic ?

— Petey, il y a des empreintes de doigts sur le cou d'Erin Kelley. Nous allons les comparer avec les tiennes.

A travers un brouillard, Petey pensa à un de ses amis qui avait filé un coup de couteau à un type. Il pourrissait en prison depuis cinq ans maintenant et le type qu'il avait poignardé s'en était sorti avec à peine une égratignure. Petey n'avait jamais eu d'ennuis avec les flics. Jamais. Il ne ferait pas de mal à une mouche.

Il le leur dit. Il vit qu'ils n'en croyaient pas un mot.

— Écoutez, dit-il de lui-même dans un élan de confiance. J'ai trouvé cette fille. J'avais pas assez de fric pour me payer même un café.

Les larmes gonflèrent ses yeux au souvenir de la soif qui lui brûlait la gorge.

— J'étais sûr que le collier était en or véritable. Il y avait une longue chaîne, avec un genre bizarre de pièces. J' me suis dit que si je le prenais pas, le premier venu le ferait à ma place. Y compris des flics, d'après c' qu'on dit.

Il regretta d'avoir ajouté ça.

— Qu'as-tu fait du collier, Petey ?

— Vendu pour vingt-cinq dollars à ce mec qui travaille dans la Septième Avenue près de Central Park South.

— « Bert la Brocante », fit l'un des flics. On va l'épingler.

— Quand as-tu découvert le corps, Petey ? demanda Vince.

— Quand je m' suis réveillé, tard le matin.

Petey grimaça. Ses yeux prirent une expression rusée. Les choses se remettaient peu à peu en place.

— Mais vraiment tôt, je veux dire quand il faisait encore nuit noire, j'ai entendu une voiture rouler sur le quai, passer devant mon abri et s'arrêter. Je m' suis dit que c'était peut-être une histoire de drogue et j'ai préféré pas me montrer. Sans blague.

— Même quand tu as entendu qu'elle s'éloignait? demanda l'un des inspecteur. Tu n'as même pas jeté un coup d'œil?

— Eh bien, quand j'ai été sûr qu'elle...

— As-tu jeté un coup d'œil, Petey?

Ils le croyaient. Il le savait. S'il pouvait leur dire quelque chose d'autre pour leur faire comprendre qu'il voulait bien coopérer. Petey força les brumes de l'alcool à refluer pendant une seconde. Ces jours entiers à rester debout avec son lave-glace et sa bouteille de nettoyant à la sortie de la cinquante-sixième rue sur le West Side Highway lui revinrent en mémoire. Il avait eu tout le temps d'observer les arrières des voitures.

Il revit les feux de la voiture qui s'éloignait sur le quai. Quelque chose dans la vitre arrière.

— C'était un break, dit-il avec un sifflement triomphant. Sur la tombe de Birdie, c'était un break.

Tandis que le brouillard lui obscurcissait à nouveau la vue, Petey retint un gloussement. Birdie était probablement encore en vie.

Darcy et Nona avaient prévu de dîner ensemble, samedi soir. D'autres amis avaient téléphoné, l'invitant à se joindre à eux, mais Darcy n'avait pas encore envie de voir des gens.

Elles convinrent de se retrouver au Jimmy Neary's Restaurant dans la cinquante-septième rue est. Dracy arriva la première. Jimmy leur avait réservé la table dans le coin à gauche.

— C'est moche, dit-il après avoir accompagné Darcy à sa place. Erin était une des filles les plus sensationnelles qui aient jamais franchi cette porte, Dieu ait son âme. — Il tapota la main de Darcy. — Vous étiez son amie de cœur, Et ne croyez pas que je l'ignore. Parfois, quand elle venait manger un morceau en vitesse, je m'asseyais avec elle pendant un moment. Je lui avais dit de faire gaffe en répondant à toutes ces annonces de cinglés.

Darcy sourit.

— Je suis étonnée qu'elle vous en ait parlé, Jimmy. Elle aurait dû savoir que vous la désapprouveriez.

— Je ne m'en suis pas privé. En prenant son mouchoir dans la poche de sa veste, le mois dernier, elle a fait tomber une annonce qu'elle avait déchirée dans un magazine. Ça m'a frappé quand je l'ai ramassée. « Erin Kelley, lui ai-je dit, j'espère que vous ne vous amusez pas à ces stupidités. »

— C'est bien ce que je craignais, lui dit Darcy. Erin était une formidable orfèvre, mais peu douée pour le classement. Le FBI cherche à retrouver la trace de tous les individus auxquels elle a écrit ou qu'elle a rencontrés, mais je suis certaine que la liste est incomplète.

Darcy préféra ne pas avouer qu'elle aussi répondait aux petites annonces.

— Vous souvenez-vous des termes de cette annonce ?

Le front de Neary se plissa sous le fait de la réflexion.

— Non, mais j'y ai jeté un coup d'œil, et je vais m'en souvenir. Quelque chose sur la musique... oh, ça va me revenir ! Tiens, voilà Nona, et quelqu'un l'accompagne.

Vince suivit Nona jusqu'à la table.

— Je n'ai pas l'intention de m'attarder plus d'une minute, dit-il à Darcy. Je ne veux pas vous déranger pendant votre dîner, mais j'ai essayé de vous joindre, j'ai téléphoné à Nona, et appris que vous étiez ici.

— Je suis contente de vous voir, et je serais heureuse que vous restiez.

Darcy nota dans les yeux de Nona un éclat qu'elle ne leur avait jamais vu.

— Vous a-t-on dit qu'Erin s'était plainte à l'un des types qu'elle a rencontrés d'avoir à nouveau trouvé l'intendant de l'immeuble dans son appartement ?

— J'ai vu Boxer aujourd'hui. — Vince haussa un sourcil — *A nouveau ?*

— Erin m'a dit qu'elle l'avait déjà pris sur le fait l'an dernier, mais elle l'estimait inoffensif. Apparemment, elle avait changé d'avis il y a deux semaines.

— Nous le faisons suivre, ainsi que beaucoup d'autres. J'aimerais en apprendre davantage sur l'individu d'hier soir.

— C'était un brave type...

Liz vint prendre leurs commandes. Elle offrit à Erin un sourire rapide et compatissant. « Elle s'occupait toujours si bien de nous, se rappela Darcy. Elle disait à Erin que c'était à ses origines irlandaises qu'elle aussi devait ses cheveux roux. »

Un Dubonnet pour Darcy et Nona. Une bière pour Vince.

Darcy et Nona optèrent pour le rouget grillé. Nona dit nerveusement à Vince :

— Il faut que vous mangiez de temps en temps.

Il commanda du corned-beef et du chou.

Vince revint au second rendez-vous de Darcy.

— Je veux être mis au courant de toutes les personnes que vous rencontrez. Vous en avez déjà vu deux qui ont avoué connaître Erin. Je vous en prie, laissez-moi décider qui est ou n'est pas important.

Elle lui parla de David Weld.

— Il fait partie de la direction des magasins Holden's à Boston. Je crois qu'il vient régulièrement à New York depuis ces deux dernières années où ils ont ouvert de nouveaux magasins.

Elle eut l'impression de lire dans les pensées de Vince

D'Ambrosio. *Vient régulièrement à New York depuis ces deux dernières années.* Darcy ajouta :

— Une chose m'a frappée : il était chargé de l'achat des chaussures.

— Chargé de l'achat des chaussures ! Comment s'appelle ce type ?

Vince l'inscrivit dans son carnet.

— David Weld, boîte 1527. Croyez-moi, nous allons examiner le bonhomme. Darcy, Nona vous a-t-elle parlé de l'envoi des chaussures aux parents de la jeune fille de Lancaster ?

— Oui.

Il hésita, jeta un coup d'œil autour de lui, constata que les gens à la table voisine étaient absorbés dans leur conversation.

— Nous essayons de garder le secret là-dessus. Une autre boîte de chaussures dépareillées a été envoyée hier. Les pendants de celles qui chaussaient Nan Sheridan quand on l'a retrouvée, il y a quinze ans.

Darcy se cramponna à la table.

— Alors le meurtre d'Erin n'est peut-être pas un plagiat.

— Nous n'en savons rien. Nous cherchons à savoir si quelqu'un ayant connu Claire Barnes connaissait aussi Nan Sheridan.

— Et Erin ? demanda Nona.

— Cela confirmerait que nous avons affaire à un autre Ted Bundy qui a réussi à échapper à la police pendant des années avec une série de meurtres à son actif. — Vince reposa sa fourchette. — Un grand nombre de gens qui répondent à ces annonces se révèlent très différents de la description qu'ils donnent d'eux. Toutes les jeunes femmes ciblées par notre ordinateur comme éventuelles victimes d'un meurtrier récidiviste vous ressemblent par l'âge, l'intelligence et l'apparence. En d'autres termes, notre tueur peut avoir donné rendez-vous à cinquante filles et n'en avoir trouvé qu'une seule à son goût. Je sais que je ne vous dissuaderai pas de répondre à ces annonces. A dire vrai, vous nous avez beaucoup aidés dans nos recherches. Néanmoins, vous n'êtes pas entraînée à servir d'appât. Vous êtes une jeune femme profondément généreuse, vulnérable, qui n'est pas apte à se défendre si elle s'aperçoit soudain qu'elle est piégée.

— Je n'ai pas l'intention de me laisser piéger.

Vince prit rapidement un café et s'en alla. Il expliqua que son fils, Hank, venait par le train depuis Long Island et qu'il voulait être rentré chez lui avant son arrivée.

Les yeux de Nona le suivirent tandis qu'il s'arrêtait pour régler l'addition.

— As-tu remarqué sa cravate? demanda-t-elle. Aujourd'hui, elle était à carreaux noirs et bleus avec une veste de tweed marron.

— Et alors? Je suis sûre que tu t'en fiches.

— Au contraire. Ça me plaît. Vince D'Ambrosio est si déterminé à trouver qui a tué ces filles qu'il ne s'encombre pas de détails sans importance. J'ai téléphoné chez les Barnes à Lancaster, juste après qu'ils ont ouvert le paquet avec les chaussures et, je peux te l'avouer, les entendre m'a brisé le cœur. Aujourd'hui, j'ai appelé le frère de Nan Sheridan pour lui demander de participer à l'émission. J'ai perçu la même douleur dans sa voix. Oh, Darcy, je t'en supplie, fais attention!

XII

Dimanche
3 mars

L E dimanche matin à 9 heures, Michal Nash téléphona.
— J'ai pensé à vous, j'étais inquiet. Comment allez-vous ?

Elle avait assez bien dormi.

— Pas mal.

— Prête pour aller faire un tour et dîner à Bridgewater, dans le New Jersey ? Nous rentrerons tôt. — Il n'attendit pas sa réponse. — Au cas où vous n'auriez pas regardé par la fenêtre, il fait un temps radieux. On se croirait au printemps. Ma gardienne est une remarquable cuisinière et se sent horriblement frustrée si je n'amène pas des amis à la maison au moins une fois pendant le week-end.

Darcy avait redouté cette journée. Lorsqu'elles n'avaient pas d'autres projets, elle et Erin se retrouvaient le dimanche pour un brunch et passaient ensuite l'après-midi au Lincoln Center ou dans un musée.

— C'est très tentant.

Ils convinrent qu'il passerait la prendre à 11 h 30.

— Et ne vous mettez pas sur votre trente-et-un. En fait, si vous aimez monter à cheval, venez en jeans. J'ai deux excellents chevaux.

— J'adore l'équitation.

Sa voiture était un cabriolet Mercedes.

— Très chic, fit Darcy.

Nash portait un pull de coton à col roulé, des jeans, une veste à chevrons. L'autre soir au restaurant, elle lui avait trouvé un regard particulièrement gentil. Aujourd'hui, il lui parut tout aussi charmant, mais il y avait autre chose. « Peut-être l'expression que prend un homme lorsqu'il commence à s'intéresser à une femme », se dit-elle secrètement. Cette pensée ne lui déplut pas.

Le trajet fut agréable. A mesure qu'ils roulaient vers le sud sur la nationale 287, les faubourgs disparurent. Les maisons que l'on apercevait depuis la route étaient maintenant plus éloignées et très espacées les unes des autres. Nash parlait avec une affection chaleureuse de ses parents.

— Pour paraphraser ce vieux dicton publicitaire : « Mon père a gagné sa vie à l'ancienne mode, il a travaillé. » Il commençait à faire fortune lorsque je suis né. Nous avons déménagé dix fois en dix ans, nous installant à chaque fois dans une maison plus grande que la précédente, jusqu'à ce qu'il achète cette dernière. J'avais alors onze ans. Comme je vous l'ai dit, mes goûts sont plus simples, mais il était tellement fier le jour où nous avons emménagé. Il a porté ma mère dans ses bras pour passer le seuil.

Curieusement, elle n'eut aucun mal à parler avec Michael Nash de ses célèbres parents et de la propriété de Bel-Air.

— Je ne m'y suis jamais vraiment sentie à ma place, comme si la véritable fille du couple royal vivait dans une chaumière et que j'avais pris sa place.

Comment deux êtres aussi magnifiques ont-ils pu mettre au monde une enfant aussi insignifiante ?

Erin était la seule à savoir ça. Aujourd'hui, Darcy le racontait malgré elle à Michael Nash. Elle se reprit :

— Hé, on est dimanche. Vous êtes en congé, docteur. Prenez garde, vous savez trop bien écouter.

Il lui jeta un coup d'œil.

— Et en grandissant, vous ne vous êtes jamais regardée

188

dans la glace pour constater que cette remarque ne tenait pas debout ?

— Aurais-je dû le faire ?

— Certainement.

La voiture quitta la nationale, traversa une petite ville au charme vieillot, longea une route de campagne.

— La clôture délimite la propriété.

Ils roulèrent encore pendant une minute avant de passer la grille.

— Mon Dieu, combien d'hectares possédez-vous ?

— Deux cents.

Au cours du dîner au Cirque, il avait dit que le décor de la maison était trop chargé. Darcy en convint en silence, reconnaissant néanmoins que c'était une demeure imposante et rassurante. Les arbres et les massifs étaient encore nus et sans fleurs, mais les grands résineux se dressaient dans toute leur splendeur en bordure de la longue allée.

— Si vous revenez le mois prochain, le jardin à lui seul vaudra le trajet, dit Nash.

Mme Hughes, la gardienne, avait préparé un déjeuner léger. Sandwiches au poulet grillé, jambon et fromage, suivis de gâteaux secs et de café. Elle posa un regard approbateur sur Darcy, et dit d'un ton de reproche à l'adresse de Michael.

— J'espère que ce sera suffisant, mademoiselle. Le docteur a dit que vous dîneriez tôt ce soir et que je ne devais pas en faire trop pour le déjeuner.

— C'est parfait, la rassura Darcy.

Ils mangèrent dans la pièce réservée au petit déjeuner, près de la cuisine. Michael ensuite lui fit rapidement visiter la maison.

— L'œuvre parfaite du décorateur d'intérieur, dit-il. Ce n'est pas votre avis ? Des meubles anciens qui coûtent une fortune. Je soupçonne la moitié d'entre eux d'être des copies. Un jour, je changerai tout ça, mais pour l'instant, cela ne vaut pas la peine. A moins d'avoir des invités, je passe la journée dans le bureau. Nous y sommes.

— C'est une pièce agréable, constata Darcy avec plaisir. Chaude. Vivante. Une vue magnifique. Un bel éclairage. Le genre d'atmosphère que j'essaie de donner à un endroit lorsque je le remets à neuf.

— Vous ne m'avez pas dit grand-chose de votre travail. Je serais heureux d'en savoir plus, mais si nous allions faire notre balade maintenant? John a sellé les chevaux.

Darcy pratiquait l'équitation depuis l'âge de trois ans. C'était l'une des rares activités qu'elle ne partageait pas avec Erin.

— Elle avait peur des chevaux, dit-elle à Michael tout en enfourchant une jument noire.

— Monter à cheval n'évoquera pas de souvenirs douloureux aujourd'hui. Tant mieux.

Elle sourit. L'air, frais et clair, sembla enfin chasser l'odeur des fleurs funéraires de ses narines. Ils parcoururent la propriété, ralentirent le pas pour traverser la ville, rejoignirent d'autres cavaliers qu'il lui présenta comme ses voisins.

A 18 heures, ils dînèrent dans la petite salle à manger. La température avait chuté. Un feu flambait dans la cheminée, le vin blanc était frais, une carafe de vin rouge attendait sur la desserte. John Hughes, en tenue de maître d'hôtel, servit le repas délicieusement préparé. Cocktail de crabe. Médaillons de veau. Asperges. Pommes de terre rôties. Salade verte et fromage piquant. Sorbet. Expresso.

Darcy poussa un soupir tout en savourant son café.

— Je ne sais comment vous remercier. Si j'étais restée seule à la maison, la journée m'aurait paru très pénible.

— Si j'avais passé la journée seul ici, cela m'aurait paru très ennuyeux.

Elle ne put s'empêcher d'entendre Mme Hughes dire à son mari au moment où ils partaient :

— C'est une jeune fille charmante. J'espère qu'elle reviendra avec le docteur.

XIII

Lundi
4 mars

Lundi soir, Jay Stratton rencontra Merrill Ashton à l'Oak Bar du Plazza. Le bracelet, un jonc de diamants montés à l'ancienne, gagna immédiatement l'approbation d'Ashton.

— Frances va l'adorer, dit-il avec enthousiasme. Je suis heureux que vous m'ayez convaincu de le lui offrir.

— Je savais qu'il vous plairait. Votre épouse est une très jolie femme. Ce bracelet sera ravissant à son bras. Comme je vous l'ai dit, je veux que vous le fassiez estimer dès votre retour chez vous. Si votre bijoutier pense qu'il vaut moins de quarante mille dollars, nous ne conclurons pas le marché. En réalité, il vous dira très probablement que vous avez fait une excellente affaire. Mais pour vous avouer la vérité, j'espère qu'à Noël prochain vous songerez à acheter un autre bijou pour Frances. Un collier de diamants, peut-être? Des pendants d'oreilles? Nous verrons.

— Si je comprends bien, vous me faites une faveur, dit en riant Ashton tout en sortant son carnet de chèques. C'est du bon travail.

Jay ressentit le frisson d'excitation qui l'envahissait chaque fois qu'il prenait un risque. Tout bijoutier digne de ce nom dirait à Ashton qu'à cinquante mille dollars le bracelet aurait encore été une affaire. Demain, il avait rendez-vous pour déjeuner avec Enid Armstrong. Il attendait avec impatience de mettre la main sur sa bague.

« Merci, Erin », pensa-t-il en acceptant le chèque.

Ashton invita Jay à manger un morceau avant de filer pour l'aéroport. Il prenait un avion à 21 h 30 pour Winston-Salem. Stratton expliqua qu'il avait rendez-vous avec un client à 19 heures. Il n'ajouta pas que Darcy Scott n'était pas le genre de client qu'il appréciait. Il avait dans sa poche un chèque de dix-sept mille cinq cents dollars ; les vingt mille dollars de Bertolini, moins sa commission.

Ils se quittèrent chaleureusement.

— Dites bien des choses de ma part à Frances. Je sais combien vous allez la rendre heureuse.

Stratton ne remarqua pas qu'un autre homme se levait sans bruit d'une table voisine et suivait Merrill Ashton dans le hall de l'hôtel.

— Puis-je vous dire un mot, monsieur ?

Ashton prit la carte qu'on lui tendait. *Nigel Bruce, Lloyd's de Londres.*

— Je ne comprends pas, bredouilla Ashton.

— Monsieur, je préfère que M. Stratton ne me voie pas. Pourriez-vous m'accompagner discrètement chez le bijoutier en face ? Un de nos experts nous y retrouvera. Nous aimerions jeter un coup d'œil sur le bijou que vous venez d'acheter.

Le détective prit pitié devant l'expression déconcertée d'Ashton.

— C'est une question de routine.

— De routine ! Êtes-vous en train de prétendre que le bracelet que je viens d'acheter a été volé ?

— Je ne prétends rien, monsieur.

— Mon œil ! Bon, s'il y a quelque chose de louche concernant ce bracelet, je préfère le savoir immédiatement. Le chèque n'est pas certifié. Je peux faire opposition dans la matinée.

Le journaliste chargé de l'enquête par le *New York Post* avait fait du bon boulot. Il s'était débrouillé pour apprendre qu'un paquet était arrivé à l'adresse de Nan Sheridan et qu'il contenait les chaussures dépareillées correspondant à celles qu'elle portait lorsque l'on avait retrouvé son corps. La photo de Nan Sheridan; la photo d'Erin; la photo de Claire Barnes. Étalées les unes à côté des autres en première page. UN MEURTRIER RÉCIDIVISTE EN LIBERTÉ.

Darcy lut le journal dans le taxi qui la conduisait au Plaza.

— Nous y sommes, mademoiselle.

— Quoi? Oh, c'est bien! Merci.

Heureusement, les rendez-vous s'étaient enchaînés aujourd'hui. Une fois encore, elle avait apporté de quoi se changer au bureau. Ce soir, elle était vêtue de l'ensemble de lainage rouge acheté Rodeo Drive. En sortant du taxi, elle se souvint qu'elle portait cette tenue la dernière fois qu'elle avait parlé à Erin. « Si seulement je l'avais vue ce jour-là », pensa-t-elle.

Elle arriva dix minutes en avance à son rendez-vous de 19 heures avec Jay Stratton. Elle décida d'entrer un instant dans l'Oak Room. Le maître d'hôtel du restaurant, Fred, était un vieil ami. Aussi loin que remontaient ses souvenirs, lorsqu'elle et ses parents venaient à New York, ils séjournaient au Plaza.

Michael Nash avait dit quelque chose hier qui la tracassait. N'avait-il pas suggéré qu'elle nourrissait encore une rancune d'enfant pour une remarque irréfléchie, même si elle était cruelle, qui n'avait plus de raison d'être aujourd'hui? Elle s'aperçut qu'elle attendait avec impatience de revoir Nash. « Cela ressemble peut-être à une consultation gratuite, mais j'aimerais lui en parler », reconnut-elle tandis que Fred s'avançait pour l'accueillir avec un large sourire.

193

A 19 heures tapantes, elle se dirigea vers la porte qui menait au bar. Jay Stratton était assis à une table dans un coin. La seule et unique fois où elle l'avait rencontré, c'était dans l'appartement d'Erin. Sa première impression avait été nettement défavorable. Il s'était montré franchement désagréable parce qu'il ne voyait pas le collier de Bertolini, et une fois ce dernier retrouvé, s'était inquiété de la disparition de la pochette de diamants. Le collier le concernait alors visiblement plus que la disparition d'Erin. Ce soir, elle eut l'impression de retrouver quelqu'un de radicalement différent. Il était tout charme. Mais sans savoir pourquoi, elle fut certaine d'avoir vu le vrai Jay Stratton la première fois.

Elle lui demanda où il avait fait la connaissance d'Erin

— Ne riez pas. Elle a répondu à une petite annonce que j'avais fait passer. Je la connaissais de nom et je lui ai téléphoné. Un de ces heureux hasards. Bertolini m'avait demandé de faire monter ces bijoux et, en lisant la lettre d'Erin, je me suis rappelé sa merveilleuse pièce d'orfèvrerie qui avait gagné le prix N. W. Ayer. Et nous nous sommes entendus. Nos rapports sont restés sur le plan strictement professionnel, bien qu'elle m'ait demandé de l'accompagner à un bal de charité. Un client lui avait donné les billets. Nous avons dansé toute la nuit.

Pourquoi éprouvait-il le besoin d'ajouter « strictement professionnel » ? se demanda Darcy. Et est-ce que c'était resté strictement professionnel de la part d'Erin ? A peine six mois auparavant, Erin avait dit d'un ton malicieux : « Tu sais, Darce, je suis mûre pour rencontrer quelqu'un de bien et tomber follement amoureuse. »

Le Jay Stratton qui était assis en face d'elle, attentionné, beau garçon, capable de comprendre le talent d'Erin, pouvait très bien faire l'affaire.

— A laquelle de vos petites annonces a-t-elle répondu ?

Stratton haussa les épaules.

— Franchement, j'en passe tellement que j'ai oublié. — Il sourit. — Vous paraissez choquée, Darcy. Je vais être aussi franc avec vous qu'avec Erin. Je veux un jour épouser une femme très riche. Je ne l'ai pas encore trouvée, mais soyez certain que j'y arriverai. J'ai rencontré beaucoup de femmes par le biais de ces annonces. Il n'est pas très difficile de convaincre les femmes d'un certain âge, sans les bousculer, de compenser leur solitude, en s'offrant un beau bijou ou en rehaussant la monture de leurs bagues, colliers, ou bracelets. Elles sont heureuses. Et moi aussi.

— Pourquoi me racontez-vous ça ? demanda Darcy. J'espère que ce n'est pas une façon de m'amadouer. Je ne suis pas là pour que vous me fassiez la cour. Pour ma part aussi, notre rendez-vous est strictement professionnel.

Stratton secoua la tête.

— Dieu me garde d'être aussi présomptueux. Je vous raconte exactement ce que j'ai dit à Erin après qu'elle m'eut expliqué dans quel but elle répondait aux annonces. Pour le documentaire de votre amie productrice, n'est-ce pas ?

— En effet.

— Ce que j'essaie assez maladroitement d'expliquer, c'est qu'il n'y avait pas l'ombre d'une idylle entre Erin et moi. Et ensuite, j'aimerais vous dire que je regrette sincèrement ma conduite le jour où nous nous sommes rencontrés. Bertolini est un client précieux pour moi. Je n'avais jamais travaillé avec Erin auparavant. Je ne la connaissais pas suffisamment pour être totalement certain qu'elle n'allait pas partir subitement je ne sais où et oublier la date de la livraison. Croyez-moi, je n'étais pas fier de moi en réalisant l'impression que j'avais dû vous faire alors que vous aviez le cœur noué d'inquiétude pour votre amie et que je parlais de délai de livraison.

« Remarquable discours, se dit Darcy. Je devrais lui avouer que j'ai vécu la plus grande partie de ma vie avec deux des meilleurs acteurs de ce pays. » Elle hésita presque à applaudir, préféra dire :

— Vous avez sans doute le chèque pour le collier ?

— Oui. J'ignorais à quel ordre le libeller. « Succession Erin Kelly » vous convient-il ?

195

Succession Erin Kelley. Erin avait joyeusement traversé toutes ces années sans rien posséder de ce que la plupart de leurs amies jugeaient essentiel. Si fière de pouvoir garder son père dans une maison de santé privée. Prête à connaître un immense succès. Darcy avala une boule dans sa gorge.

— C'est parfait, dit-elle.

Elle jeta un coup d'œil sur le chèque. Dix-sept mille cinq cents dollars établis au nom de la Succession Erin Kelley, tirés sur la Chase Manhattan Bank, sur le compte de Jay Charles Stratton.

XIV

Mardi
5 mars

M ARDI matin, en entrant dans la galerie Sheridan, l'inspecteur D'Ambrosio jeta rapidement un regard autour de lui avant d'être introduit dans le bureau de Chris Sheridan au premier étage. Le mobilier lui rappela celui du living-room chez Nona Roberts. Intéressant. L'un de ses projets était de prendre un jour des cours sur l'histoire du mobilier. Le programme du Bureau concernant les « vols d'objets d'art » n'avait fait qu'aiguiser son intérêt dans ce domaine.

« En attendant, songea Vince tout en suivant une secrétaire dans le couloir, je vis quotidiennement avec les erreurs d'Alice. » A l'époque de leur divorce, las d'attendre un geste équitable de sa part, il lui avait dit : « Prends ce que tu veux si c'est tellement important pour toi. »

Elle l'avait pris au mot.

Sheridan était au téléphone. Il sourit et fit signe à Vince de s'asseoir. Sans en avoir l'air, Vince écouta la conversation. Quelque chose au sujet d'une collection très surestimée.

Sheridan disait :

— Dites à Lord Kilman qu'ils peuvent lui promettre cette somme mais ne pourront pas suivre. Nous préférons mettre les enchères de départ à un prix raisonnable. Le marché n'est plus ce qu'il était il y a quelques années, mais est-il prêt à attendre trois à cinq ans ? Je crois que s'il considère attentivement nos estimations, il constatera que la plupart des pièces acquises récemment lui laisseront encore un beau bénéfice.

Confiant. Sérieux. Naturellement chaleureux. C'est ainsi que Vince avait perçu Chris Sheridan, la semaine précédente, en se rendant à Darien. Ce jour-là, Sheridan portait une chemise sport et un anorak. Aujourd'hui, il était vêtu d'un complet gris anthracite, d'une chemise blanche, le tout éclairé d'une cravate rouge et grise, très « directeur ».

Chris raccrocha et tendit la main par-dessus le bureau. Vince s'excusa de l'avoir prévenu si tard et alla droit au but.

— Lorsque nous nous sommes rencontrés, la semaine dernière, j'aurais parié que la mort d'Erin Kelley était un meurtre inspiré par la reconstitution de l'assassinat de votre sœur dans l'émission « Crimes-Vérité ». Je n'en suis plus aussi sûr.

Il lui parla de Claire Barnes et du paquet expédié chez ses parents.

Chris écouta attentivement.

— Un autre !

Il sembla à Vince que toute la douleur demeurée en Chris après le meurtre de sa sœur était contenue dans ces deux mots.

— Que puis-je faire pour être utile ? demanda Chris.

— Je n'en sais rien, avoua franchement Vince. L'individu qui a tué votre sœur la connaissait probablement. Que la chaussure soit de la bonne pointure ne peut être une coïncidence. Trois possibilités s'offrent à nous. Le même meurtrier a continué à assassiner des jeunes femmes pendant toutes ces années. Le même meurtrier s'est arrêté de tuer et a recommencé il y a plusieurs années. La troisième possibilité est que le meurtrier de Nan ait raconté sa manière d'opérer à quelqu'un d'autre qui a décidé de prendre la relève. Cette dernière éventualité est la moins vraisemblable.

— Vous cherchez donc à trouver quelqu'un qui aurait connu à la fois Nan et ces autres jeunes femmes ?

— Exactement. Bien que dans le cas d'Erin Kelley, à cause de la disparition des diamants, il soit possible que nous ayons un coupable différent. C'est pourquoi nous prévoyons de retenir les deux éventualités. La raison de ma présence ici, c'est que j'essaie de relier un individu avec Nan, Erin Kelley et Claire Barnes.

— Quelqu'un qui connaissait ma sœur il y a quinze ans et aurait rencontré ces femmes récemment par le biais des petites annonces ?

— Exactement. Darcy Scott était la meilleure amie d'Erin Kelley. Elles répondaient à ces annonces uniquement pour le compte d'une amie productrice de télévision qui réalise un documentaire et leur a demandé de participer à l'enquête. Darcy s'était absentée de New York pendant un mois. Elle avait confié à Erin une copie de sa lettre type et quelques photographies. Nous savons qu'Erin a répondu pour toutes les deux à quelques-unes de ces annonces. Darcy Scott espère que l'assassin d'Erin entrera en contact avec elle.

Chris fronça les sourcils.

— Vous voulez dire que vous allez permettre à une autre jeune femme de se poser en victime éventuelle ?

Vince leva la main comme pour écarter la supposition.

— Vous ne connaissez pas Darcy Scott. Je ne permets rien du tout. C'est elle qui l'a décidé. La seule chose dont je lui sois reconnaissant, c'est d'avoir déjà rencontré quelques individus particulièrement intéressants et obtenu des informations qui peuvent s'avérer utiles.

— Je persiste à penser que c'est une idée détestable, dit carrément Chris.

— Moi aussi, et maintenant que nous sommes d'accord sur ce point, voilà comment j'espère que vous pouvez nous aider. Plus vite nous repérerons ce type, moins Darcy Scott ou une autre jeune femme courra de risques. Nous allons nous rendre à l'université de Brown, établir la liste de tous les membres du corps étudiant ou professoral à l'époque où votre sœur y faisait ses études. Nous comparerons les noms avec ceux qu'Erin a rencontrés dont nous avons connaissance, ou ceux que Darcy rencontre lors de ses rendez-vous. Je crois également qu'il serait utile, outre les annuaires scolaires que nous pouvons obtenir par nous-mêmes, que vous recherchiez les photos, albums, n'importe quoi, concernant les amis et connaissances de votre sœur. Vous savez sûrement que les gens qui répondent aux petites annonces n'utilisent pas toujours leur nom véritable. J'aimerais que Darcy Scott examine les photos de Nan pour voir si elle peut repérer quelqu'un.

— Bien sûr, nous possédons énormément de photos de Nan, dit lentement Chris. Il y a dix ans, à la mort de mon père, j'ai convaincu ma mère de faire un paquet de la plupart d'entre elles et de les ranger au grenier. Ma mère a reconnu que la chambre de Nan se transformait peu à peu en sanctuaire.

— Bravo, dit Vince. Vous avez dû vous montrer persuasif.

Chris eut un bref sourire.

— J'ai fait remarquer que c'était une des pièces les plus claires de la maison et qu'elle serait parfaite pour accueillir ses petits-enfants, un jour. Le problème, comme me le fait fréquemment remarquer ma mère, est que je n'ai pas tenu parole. — Le sourire s'effaça. — Je ne peux me rendre dans le Connecticut avant le week-end. Je vous rapporterai tout dimanche.

Vince se leva.

— Je vous en suis très reconnaissant. Je sais ce qu'a enduré votre mère, mais si nous trouvions le responsable de la mort de votre sœur, croyez-moi, elle en éprouvera en fin de compte un sentiment de paix.

Alors qu'il s'apprêtait à partir, son bip portatif se fit entendre.

— Me permettez-vous d'appeler mon bureau?

Sheridan lui tendit le téléphone, le vit se rembrunir.

— Comment va Darcy?

Une vague d'appréhension glaça Chris. Il ne connaissait pas cette jeune fille mais éprouva pour elle une crainte soudaine et irraisonnée. Il n'avait jamais raconté à personne que le matin où Nan était partie courir, après leur soirée d'anniversaire, il l'avait entendue sortir. Dans un demi-sommeil, il avait voulu se lever. Un instinct le pressait de la suivre. Il avait repoussé cette pensée et s'était rendormi.

Vince raccrocha le téléphone et se retourna vers Chris.

— Ne peut-on obtenir ces photos immédiatement? La police de White Plains a téléphoné. On vient d'adresser au père de Janine Wetzl, une autre des jeunes disparues, le genre de paquet que votre mère et les Barnes ont reçu. La propre chaussure de sa fille et un escarpin de satin blanc à talon haut. — Il frappa du poing sur la table. — Et pendant qu'un agent prenait la communication, Darcy Scott a téléphoné. Elle venait d'ouvrir un paquet arrivé avec le courrier du matin. C'était à elle qu'on avait adressé les pendants des chaussures trouvées sur Erin Kelley.

Chris se sentit envahi par la même colère qui se peignait maintenant sur le visage de Vince D'Ambrosio.

— Pourquoi diable agit-il ainsi? s'écria-t-il. Pour prouver que ces filles sont mortes? Pour se moquer du monde? Qu'est-ce qui se passe dans sa tête?

— Quand je le saurai, je saurai qui il est, dit calmement Vince. Et maintenant, me permettez-vous d'utiliser à nouveau votre téléphone? Je dois appeler Darcy Scott.

À l'instant où elle vit le paquet, Darcy sut ce qu'il contenait. Le facteur s'était arrêté devant l'immeuble au moment où elle partait travailler. Il lui avait tendu le paquet, les lettres, les magazines et les publicités habituelles. Après coup, Darcy se souvint qu'il avait paru étonné qu'elle ne réponde pas à son salut.

Comme un automate, elle avait gravi l'escalier jusqu'à son appartement et déposé le paquet sur la table près de la fenêtre. Sans ôter ses gants, elle l'avait ouvert, dénouant la ficelle, fendant le papier adhésif sur les bords.

Le dessin de chaussure sur le couvercle. Oter le couvercle. Écarter le papier de soie. Regarder le boot d'Erin et une sandale de bal rose et argent nichés ensemble.

« La sandale est si jolie », pensa-t-elle. Assortie à la robe dans laquelle Erin était enterrée.

Elle n'eut pas à vérifier le numéro de Vince D'Ambrosio, son cerveau le lui communiqua sans peine. Vince était absent, mais ils promirent de le joindre.

— Pouvez-vous l'attendre ?

— Oui.

Il rappela quelques instants plus tard, arriva chez elle une demi-heure après.

— C'est dur pour vous.

— J'ai touché le talon de la sandale avec mon gant, confessa-t-elle. J'avais besoin de savoir si c'était la pointure d'Erin. Ça l'est.

Vince la regarda avec pitié.

— Peut-être devriez-vous vous reposer aujourd'hui.

Darcy secoua la tête.

— Ce serait la pire chose au monde pour moi.

Elle tenta un timide sourire.

— J'ai un projet important à réaliser et ensuite, devinez quoi ? J'ai un rendez-vous ce soir.

Lorsque Vince partit avec le paquet, Darcy se rendit directement à cet hôtel qui venait d'être racheté dans la vingt-troisième rue ouest. Petit, une trentaine de chambres au total, délabré, montrant un besoin criant d'être repeint, il offrait malgré tout de formidables possibilités. Les nouveaux propriétaires, un couple d'une quarantaine d'années, expliquèrent que le coût des réparations de base leur laisserait très peu d'argent pour la remise à neuf. Ils approuvèrent avec enthousiasme ses suggestions d'une décoration dans le style « auberge de campagne anglaise ».

— Je peux trouver dans des ventes privées une quantité de canapés et de fauteuils capitonnés, de lampes et de tables, à de très bonnes conditions, leur dit-elle. Nous pouvons donner à cet endroit un charme fou. Regardez l'Algonquin. Le bar le plus intime de tout Manhattan, et je vous mets au défi d'y trouver une chaise qui ne soit pas usée jusqu'à la corde.

Elle parcourut les pièces avec eux, inscrivant les dimensions et formes, notant les meubles à conserver. La journée passa rapidement. Elle avait prévu de rentrer chez elle et de se changer pour son rendez-vous, mais elle en décida autrement. Lorsque Doug Fields avait appelé pour confirmer, il lui avait dit qu'il serait habillé de manière décontractée.

— Pantalon de toile et pull-over, une sorte d'uniforme pour moi.

Ils devaient se retrouver à 18 heures au Bar and Grill de la vingt-troisième rue. Darcy était à l'heure. Doug Fields arriva quinze minutes en retard. Il entra comme un ouragan dans le bar, visiblement irrité, se confondant en excuses.

— Je n'ai jamais vu une telle circulation. Autant de voitures que dans une chaîne de montage à Detroit. Je suis désolé, Darcy. Je ne fais jamais attendre les gens. Ce n'est pas mon genre.

— Cela n'a pas d'importance.

« Il est beau gosse, pensa Darcy. Séduisant. Pourquoi trouve-t-il nécessaire de préciser immédiatement qu'il ne fait jamais attendre les gens ? »

En buvant un verre de vin, elle l'écouta à deux niveaux. Il était amusant, assuré, très plaisant et il s'exprimait bien. Élevé en Virginie, il était venu à l'université à New York, avait abandonné ses études de droit.

— J'aurais fait un mauvais avocat. Incapable de « prendre quelqu'un à la gorge ».

Prendre à la gorge. Darcy pensa aux meurtrissures sur la gorge d'Erin.

— Je me suis dirigé vers des études d'art. J'ai fait remarquer à mon père qu'au lieu de me plonger dans les livres, je caricaturais les profs. Ce fut une bonne décision. J'adore l'illustration et réussis pas mal.

— Il existe un vieux proverbe : « Si vous voulez être heureux pendant un an, gagnez à la loterie. Si vous voulez être heureux pour la vie, aimez ce que vous faites. »

Darcy espéra avoir l'air détendu. C'était le genre de type qu'Erin aurait aimé rencontrer, le genre d'homme à qui elle aurait fait confiance après un ou deux rendez-vous. Un artiste ? Le dessin ? Tout le monde était-il suspect ?

L'inévitable question tomba.

— Pourquoi une jolie fille comme vous a-t-elle besoin de répondre aux petites annonces ?

Elle n'eut aucun mal à éluder la question.

— Pourquoi un homme aussi séduisant que vous, un homme à qui tout réussit, éprouve-t-il le besoin de passer des petites annonces ?

— C'est facile, répondit-il sans se faire prier. J'ai été marié pendant huit ans et maintenant je suis célibataire. Je n'ai pas envie de m'engager sérieusement. Des amis vous présentent à une fille, vous sortez avec elle une ou deux fois, et c'est parti, tout le monde vous observe en attendant la grande nouvelle. Grâce aux annonces, je rencontre un tas de femmes charmantes. Je pose les cartes sur table, comme maintenant, et je vois si ça marche. Dites-moi, combien de rendez-vous avez-vous eus cette semaine par petites annonces ?

— Vous êtes le premier.

— La semaine dernière, alors. En commençant par lundi.

Lundi, je me tenais devant le cercueil d'Erin, songea Darcy. Mardi, je regardais descendre le cercueil dans la tombe. Mercredi, j'étais à la maison en train de regarder la reconstitution du meurtre de Nan Sheridan... Jeudi, elle avait rencontré Len Parker. Vendredi, David Weld, le timide qui se disait cadre dans un grand magasin et affirmait ne pas avoir connu Erin. Samedi, Albert Booth, un analyste informaticien captivé par les miracles de la micro-informatique et qui savait qu'Erin avait peur de l'intendant de son immeuble.

— Allez, avouez que vous avez eu des rendez-vous la semaine dernière, la pressa Doug. Je vous ai téléphoné mercredi et vous n'étiez pas libre avant ce soir.

Étonnée, Darcy se rendit compte que ces jours derniers, ses interlocuteurs devaient souvent répéter leur question.

— Je suis désolée. Oui, je suis sortie deux fois la semaine dernière.

— Et vous vous êtes amusée ?

Elle revit Len Parker en train de tambouriner à la porte.

— Si on veut.

Il rit.

— Ça en dit long. Je suis tombé sur de sacrés numéros, moi aussi. Maintenant que vous savez tout de ma vie, si vous me parliez un peu de vous.

Elle lui donna une version soigneusement abrégée.

Doug leva un sourcil.

— Je devine pas mal d'omissions. Mais peut-être me mettrez-vous au courant lorsque vous me connaîtrez un peu mieux.

Elle refusa un second verre de vin.

— Je dois partir.

Il ne discuta pas.

— Moi aussi, à vrai dire. Quand vous reverrai-je, Darcy ? Demain soir ? Dînons ensemble.

205

— Je suis réellement très prise.

— Jeudi ?

— Je travaille sur un projet qui risque d'occuper tout mon temps. Pouvez-vous rappeler dans quelques jours ?

— Entendu. Et si vous ne désirez plus me voir, je vous promets de ne pas insister. Mais j'espère que ce ne sera pas le cas.

« Il est réellement charmant, pensa Darcy, ou alors c'est un sacrément bon acteur. »

Doug la mit dans un taxi, et s'engouffra dans un autre. Une fois dans l'appartement, il ôta à la hâte pull-over et pantalon, enfila le complet qu'il portait au bureau. A 19 h 45, il était dans le train pour Scarsdale. A 20 h 45, il lisait une histoire pour endormir Trish tandis que Susan lui faisait griller un steak. Il ne faisait aucun doute qu'elle comprenait combien ces réunions tardives étaient exaspérantes. « Tu travailles trop, Doug chéri », avait-elle dit gentiment lorsqu'il était entré d'un pas lourd dans la maison, se plaignant d'avoir raté d'une seconde le train précédent.

Jay Stratton resta imperturbable tout au long de l'interrogatoire. Concernant les diamants du bracelet vendu à Merril Ashton, il déclara pour toute explication qu'il s'agissait sûrement d'une épouvantable méprise. Erin Kelley avait été chargée de dessiner les montures de quelques très beaux diamants. Stratton dit qu'il s'était sans doute trompé à un moment donné, substituant par inadvertance d'autres pierres à celles qui devaient se trouver dans la pochette confiée à Kelley. Cela ne signifiait nullement que celles-ci n'étaient pas d'égale valeur. Jetez un coup d'œil sur les polices d'assurances.

On ne trouva dans son appartement aucun autre des diamants disparus, pas plus que dans son coffre. Il fut inculpé de recel de bijoux volés et sa caution fut réglée. La tête haute, il quitta le commissariat avec son avocat.

Vince avait assisté à l'interrogatoire avec les inspecteurs du sixième district. Tous le savaient coupable, mais comme l'avait souligné Vince. « Voilà en liberté l'un des escrocs les plus convaincants que j'ai jamais rencontrés et croyez-moi, j'en ai vu défiler un certain nombre. »

« Le plus incroyable, songea Vince tandis qu'il quittait le commissariat pour regagner son bureau, c'est que Darcy Scott va finir par témoigner *en faveur de* Stratton. » Elle avait ouvert le coffre-fort devant lui et jurerait que la pochette ne s'y trouvait pas. Et la question primordiale était la suivante : Stratton aurait-il eu le culot d'affirmer que ces diamants avaient disparu s'il n'avait su qu'Erin Kelley ne reviendrait jamais pour dire ce qu'il en était advenu ?

Dans son bureau, Vince aboya ses ordres.

— Je veux tout savoir, et je dis bien *tout,* sur Jay Stratton. Jay Charles Stratton.

XV

Mercredi
6 mars

CHRIS SHERIDAN contempla Darcy Scott, et apprécia ce qui s'offrait à son regard. Elle portait une veste de cuir ceinturée, un pantalon souple brun-roux pris dans de fines bottes de cuir marron élégamment usagées, une écharpe de soie qui soulignait le creux de sa nuque. Ses cheveux châtains, éclairés de mèches blondes, flottaient en vagues douces autour de son visage. Ses yeux noisette, pailletés de vert, étaient bordés de longs cils noirs. L'arc noir de ses sourcils accentuait son teint de porcelaine. Il lui donna environ vingt-huit ans.

Elle me rappelle Nan. Cette constatation le troubla. « Mais elles sont différentes », pensa-t-il. Nan avait une beauté nordique avec sa peau rose et blanche, ses yeux d'un bleu vif, ses cheveux couleur de jonquille. Alors, où était la ressemblance ? C'était cette grâce absolue dans les mouvements de Darcy. Nan marchait de la même façon, comme s'il y avait de la musique dans l'air et qu'elle exécutait un pas de danse.

Darcy fut consciente du regard examinateur de Chris Sheridan. Elle-même s'était livrée à une observation discrète. Elle aimait ses traits forts, le léger renflement sur l'arête du nez, probablement le résultat d'une fracture. Sa forte carrure et une impression de minceur musclée évoquaient un véritable athlète.

Il y a quelques années, sa mère et son père avaient tous les deux eu recours à la chirurgie esthétique.

— Un petit truc ici, un autre là, lui avait dit sa mère en riant. Ne prends pas cet air offusqué, mon ange. Souviens-toi que l'apparence compte pour une bonne part dans notre valeur sur le marché.

Pourquoi cette pensée? C'était complètement hors de propos. Cherchait-elle simplement à étouffer l'angoisse qui s'était emparée d'elle en ouvrant le paquet contenant le boot et la sandale du soir d'Erin? Elle était parvenue à garder son calme pendant la journée d'hier, mais s'était réveillée en pleurs à 4 heures du matin, sur un oreiller trempé. Elle se mordit les lèvres à ce souvenir, sans pouvoir refouler les nouvelles larmes qui lui venaient aux yeux.

— Excusez-moi, dit-elle brièvement, s'efforçant de prendre un ton énergique. C'est très aimable de votre part d'être allé chercher les photos dès hier soir dans le Connecticut. Vince D'Ambrosio m'a dit que vous avez dû changer vos plans.

— Ils n'étaient pas importants, dit-il d'un ton dégagé, conscient que Darcy Scott désirait le voir ignorer son chagrin. Il y a un tas de photos en tout genre. J'ai tout déposé sur une table dans la salle de conférences. Je vous propose d'y jeter un coup d'œil sur place. Si vous désirez les emporter chez vous ou à votre bureau, je peux vous les faire porter. Si vous n'en voulez qu'une partie, nous pouvons également nous arranger. Je connais la plupart des gens sur les photos. A l'exception de quelques-uns, bien sûr. Nous pouvons toujours les regarder rapidement.

Ils descendirent au rez-de-chaussée. Darcy constata que pendant les quinze minutes où elle était restée dans le bureau de Chris Sheridan, la foule qui examinait les pièces destinées à la prochaine vente avait considérablement augmenté. Elle aimait les ventes aux enchères. Adolescente, elle y assistait régulièrement avec le représentant de ses parents. (Ils n'y venaient jamais en personne. Si on apprenait qu'ils s'intéressaient à un tableau ou à un meuble, les enchères grimpaient sur-le-champ.) C'était entendre sa mère et son père faire l'historique de leurs acquisitions qui la mettait mal à l'aise.

Elle se dirigeait avec Sheridan vers l'arrière de l'immeuble quand elle aperçut un bureau à cylindre. Elle s'en approcha.

— Est-ce un authentique Roentgen ?

Chris passa sa main sur l'acajou.

— Parfaitement. Vous connaissez vos classiques. Êtes-vous du métier ?

Darcy revit le Roentgen dans la bibliothèque de la maison de Bel-Air. Sa mère aimait raconter comment Marie-Antoinette l'avait envoyé à Vienne à sa mère, l'Impératrice, ce qui expliquait pourquoi il avait échappé à la dispersion pendant la Révolution française. Celui-ci avait eu manifestement le même genre d'histoire.

— Êtes-vous du métier ? répéta Chris.

— Oh, pardon, sourit Darcy, songeant à l'hôtel qu'elle redécorait avec des meubles de bric et de broc achetés chez des particuliers. Dans un sens, oui.

Chris haussa les sourcils sans demander d'autres explications.

— C'est par ici.

Une large entrée conduisait à une pièce à double porte. A l'intérieur, sur une longue table XVIIIe protégée d'une étoffe, étaient disposés en rang une quantité d'albums, annuaires scolaires, photos encadrées, instantanés, et plusieurs diapositives.

— N'oubliez pas qu'elles ont été prises il y a entre quinze et dix-huit ans, la prévint Sheridan.

— Je sais.

Darcy examina la masse de matériel.

— Utilisez-vous souvent cette pièce ?

— Pas très souvent.

— Dans ce cas, serait-il possible que je vienne examiner

les photos ici? Le problème est que je suis toujours très occupée à mon bureau. Mon appartement n'est pas bien grand, et de toute façon j'y suis rarement.

Chris savait qu'il se mêlait de ce qui ne le regardait pas, mais les mots jaillirent malgré lui.

— L'inspecteur D'Ambrosio m'a dit que vous répondiez à des petites annonces.

Il vit le visage de Darcy Scott se fermer.

— Erin ne voulait pas répondre à ces annonces, dit-elle. C'est moi qui l'en ai persuadée. La seule façon de me racheter est d'aider à trouver son assassin. Voyez-vous un inconvénient à ce que je vienne ici de temps en temps? Je vous promets de ne pas vous déranger, ni votre personnel.

Chris comprit ce qu'avait voulu dire Vince D'Ambrosio en déclarant que Darcy Scott n'en ferait qu'à sa tête.

— Vous ne me dérangerez en aucune façon. L'une des secrétaires arrive toujours vers 8 heures. Les femmes de ménage restent souvent jusqu'à 22 heures. Je laisserai des instructions pour qu'on vous laisse entrer. Mieux encore, je vais vous donner une clé.

Darcy sourit.

— Je vous promets de ne pas filer avec un vase de Sèvres. Est-ce que je peux rester un moment? J'ai quelques heures de libre.

— Bien sûr. Et n'oubliez pas, je connais beaucoup de ces gens. N'hésitez pas à m'appeler si vous désirez un renseignement.

A 15 h 30, Sheridan réapparut, suivi par une jeune femme portant un plateau de thé.

— J'ai pensé que vous auriez besoin de vous détendre un moment. Je me joindrai à vous, si vous le permettez.

— Volontiers.

Darcy s'aperçut qu'elle avait un vague mal de tête et se souvint qu'elle n'avait pas déjeuné. Elle accepta une tasse de thé, versa quelques gouttes de lait du délicat pot en Limoges, et essaya de ne pas avoir l'air trop anxieux en prenant un biscuit. Elle attendit le départ de la serveuse, pour faire remarquer :

— Je sais combien il a dû vous être pénible de rassembler tout ça. Revivre ces souvenirs est affreusement éprouvant.

— C'est ma mère qui s'en est chargée presque entièrement. Elle est étonnante. Elle s'est évanouie à la vue du paquet de chaussures, mais son seul souci aujourd'hui est de tout mettre en œuvre pour retrouver la trace de l'assassin de Nan et l'empêcher de faire d'autres victimes.

— Et vous ?

— Nan avait six minutes de plus que moi. Elle ne m'a jamais permis de l'oublier. Elle m'appelait son « petit frère ». Elle était extravertie. J'étais timide. D'une certaine façon, nous nous complétions. J'avais depuis longtemps renoncé à l'espoir de voir son meurtrier devant un tribunal. Maintenant cet espoir renaît à nouveau.

Il regarda la pile de photos que Darcy avait mise de côté.

— Vous avez reconnu quelqu'un ?

Darcy secoua la tête.

— Pas encore

A 16 h 45, elle passa la tête dans son bureau.

— Je m'en vais.

Chris se leva d'un bond.

— Voilà la clé. Je voulais vous la remettre lorsque je suis venu vous voir tout à l'heure.

Darcy la mit dans sa poche.

— Je reviendrai probablement demain tôt dans la matinée.

Chris ne put s'empêcher de demander :

— Vous apprêtez-vous à rencontrer encore un de ces types ? Excusez-moi. Je n'ai aucun droit de vous poser cette question. Je suis seulement inquiet car ces rendez-vous me paraissent très risqués.

Darcy Scott ne se raidit pas, cette fois. Elle répondit simplement :

— Tout ira bien.

Et elle le quitta sur un petit signe de la main.

Il la regarda partir, se souvenant de son unique expérience de chasseur. La biche s'était approchée d'un ruisseau pour boire. Sentant le danger, elle avait levé la tête, aux aguets, prête à s'enfuir. Un instant plus tard, elle était abattue. Il ne s'était pas mêlé aux applaudissements enthousiastes des autres chasseurs à l'égard du tireur. Son instinct l'avait poussé à lancer un cri pour prévenir l'animal. C'était le même instinct qui le poussait aujourd'hui.

— Comment se déroule votre émission ? demanda Vince à Nona, s'efforçant de trouver un angle confortable sur le canapé vert.

— Comme ci comme ça, soupira Nona.

Elle passa une main lasse dans ses cheveux.

— Le plus difficile est de trouver un équilibre. Lorsque vous m'avez demandé d'inclure un épisode sur les risques éventuels de répondre à ces annonces, je n'avais aucune idée des éléments qu'apporterait la semaine suivante. Je reste convaincue que mon concept original est bon. Je veux brosser un tableau complet du sujet, puis terminer par un avertissement. — Elle lui sourit. — Je suis ravie d'aller manger des pâtes chez l'Italien.

La journée avait été bien remplie. En fin d'après-midi, Vince avait eu une idée soudaine. Il avait fait établir la liste des dates des disparitions des huit jeunes femmes et ordonné aux enquêteurs de rassembler les petits annonces parues trois mois avant ces dates dans les journaux et magazines de la région de New York.

Satisfait à la pensée qu'une nouvelle piste s'ouvrait peut-être à eux, il s'était soudain rendu compte qu'il était mort de fatigue. La perspective de rentrer chez lui pour trouver quelques restes dans le réfrigérateur ne l'enchantait guère. Presque sans y penser, il avait saisi son téléphone et composé le numéro de Nona.

Il était 19 heures, à présent. Nona s'apprêtait à ranger ses affaires.

Le téléphone sonna. Elle leva les yeux au ciel, décrocha et se nomma. Vince vit son expression changer.

— Tu as raison, Matt. Toujours une chance de me trouver au bureau. Que puis-je faire pour toi ? — Elle écouta.

— Matt, soyons clairs. Je n'ai pas la moindre intention de racheter ta part. Ni aujourd'hui. Ni demain. Si tu veux bien t'en souvenir, nous avions trouvé un acheteur l'an dernier, et tu as estimé que le prix était trop bas. Comme d'habitude. Je peux me permettre d'attendre, aujourd'hui. Toi aussi. Pourquoi cette précipitation ? Jeanie aurait-elle besoin qu'on lui refasse les dents ou je ne sais quoi ?

Nona rit en raccrochant.

— Voilà l'homme que j'ai promis d'aimer, d'honorer et de chérir tous les jours de ma vie. L'ennui est qu'il a oublié de s'en souvenir.

— C'est chose courante.

Ils se rendirent au Pasta Lovers dans la cinquante-huitième rue ouest.

— Je viens souvent ici lorsque je suis seule, lui dit Nona. Vous allez goûter leurs pâtes. Un remède souverain contre le cafard.

Un verre de vin rouge. Une salade. Du pain chaud.

— Il doit y avoir un lien, s'entendit dire Vince. Un lien entre un homme et toutes ces femmes.

— Je vous croyais convaincu qu'à l'exception de Nan Sheridan, le lien était les petites annonces.

— En effet. Mais ne comprenez-vous pas ? Il ne peut posséder *par hasard* une chaussure de la bonne pointure pour chacune d'entre elles. Admettons qu'il ait pu acheter ces chaussures après avoir assassiné ses victimes, il avait en tout cas sur lui celle qu'il a laissée au pied de Nan Sheridan après l'avoir attaquée. Ce type de meurtrier suit généralement un schéma.

— Selon vous, il s'agirait donc de quelqu'un qui a rencontré ces jeunes filles, s'est arrangé pour connaître la pointure de leurs chaussures sans qu'aucune d'entre elles ne se doute de rien, les a ensuite attirées quelque part et fait disparaître sans laisser de trace.

— Exactement.

En mangeant leurs tagliatelle aux coques, il lui raconta son idée de passer en revue toutes les annonces parues dans la région de New York pendant les trois mois précédant la disparition de chacune des jeunes femmes, afin de repérer le passage éventuel d'une même annonce.

— Sachant bien sûr qu'on peut aboutir à une autre impasse, reconnut-il. Car autant que nous puissions le savoir, le même bonhomme place une douzaine d'annonces différentes.

Ils commandèrent tous les deux un cappuccino décaféiné. Nona parla de son documentaire.

— Je n'ai pas encore trouvé de psychiatre, dit-elle. Je n'ai franchement pas envie d'avoir sur le plateau un de ces experts du show-biz psychiatrique qui apparaissent dès qu'on tourne le bouton.

Vince lui parla de Michael Nash.

— Un garçon très intelligent. Il écrit un ouvrage sur les petites annonces. Il avait rencontré Erin.

— Darcy m'a parlé de lui. Excellente idée, inspecteur D'Ambrosio.

Vince ramena Nona chez elle en taxi, et demanda au chauffeur d'attendre pendant qu'il l'accompagnait dans le hall.

— J'ai l'impression que nous sommes aussi à plat l'un que l'autre, dit-il en réponse à son invitation de monter prendre un dernier verre. Mais promettez-moi que c'est partie remise.

Nona sourit.

— Vous avez raison. Je suis épuisée, et qui plus est ma femme de ménage n'est pas venue depuis vendredi dernier. Je ne pense pas que vous soyez prêt à me voir telle que je suis vraiment.

Vince la quitta avec le sentiment du devoir accompli. Cela ne l'empêcha pas de se demander l'impression qu'il ressentirait à tenir Nona Roberts dans ses bras.

De retour à son appartement, il trouva un message sur son répondeur. De la part d'Ernie, son assistant. « Pas d'urgence, mais j'ai pensé que ça vous intéresserait, Vince. Nous avons la liste des étudiants de Brown à l'époque de Nan Sheridan. Devinez qui s'est réinscrit en première année, dans certains des mêmes cours qu'elle ? Notre ami le joaillier, Jay Stratton. »

Darcy avait rendez-vous à 17 h 30 avec le numéro de boîte postale 4307, Cal Griffin, dans le bar de la Tavern on the Green. « Il a trente ans largement dépassés », se dit-elle immédiatement. Griffin frisait plutôt la cinquantaine. Costaud, le cheveu ramené sur le sommet du crâne pour dissimuler une calvitie naissante, il était vêtu de façon aussi coûteuse que conventionnelle. Il venait de Milwaukee, mais, comme il l'expliqua, faisait de fréquents séjours à New York.

Suivit un clin d'œil entendu. Ne vous méprenez pas, il était heureux en ménage, mais trouvait agréable d'avoir de la compagnie quand il venait pour affaires dans la capitale. Un autre clin d'œil. Croyez-moi, il savait comment traiter une femme. Quel spectacle aimeriez-vous voir ? Il vous obtiendrait les meilleures places. Votre restaurant favori ? Le Lutèce ? Addition salée, mais méritée.

Darcy parvint à lui demander quand il était venu à New York pour la dernière fois.

Il y avait trop longtemps. Le mois dernier, il avait emmené sa femme et les enfants, des gosses formidables mais vous savez ce que c'est, skier à Vail. Ils avaient une maison là-bas. Étaient en train d'en faire bâtir une plus grande. Pas de problème de fric. De toute façon, les gosses amenaient leurs copains et c'était le chambard permanent. Leur musique rock. Ça vous rend cinglé, non ? Ils avaient une véritable installation stéréo dans la maison.

Darcy avait bu la moitié de son Perrier. Elle fit mine de regarder sa montre.

— Mon patron était furieux de me voir partir, dit-elle. Je vais devoir écourter notre rendez-vous.

— Laissez-le tomber, ordonna Griffin. Nous allons passer une gentille petite soirée, vous et moi.

Ils étaient assis sur une banquette. Darcy sentit un gros bras lui entourer la taille, un baiser humide se planter sur son oreille.

Elle ne voulut pas faire une scène.

— Oh, mon Dieu, fit-elle, désignant une table voisine où un homme était assis seul, le dos tourné. C'est mon mari. Il faut que je me sauve.

Le bras se retira immédiatement. Griffin roula des yeux apeurés.

— Je ne veux pas d'ennuis.

— Je vais m'éclipser en douce, murmura Darcy.

Dans le taxi sur le trajet du retour, elle se retint de rire tout haut. Une chose était sûre, ce n'était pas ce numéro-là.

Le téléphone sonnait quand elle tourna la clé dans la serrure. C'était Doug Fields.

— Bonsoir, Darcy. Pourquoi ne peut-on vous oublier ? Je sais que vous étiez soi-disant prise ce soir, mais mon programme a changé et j'ai décidé de tenter ma chance. Que diriez-vous d'un hamburger chez P. J. Clarke's ?

Darcy se rappela qu'elle avait oublié de parler de Doug

Fields à Vince D'Ambrosio. Aimable. Séduisant. Illustrateur. Le genre de garçon qui aurait pu intéresser Erin.

— C'est tentant, répondit-elle. A quelle heure ?

« Doug me croit-il à ce point stupide ? » se demanda Susan en s'asseyant près de Donny à la table de la cuisine pour regarder avec lui son devoir de géométrie. La conseillère scolaire lui avait téléphoné dans l'après-midi. Y avait-il un problème à la maison ? Donny, en général bon élève, se relâchait dans toutes les matières. Il semblait triste et distrait.

— C'est ça, tu as trouvé le résultat, dit-elle avec entrain. Comme le disait *mon* professeur de géométrie, ça montre que lorsque vous le voulez, mademoiselle Frawley, vous pouvez très bien y arriver.

Donny sourit et rassembla ses livres.

— Maman...

Il hésita.

— Donny, tu m'as toujours tout raconté. Que se passe-t-il ?

Il regarda autour de lui.

— Les petits sont au lit. Beth est sous la douche pour au moins une demi-heure. Nous pouvons parler, le rassura Susan.

— Et Papa est à l'une de ses réunions, dit Donny d'un ton amer.

« Il soupçonne quelque chose, pensa Susan. Essayer de le protéger ne sert à rien. » Le moment était aussi bon qu'un autre pour lui parler.

— Donny, Papa n'est pas à une réunion.

— Tu le sais ?

Le soulagement se peignit sur le visage anxieux.

— Oui, je le sais. Mais toi, comment l'as-tu appris ?

Il baissa la tête.

— Patrick Driscoll, un des garçons de l'équipe de basket, était à New York vendredi soir, quand nous sommes allés rendre visite à grand-mère. Il a vu Papa au restaurant avec une femme. Ils se tenaient par la main et s'embrassaient. Patrick a dit que c'était dégoûtant. Sa mère voulait te prévenir. Son père l'en a empêchée.

— Donny, j'ai l'intention de divorcer d'avec ton père. Ce n'est pas une chose que je désire, mais vivre ainsi n'est bon pour aucun de nous. Nous ne passerons plus notre temps à attendre qu'il rentre à la maison, à supporter ses mensonges. J'espère qu'il s'arrangera pour vous voir, vous les enfants, mais je ne peux le garantir. Tout ça est navrant. Affreusement navrant.

Elle s'aperçut qu'elle pleurait.

Donny lui tapota l'épaule.

— Maman, il n'est pas digne de toi. Je t'aiderai avec les petits, je te le promets. Tu verras, on se débrouillera très bien sans lui.

« Donny ressemble peut-être à Doug, pensa Susan, mais Dieu soit loué, il a hérité de quelques-uns de mes gènes qui l'empêcheront d'agir comme lui. » Elle l'embrassa sur la joue.

— Que cela reste entre nous, d'accord ?

Elle monta se coucher à 23 heures. Doug n'était pas encore rentré. Elle alluma la télévision pour regarder le dernier journal et écouta, horrifiée, le présentateur récapituler l'histoire des jeunes femmes disparues et des chaussures dépareillées adressées à leurs familles.

Il disait : « Bien que le FBI se refuse à tout commentaire, nous savons de source sûre que les dernières chaussures à avoir été retournées correspondent aux chaussures que portait Erin Kelley quand on a retrouvé son corps. Si cette information se révèle exacte, la mort de Kelley est probablement liée à la disparition des deux jeunes femmes originaires de Lancaster et de White Plains, qui résidaient à Manhattan, et au meurtre plus ancien et à ce jour encore inexpliqué de Nan Sheridan.

Nan Sheridan. Erin Kelley.

— Oh, mon Dieu, gémit Susan.

Les poings serrés, elle fixa l'écran. Des photos de Claire Barnes, d'Erin Kelley, de Janine Wetzel et de Nan Sheridan apparurent.

Le présentateur poursuivait : « La piste fatale semble remonter à ce froid matin de mars, il y aura quinze ans la semaine prochaine, le jour où Nan Sheridan fut étranglée sur le sentier où elle courait, non loin de chez elle. »

Susan sentit sa gorge se serrer. Il y avait quinze ans, elle avait menti pour couvrir Doug, lorsqu'on l'avait interrogé sur la mort de Nan. Si elle ne l'avait pas fait, ces autres jeunes femmes seraient-elles encore en vie ? Il y avait presque deux semaines, après l'annonce de la mort d'Erin Kelley, Doug avait fait un cauchemar. Il avait appelé *Erin* dans son sommeil.

« ... Le FBI, en collaboration avec la police de New York, tente de retrouver la trace des chaussures du soir et de remonter jusqu'à l'acheteur. Le dossier de la mort de Nan Sheridan a été rouvert... »

« Et s'ils interrogeaient à nouveau Doug ? S'ils me questionnaient, *moi* », pensa Susan. Devait-elle dire à la police qu'elle avait menti il y a quinze ans ?

Donny. Beth. Trish. Conner. Que serait leur existence s'ils grandissaient avec pour père un assassin ?

On interviewait le commissaire en chef de New York. « Nous croyons avoir affaire à un criminel pervers. »

Pervers.

« Que dois-je faire ? » murmura Susan pour elle-même. Les mots de son père retentirent à ses oreilles. « Il a de mauvaises tendances... »

Il y a deux ans, lorsqu'elle l'avait accusé d'avoir une histoire avec la jeune fille au pair, le visage de Doug s'était tordu de fureur. La peur qu'elle avait éprouvée à ce moment-là l'envahit à nouveau. Alors que le journal prenait fin, Susan reconnut enfin ce qu'elle n'avait jamais voulu s'avouer « J'ai cru qu'il allait me frapper ce soir-là. »

Irons-nous danser ? Irons-nous danser ? Sur un nuage de musique, nous envolerons-nous ?... Serons-nous encore ensemble, enlacés, irons-nous danser ? Irons-nous danser ?

Charley rit tout haut, porté par la musique. En mesure avec Yul Brynner, il frappa du pied, pivota sur lui-même, fit tournoyer une Darcy imaginaire dans ses bras. Ils danseraient ensemble la semaine prochaine ! Puis Astaire ! Quelle joie ! Quelle ivresse ! Il ne restait plus que sept jours : le quinzième anniversaire de Nan !

Sachant que ces choses arrivent, irons-nous danser ? Irons-nous danser ? Irons-nous danser ?

La musique se tut. Il saisit la commande et arrêta la vidéo. Si seulement il pouvait passer la nuit ici. Mais ce serait imprudent. Il devait accomplir ce qu'il était venu faire.

L'escalier qui menait au sous-sol craqua sous ses pas et il fronça les sourcils. Il faudrait s'en occuper. Annette avait cherché à s'enfuir par cet escalier. Le claquement fébrile de ses talons sur le bois nu l'avait rempli d'allégresse. Si Darcy cherchait à lui échapper de la même façon, il ne voulait pas qu'un craquement masque le bruit de ses souliers dans leur fuite désespérée.

Darcy. Quelle torture d'avoir dû rester assis en face d'elle à la table ! Il aurait voulu lui dire : « Venez avec moi », et l'emmener ici. Comme le Fantôme de l'Opéra, entraînant sa bien-aimée dans le néant.

Les boîtes à chaussures. Il en restait cinq à présent. Marie, Sheila, Leslie, Annette et Tina. Brusquement, il eut envie de les envoyer toutes à la fois. En finir. Ensuite, il n'en resterait qu'une.

Il ne resterait plus que le paquet de Darcy la semaine prochaine. Peut-être ne l'enverrait-il jamais.

Il tira la poignée du congélateur, souleva la lourde porte, et regarda l'espace vide à l'intérieur. En attente d'une autre danseuse figée dans la glace, pensa Charley. Et cette dernière, il ne la rendrait pas.

XVI

Jeudi
7 mars

— CONNAISSIEZ-VOUS Nan Sheridan ?
Vince et un inspecteur du district nord de la ville interrogeaient Jay Stratton chacun à leur tour.

Stratton resta imperturbable.

— Elle était étudiante à Brown à la même époque que moi.

— Vous avez laissé tomber vos études et vous vous êtes réinscrit dans la même année qu'elle ?

— Exact. Je n'étais pas un étudiant bien sérieux, la première année. Mon oncle, qui était mon tuteur, a pensé qu'un peu de maturité ne me ferait pas de mal. J'ai intégré les Peace Corps et y suis resté pendant deux ans.

— Je répète : Connaissiez-vous bien Nan Sheridan ?

« Très bien, si vous voulez la vérité, songea Stratton. Exquise Nan. » *Danser avec elle vous donnait l'impression de tenir un souffle dans vos bras.*

Les yeux de D'Ambrosio se plissèrent. Il avait vu quelque chose passer dans le regard de Stratton.

— Vous ne m'avez pas répondu.

Stratton haussa les épaules.

— Il n'y a pas de réponse à donner. Certes, je me souviens d'elle. J'étais là quand toute l'université ne parlait plus que de cette tragédie.

— Aviez-vous été invité à la soirée de son anniversaire?

— Non. Il nous est arrivé de suivre les mêmes cours. Un point c'est tout.

— Parlons d'Erin Kelley. Vous étiez extraordinairement pressé de déclarer la disparition des diamants à la compagnie d'assurances.

— Comme Mlle Scott pourra certainement le confirmer, j'ai d'abord réagi avec irritation lors de notre premier entretien. Je ne connaissais pas très bien Erin personnellement. C'était son travail que je connaissais. Lorsqu'elle ne s'est pas présentée à son rendez-vous pour remettre le collier à Bertolini, j'ai été convaincu qu'elle avait oublié la date convenue. Dès ma rencontre avec Darcy Scott, je me suis rendu compte de ma stupidité. Devant son inquiétude manifeste, j'ai soudain compris la situation.

— Vous arrive-t-il souvent de mélanger des pierres de valeur?

— Sûrement pas.

Vince tenta une autre voie.

— Vous connaissiez superficiellement Nan Sheridan, mais connaissiez-vous quelqu'un qui avait un faible pour elle? A part vous, bien sûr, ajouta-t-il délibérément.

XVII

Vendredi
8 mars

Vendredi après-midi, Darcy se rendit à l'appartement du West Side dont elle décorait la chambre destinée à Lisa, la jeune convalescente. Elle égaya de plantes le rebord de la fenêtre, ajouta quelques coussins ici et là, une coiffeuse de porcelaine dénichée dans une vente privée. Et le poster préféré d'Erin.

Les meubles les plus importants étaient déjà installés : le lit en cuivre, la commode, la table de nuit, le rocking-chair. Le tapis indien du living-room d'Erin convenait parfaitement aux dimensions de la pièce. Un papier peint à rayures multicolores donnait aux murs une impression de mouvement. Un air de manège. Les mêmes rayures ornaient les rideaux retenus par des embrasses et le dessus-de-lit. Un entourage volanté de coton immaculé rappelait le blanc laqué du plafond et des moulures.

Darcy choisit soigneusement l'emplacement du poster. Il représentait un tableau d'Egret, l'une de ses toiles de jeunesse les moins connues, une jeune danseuse qui s'élançait, bras tendus, pointes de pied arquées. Il l'avait intitulé : *Aime la musique, aime danser.*

Elle enfonça les crochets dans le mur, se remémorant tous les cours de danse qu'elle et Erin avaient suivis ensemble. « Pourquoi faire du jogging sous une pluie glaciale quand tu peux aussi bien garder la forme en dansant ? interrogeait Erin. Il existe un vieux slogan, " Pour mettre un peu de gaieté dans votre vie, il suffit de danser. " »

Darcy fit un pas en arrière, s'assurant que le poster était bien en place. Parfait. Alors qu'est-ce qui la tracassait ? *Les petites annonces*. Mais pourquoi aujourd'hui ? Haussant les épaules, elle referma sa boîte à outils.

Elle se rendit directement à la galerie Sheridan. Jusqu'ici l'examen des photos n'avait donné aucun résultat. Darcy était tombée sur la photo de Jay Stratton, mais Vince D'Ambrosio avait déjà relevé son nom parmi le groupe d'étudiants. Hier, Chris Sheridan avait fait remarquer qu'elle aurait plus de chances de gagner à la loterie que de retrouver par miracle un visage familier.

Elle avait craint qu'il ne regrette sa décision de lui laisser utiliser la salle de conférences, mais ce n'était pas le cas.

— Vous avez l'air vanné, lui avait-il dit. Il paraît que vous êtes ici depuis 8 heures ce matin.

— J'ai pu décaler certains rendez-vous. Ceci me semble plus important.

Hier soir, cela avait été le tour de Boîte 3823, Owen Larkin, interne à l'hôpital de New York. Peu porté sur la modestie.

— L'ennui pour un médecin célibataire, c'est que toutes les infirmières vous invitent à dîner chez elles.

Il venait de Tulsa et détestait New York.

— A la minute où j'aurai terminé mon internat, je repartirai dans mon pays. Ces villes surpeuplées sont invivables.

Elle s'était arrangée pour amener le nom d'Erin dans la conversation. Il avait pris un ton confidentiel.

— Je ne la connaissais pas, mais l'un de mes amis à l'hôpital, qui répond aux petites annonces, l'a rencontrée. Une seule fois. Il espère qu'elle ne gardait pas les enregistrements. Il n'a pas envie d'être interrogé dans une enquête de meurtre.

— Quand l'a-t-il vue ?

— Début février.

— Je me demande si je le connais.

— Pas à moins de l'avoir rencontré à cette époque-là Ii avait rompu avec sa petite amie et ils se sont réconciliés

— Quel est son nom ?

— Brad Whalen. Dites-moi, c'est un interrogatoire ou quoi ? Si nous parlions de vous et de moi.

Brad Whalen. Un autre nom pour Vince D'Ambrosio.

Chris se tenait à la fenêtre de son bureau quand il vit le taxi s'arrêter et Darcy en descendre. Il enfonça ses mains dans ses poches. Le vent soufflait et il regarda Darcy refermer la portière du taxi et se tourner vers l'immeuble. Elle remonta le col de sa veste et se pencha légèrement en avant en traversant le trottoir.

La journée d'hier avait été chargée. D'importants clients japonais étaient venus examiner l'argenterie de la succession von Wallens qui devait être mise en vente la semaine prochaine. Chris avait passé la plus grande partie de l'après-midi avec eux.

Mme Vail, la femme de ménage de la galerie, s'était assurée que Darcy Scott ne manquait de rien au cours de la journée. « Cette pauvre enfant va se ruiner les yeux, monsieur Sheridan », s'était-elle inquiétée.

A 16 h 30, Chris avait rejoint Darcy dans la salle de conférences. Il s'en voulait d'avoir déclaré que la tâche était sans espoir. Les mots lui avaient échappé. Mais, considérées avec réalisme, les chances de Darcy de rencontrer quelqu'un ayant connu Nan et de le reconnaître sur une photo vieille de quinze ans étaient pour le moins extrêmement minces.

Hier, elle lui avait demandé si Nan avait connu un dénommé Charles North.

Pas à sa connaissance. Le jour de sa venue à Darien, Vince

229

D'Ambrosio lui avait posé, ainsi qu'à sa mère, la même question.

Il eut soudain envie de descendre au rez-de-chaussée et de parler à Darcy. Il craignait de lui avoir laissé l'impression qu'il était impatient d'être débarrassé d'elle.

Le téléphone sonna. Il laissa sa secrétaire répondre. Un moment plus tard, elle lui passa la communication.

— C'est votre mère, Chris.

Greta ne s'attarda pas en préliminaires.

— Chris, tu te souviens de ces questions au sujet d'un dénommé Charles. Puisqu'il fallait ressortir toutes ces photos, j'ai aussi décidé de fouiller dans le reste des affaires de Nan. Inutile de te charger de cette corvée plus tard. J'ai relu ses lettres. Il y en a une datée du mois de septembre avant... avant que nous l'ayons perdue. Elle venait de commencer le semestre d'automne. Elle raconte qu'elle a dansé avec un type prénommé Charley qui la faisait enrager parce qu'elle portait des chaussures plates. Voilà exactement ce qu'elle a écrit : « Comment un type de ma génération peut-il penser que les filles devraient porter des talons aiguille ! »

— Mon dernier patient est parti à 15 heures, et j'ai pensé plus facile de venir jusqu'ici vous parler plutôt que de discuter au téléphone.

Michael Nash bougea légèrement, s'efforçant de trouver une position confortable sur le canapé vert du bureau de Nona. Pourquoi une femme manifestement intelligente et ouverte comme Nona Roberts soumettait-elle ses visiteurs à cet objet de torture ?

— Docteur, je suis désolée.

Nona ôta ses dossiers d'un fauteuil plus confortable près de son bureau. Je vous en prie.

Nash changea de siège sans se faire prier davantage.

— Je devrais une fois pour toutes me débarrasser de ce

fichu canapé, s'excusa Nona. Mais je n'ai jamais le temps de m'en occuper. Je trouve toujours quelque chose de plus urgent à faire que d'arranger le mobilier. — Elle sourit, la mine contrite. — Pour l'amour du ciel, ne le dites pas à Darcy.

Il lui retourna son sourire.

— Je suis professionnellement lié par le secret. Maintenant, en quoi puis-je vous être utile ?

« Il a une grande séduction, pensa Nona. Pas tout à fait quarante ans. Un air mûr probablement dû à sa profession de psychiatre. » Darcy lui avait parlé de sa visite chez lui dans le New Jersey. « On ne se marie pas pour de l'argent, disait une vieille tante de Nona, mais c'est plus facile d'aimer un homme riche qu'un pauvre. » Non que Darcy ait besoin de faire un riche mariage. Ses parents étaient déjà millionnaires bien avant sa naissance. Mais Nona avait toujours senti une certaine solitude chez Darcy, un air de petite fille perdue. La mort d'Erin n'arrangeait rien. Ce serait merveilleux si elle rencontrait maintenant l'homme de sa vie.

Nona s'aperçut que le docteur Michael Nash fixait sur elle un regard amusé.

— Ai-je bien passé l'examen ? demanda-t-il.

— Parfaitement.

Elle chercha le dossier concernant le documentaire.

— Darcy vous a probablement dit pourquoi elle et Erin répondaient aux petites annonces.

Nash hocha la tête.

— Nous avons pratiquement bouclé l'émission, mais je voudrais le point de vue général d'un psychiatre sur le genre de personnes qui font passer des petites annonces et sur leurs motivations. Peut-être pourrait-on donner quelques précisions sur le type de comportement qui devrait inspirer la méfiance. Est-ce que je me fais bien comprendre ?

— Tout à fait. Je suppose que l'agent du FBI se concentrera sur l'aspect des meurtres répétés.

Nona se raidit malgré elle.

— Oui.

— Madame Roberts, Nona, si je puis me permettre, je voudrais que vous puissiez voir l'expression de votre visage en ce moment précis. Vous et Darcy êtes semblables. Vous devez cesser de vous torturer. Vous n'êtes pas plus responsable de la mort d'Erin Kelley que la mère qui voit son enfant passer sous une voiture. Certaines choses sont des faits du destin, un point c'est tout. Pleurez votre amie. Faites tout ce qui est en votre pouvoir pour prévenir les autres qu'un fou rôde en liberté. Mais ne vous mettez pas à la place de Dieu.

Nona s'efforça d'affermir sa voix.

— Je voudrais entendre ça cinq fois par jour. Si cette histoire est douloureuse pour moi, elle l'est bien plus pour Darcy. J'espère que vous lui avez dit la même chose qu'à moi.

Le sourire de Michael Nash gagna ses yeux.

— Ma gardienne a téléphoné trois fois cette semaine pour me proposer des menus, au cas où je ramènerais Darcy à la maison. Darcy a prévu d'aller à Wellesley dimanche, rendre visite au père d'Erin, mais nous dînerons ensemble samedi.

— Bon ! Et maintenant revenons à mon émission. Nous l'enregistrerons mercredi prochain. Elle sera diffusée jeudi soir.

— Je n'ai généralement pas un goût très prononcé pour ce genre de chose. Trop de mes confrères se battent pour apparaître sur les écrans de télévision ou à la barre des témoins, lors de procès criminels. Mais peut-être puis-je avoir une certaine utilité dans le cas présent. Comptez sur moi.

— Formidable.

Ils se levèrent en même temps. Nona désigna d'un geste les bureaux qui occupaient le hall central.

— Je sais que vous écrivez un ouvrage sur les petites annonces. Si vous avez besoin d'informations supplémentaires, la plupart des employés célibataires de ce service ont joué le jeu.

— Merci, mais mon propre dossier est assez fourni. J'aurai terminé mon livre à la fin du mois.

Nona le regarda se diriger vers l'ascenseur à grandes et

souples enjambées. Elle referma la porte de son bureau et composa le numéro de l'appartement de Darcy. Lorsque le répondeur se mit en marche, elle dit : « Je sais que tu n'es pas encore rentrée, mais il fallait que je te le dise. Je viens de faire la connaissance de Michael Nash, et il est charmant. »

Doug fut saisi d'un pressentiment. Lorsqu'il avait appelé Susan ce matin, pour lui dire qu'il n'avait pas voulu la réveiller en lui téléphonant tard dans la soirée, parce qu'il venait d'apprendre qu'il ne pourrait pas rentrer hier soir, elle s'était montrée particulièrement agréable et compréhensive.

— C'était gentil de ta part, Doug. Je m'étais couchée de bonne heure.

Le pressentiment était venu après qu'il eut raccroché et réalisé qu'elle ne lui avait pas demandé s'il rentrerait à l'heure ce soir. Il y a encore deux semaines, elle ne manquait jamais de récriminer d'une voix de martyre. « Doug, ces gens devraient se rendre compte que tu as une famille. Ce n'est pas juste d'exiger que tu assistes à ces réunions soir après soir. »

Elle semblait très heureuse le soir où elle était venue dîner avec lui à New York. Peut-être devrait-il la rappeler et lui proposer de venir le retrouver à nouveau ce soir.

Ou peut-être ferait-il mieux de rentrer plus tôt à la maison, de s'occuper des enfants. Il ne les avait pas vus le week-end dernier.

Si Susan se fâchait, se fâchait vraiment, surtout avec ces histoires de meurtres par petites annonces et l'intérêt porté à Nan...

Le bureau de Doug se trouvait au quarante-troisième étage du World Trade Center. Il fixa sans la voir la Statue de la Liberté.

Il était temps de jouer le rôle du mari et du père dévoué.

Autre chose. Il ferait mieux de cesser d'utiliser l'appartement pour un temps. Ses vêtements. Ses dessins. Les annonces. Lorsqu'il en aurait l'occasion la semaine prochaine, il emporterait tout dans le pavillon.

Peut-être ferait-il mieux d'y laisser le break aussi.

Était-ce possible? Darcy cligna les yeux et saisit la loupe. Cette photo en 13/18 de Nan Sheridan et de ses amis sur la plage. Le gardien dans le fond. Lui rappelait-il quelqu'un ou rêvait-elle?

Elle n'entendit pas Chris Sheridan entrer. Son calme « Je ne veux pas vous interrompre, Darcy » la fit sursauter.

Chris s'empressa de s'excuser.

— J'ai frappé. Vous ne m'avez pas entendu. Je suis vraiment désolé.

Darcy se frotta les yeux.

— Vous n'avez pas à frapper. Vous êtes chez vous. Je suppose que je deviens nerveuse.

Il regarda la loupe dans sa main.

— Pensez-vous avoir trouvé quelque chose?

— Je n'en suis pas sûre. C'est juste ce type...

Elle désigna la silhouette derrière le groupe de jeunes filles.

— Il me rappelle quelqu'un que je connais. Vous souvenez-vous où a été prise cette photo?

Chris l'examina.

— A Belle Island. A quelques kilomètres de Darien. L'une des meilleures amies de Nan y possède une maison d'été.

— Puis-je prendre cette photo?

— Bien sûr.

Inquiet, Chris regarda Darcy glisser la photo dans sa serviette et commencer à mettre en piles les photos qu'elle avait examinées. Ses mouvements étaient lents, presque mécaniques, comme si elle se sentait épuisée.

— Darcy, avez-vous encore l'un de vos rendez-vous ce soir ?

Elle hocha la tête.

— Pour prendre un verre, dîner ?

— J'essaie de les limiter à un verre de vin. Ça me suffit généralement pour apprendre s'ils ont ou non rencontré Erin ou les entendre nier la connaître avec un air bizarre.

— Vous ne montez pas en voiture avec eux ni n'acceptez d'aller chez eux ?

— Seigneur, non !

— Bon. Vous ne me paraissez pas de taille à vous défendre si quelqu'un vous attaquait. — Chris hésita. — Croyez-le ou non, je ne suis pas venu me mêler de ce qui ne me regarde pas. Je voulais seulement vous apprendre que ma mère est tombée sur une lettre de Nan, écrite six mois avant sa mort. Elle y fait référence à un certain Charley pour qui les jeunes filles devaient porter des talons hauts.

Darcy leva les yeux vers lui.

— L'avez-vous dit à Vince D'Ambrosio ?

— Pas encore. Je vais le mettre au courant, bien sûr. Mais je me demandais si cela vous aiderait de parler avec ma mère. C'est en cherchant toutes ces photos qu'elle est tombée sur les lettres de Nan. Personne ne lui a demandé de le faire. Je crois simplement que si ma mère sait quelque chose, cela reviendra plus vite à la surface en parlant à une autre femme apte à comprendre le chagrin qui a accompagné sa vie durant toutes ces années.

Nan avait six minutes de plus que moi. Elle ne m'a jamais permis de l'oublier. Elle était extravertie. J'étais timide.

Chris Sheridan et sa mère avaient probablement fini par accepter la mort de Nan, pensa Darcy. L'émission « Crimes-Vérité », le meurtre d'Erin, les chaussures réexpédiées, et maintenant moi. Ils ont été forcés de rouvrir des plaies cicatrisées. Pour eux comme pour moi, il n'y aura pas de paix tant qu'on n'en aura pas fini.

La détresse inscrite sur le visage de Chris Sheridan effaça

pour un instant cet air d'élégance et d'aisance qui avait frappé Darcy quelques jours auparavant.

— J'aimerais beaucoup rencontrer votre mère, dit Darcy. Elle vit à Darien, n'est-ce pas ?

— Oui. Je vous y conduirai.

— Je dois me rendre à Wellesley dimanche tôt dans la matinée pour rendre visite au père d'Erin Kelley. Si cela vous convient, je pourrais m'arrêter chez vous dimanche en fin d'après-midi sur le chemin du retour ?

— La journée vous paraîtra longue. Demain ne conviendrait-il pas mieux ?

Darcy se trouva ridicule à son âge de rougir.

— J'ai d'autres projets pour demain.

Elle se leva. Robert Kruse devait la retrouver au Mickey Mantle's à 17 h 30. Pour l'instant, personne d'autre n'avait téléphoné. Elle avait épuisé son stock de rendez-vous par petites annonces.

La semaine prochaine, elle répondrait aux annonces qu'Erin avait entourées.

Len Parker était d'une humeur de chien aujourd'hui. Employé dans l'équipe d'entretien de l'université de New York, il n'y avait rien qu'il ne sût réparer. Il n'avait pas fait beaucoup d'études. Non. Il avait seulement au bout des doigts le sens des fils électriques, d'une serrure ou d'une clé, des gonds de portes, des interrupteurs. Il était censé s'occuper uniquement de l'entretien habituel, mais souvent, quand il voyait un truc qui fonctionnait mal, il le réparait sans en parler. C'était la seule chose capable de le calmer.

Mais aujourd'hui, il avait l'esprit troublé. Il s'était engueulé avec son chargé de compte à la banque. Cet imbécile avait insinué qu'il possédait peut-être une maison quelque part. Qui ça regardait ? Hein ?

Sa famille ? Qu'est-ce qu'ils étaient devenus, tous ? Ses

frères et ses sœurs. L'avaient jamais invité à venir les voir. Trop heureux de le laisser tomber.

Cette fille, Darcy. Peut-être s'était-il montré désagréable avec elle, mais elle ne se rendait pas compte qu'il se gelait à rester debout à attendre dehors, devant ce restaurant de luxe, pour lui présenter ses excuses.

Il en avait parlé à M. Doran, le chargé de compte. M. Doran avait dit : « Lenny, si vous vouliez seulement comprendre que vous avez assez d'argent pour dîner au Cirque ou n'importe où tous les soirs de votre vie. »

M. Doran ne comprenait rien à rien.

Lenny se rappelait sa mère criant contre son père du matin au soir. « Tu mettras tes enfants à la rue avec ta folie des investissements. » Lenny se blottissait sous les couvertures. Il détestait la pensée de se retrouver dans le froid.

Est-ce alors qu'il avait commencé à sortir dans la rue en pyjama afin de s'y accoutumer pour le temps où ça arriverait vraiment ? Tout le monde ignorait ses sorties nocturnes. Pendant que son père amassait sa fortune, Len s'habituait au froid.

Il avait du mal à s'en souvenir. Ses pensées étaient si confuses. Parfois, il imaginait des choses qui n'étaient pas arrivées.

Comme Erin Kelley. Il avait cherché son adresse. Elle lui avait dit qu'elle vivait dans Greenwich Village et c'était exact : Erin Kelley, 101, Christopher Street.

Un soir, il l'avait suivie. L'avait-il vraiment suivie ?

Se trompait-il ?

N'avait-il pas rêvé qu'elle était venue dans ce bar et qu'il était resté dehors ? Elle prenait quelque chose au bar. Il ne savait pas quoi. Du vin ? Un Perrier ? Quelle importance ? Il n'arrivait pas à se décider à entrer pour la rejoindre.

C'est alors qu'elle était sortie. Il s'apprêtait à la rattraper et à aller lui parler quand le break s'était arrêté.

Il ne se rappelait pas s'il avait aperçu ou non le conducteur. Parfois, il voyait un visage en rêve.

Erin était montée.

C'était ce soir-là qu'elle avait disparu, disaient-ils.

Le problème, c'est que Lenny n'était pas certain de ne pas avoir simplement rêvé toute cette histoire. Et s'il la racontait aux flics, est-ce qu'ils n'allaient pas le traiter de cinglé et l'obliger à retourner dans cet endroit où ils l'avaient déjà enfermé ?

XVIII

Samedi
9 mars

SAMEDI à midi, les agents du FBI, Vince D'Ambrosio et Ernie Cizek, attendaient dans la Chrysler gris foncé stationnée en face du 101, Christopher Street.

— Le voilà, dit Vince. Il s'est sapé pour son jour de congé.

Gus Boxer sortait de l'immeuble. Il portait une grosse chemise à carreaux rouges et noirs sur un pantalon large marron foncé, des chaussures montantes lacées, une casquette noire dont la visière lui cachait la moitié du visage.

— Vous appelez ça sapé? s'exclama Ernie. Dans cet accoutrement, il a plutôt l'air déguisé.

— Tu ne l'as jamais vu avec ses sous-vêtements et ses bretelles. Allons-y.

Vince ouvrit la portière.

Ils avaient vérifié les horaires de Boxer avec les gérants de l'immeuble. Il était en congé à partir de midi tous les samedis jusqu'au lundi matin. Pendant son absence, un remplaçant, José Rodriguez, enregistrait les plaintes et s'occupait des petites réparations.

Rodriguez vint leur ouvrir. Vigoureux, trente-cinq ans, des manières franches. Vince se demanda pourquoi la gérance ne l'employait pas à plein temps. Ils montrèrent leurs cartes du FBI. « Nous interrogeons successivement tous les résidents de l'immeuble au sujet d'Erin Kelley. Un certain nombre d'entre eux étaient absents lors de notre dernier passage. »

Vince n'ajouta pas qu'aujourd'hui il venait très spécifiquement pour apprendre l'opinion des habitants de l'immeuble sur Gus Boxer.

Au troisième étage, il tapa dans le mille. Une femme de quatre-vingts ans ouvrit prudemment la porte, sans ôter la chaîne de sécurité. Vince montra son insigne. Rodriguez expliqua :

— Tout va bien, mademoiselle Durkin. Ils veulent seulement vous poser quelques questions. Je ne m'éloignerai pas.

— Je n'entends pas, cria la vieille dame.

— *Je désire seulement...*

Rodriguez toucha le bras de D'Ambrosio.

— Elle m'entendra mieux que vous, murmura-t-il. Allons, mademoiselle Durkin, vous aimiez bien Erin Kelley, n'est-ce pas ? Souvenez-vous, elle vous demandait toujours si vous aviez besoin de quelque chose et elle vous conduisait parfois à l'église. Vous voulez que les policiers mettent la main sur le type qui lui a fait ça, n'est-ce pas ?

La porte s'ouvrit de la longueur de la chaîne.

— Posez vos questions. — Mlle Durkin regarda sévèrement Vince. — Et ne criez pas. Ça me fait mal à la tête.

Pendant les quinze minutes suivantes, les deux agents eurent un aperçu complet de ce qu'une octogénaire native de New York pensait de la gestion de la ville.

— J'ai vécu toute ma vie ici, les informa Mlle Durkin d'une voix cassante, secouant sa tête grise tout en parlant. Nous ne verrouillions jamais nos portes. Pourquoi l'aurions-nous fait ? Qui risquait de nous menacer ? Mais aujourd'hui, il y a tous ces crimes et personne ne fait rien. Dégoûtant. Je vais vous le dire, moi, ils devraient expédier tous ces trafiquants de drogue à l'autre bout de la planète et les y laisser.

— Je suis d'accord avec vous, mademoiselle Durkin, dit

Vince avec lassitude. Si nous parlions d'Erin Kelley, mainte-nant.

Le visage de la vieille dame s'assombrit.

— La jeune fille la plus adorable du monde. J'aimerais mettre la main sur celui qui lui a fait ça. Il y a quelques années, j'étais assise à ma fenêtre et je regardais l'immeuble en face. Une femme y a été assassinée. Ils sont venus nous poser des questions mais moi et May — c'est ma voisine —, nous avons décidé de ne pas souffler mot. Nous avions tout vu. Nous savons qui a fait le coup. Mais cette femme n'était pas aussi bien qu'on aurait pu le croire, et il y avait de bonnes raisons.

— Vous avez assisté à un crime et vous ne l'avez pas dit à la police ? s'étonna Ernie d'un ton stupéfait.

Elle eut un claquement de lèvres.

— Si j'ai dit ça, ce n'est pas ce que je voulais dire. Ce que je voulais dire, c'est que j'ai mes soupçons et May aussi. Mais ça ne va plus loin.

Des soupçons ! Elle a vu le meurtre, pensa Vince. Il savait aussi que personne ne pourrait jamais obtenir d'elle ni de son amie May qu'elles témoignent. Réfrénant un soupir, il dit :

— Mademoiselle Durkin, vous étiez assise à la fenêtre. J'ai l'intuition que vous êtes une bonne observatrice. Avez-vous vu Erin Kelley sortir avec quelqu'un ce soir-là ?

— Non, elle est sortie seule.

— Portait-elle quelque chose ?

— Seulement son sac en bandoulière.

— Etait-il grand ?

— Erin portait toujours un grand sac. Elle transportait souvent des bijoux et ne voulait pas qu'on puisse le lui arracher des mains.

— Il était donc connu qu'elle transportait des bijoux dans son sac ?

— Je suppose. Tout le monde savait qu'elle était orfèvre. On pouvait la voir depuis la rue assise à sa table de travail.

— Avait-elle beaucoup de rendez-vous ?

241

— Elle en avait. Mais je n'en dirai pas plus. Bien sûr, elle rencontrait sans doute des gens à l'extérieur. C'est ainsi que font les jeunes d'aujourd'hui. De mon temps, un jeune homme venait vous chercher chez vous, et vous l'attendiez sur le seuil de la porte. C'était mieux alors.

— J'ai tendance à penser comme vous.

Ils se tenaient encore dans l'entrée.

— Mademoiselle Durkin, peut-être pourrions-nous entrer chez vous pendant une minute. Je préfère tenir notre conversation secrète.

— Vous n'avez pas de boue sur vos souliers, j'espère ?

— Non, ma'ame.

— J'attendrai ici, mademoiselle Durkin, promit Rodriguez.

L'appartement avait la même disposition que celui d'Erin Kelley. Il était d'une propreté méticuleuse. Des sièges rembourrés de crin et revêtus d'appuie-tête, des lampadaires aux abat-jour de soie, des tables basses bien cirées, des photos de famille d'hommes à moustache et de femmes à l'air sévère. Vince revit le salon de sa grand-mère à Jackson Heights.

Ils ne furent pas invités à s'asseoir.

— Mademoiselle Durkin, dites-moi, que pensez-vous de Gus Boxer ?

Un grognement méprisant.

— Celui-là ! Croyez-moi, cet appartement est l'un des seuls où il ne pénètre pas pour vérifier l'une de ses fameuses fuites d'eau. Et c'est le seul qui en ait. Je n'aime pas cet homme. J'ignore pourquoi la gérance le garde. Passe son temps à rôder dans ces vêtements dégoûtants. Renfrogné. La seule explication à mes yeux, c'est qu'ils le paient mal. Juste avant qu'elle ne disparaisse, j'ai entendu Erin Kelley lui dire que si elle le retrouvait dans son appartement, elle préviendrait la police.

— Erin lui a vraiment dit ça ?

— Bien sûr qu'elle le lui a dit. Et elle avait raison.

— Gus Boxer était-il au courant des bijoux qui étaient en possession d'Erin Kelley ?

— Gus Boxer est au courant de tout ce qui se passe ici.

— Mademoiselle Durkin, vous nous avez été d'une grande aide. Y a-t-il autre chose dont vous aimeriez nous parler ?

Elle hésita.

— Quelques semaines avant la disparition d'Erin, de temps en temps, un jeune homme venait rôder dans la rue. Toujours à la tombée de la nuit, si bien qu'on le distinguait mal. Je ne sais pas ce qu'il fabriquait. Mais le mardi où Erin a quitté la maison pour la dernière fois, j'ai pu distinguer qu'elle était seule et qu'elle portait ce grand sac à l'épaule. Mes lunettes étaient embuées et je ne peux affirmer si c'était le même type qui se tenait sur le trottoir en face, mais je crois que c'était lui, et lorsque Erin s'est mise à marcher dans la rue, il a pris la même direction qu'elle.

— Vous ne l'avez pas distingué clairement ce soir-là, mais vous l'avez vu à d'autres occasions. A quoi ressemblait-il, mademoiselle Durkin ?

— Une grande perche. Le col remonté. Les mains dans les poches, comme s'il serrait ses bras contre son corps. Visage maigre. Cheveux bruns, hirsutes.

« Len Parker », pensa Vince. Il jeta un coup d'œil à Ernie, qui manifestement avait la même idée.

— J'attendais ce moment avec impatience.

Darcy se renfonça dans le siège de la Mercedes et sourit à Michael.

— Je n'ai pas arrêté de la semaine.

— Je m'en suis aperçu. J'ai eu un mal fou à vous trouver chez vous ou au bureau.

— Je sais. Je suis désolée.

243

— Vous n'avez rien à vous reprocher. C'est une journée formidable pour une promenade à cheval, non?

Ils roulaient sur la nationale 202 et approchaient de Bridgewater.

— Je connais mal le New Jersey, fit remarquer Darcy.

— C'est une région dont on se moque beaucoup. Tout le monde la juge d'après son autoroute bordée de raffineries. Mais la côte est plus longue que celles de la plupart des États de l'est des États-Unis et compte une des plus grandes quantités de chevaux par habitant de tout le pays.

— Sans blague! rit Darcy.

— Sans blague. Qui sait? Avec mon zèle de missionnaire, peut-être ferai-je de vous une convertie.

Mme Hughes était tout sourires.

— Oh, mademoiselle Scott, je vous ai préparé un très bon dîner quand le docteur m'a annoncé votre venue.

— C'est vraiment gentil.

— La chambre d'invités au premier étage est prête. Vous pourrez faire un brin de toilette après votre promenade.

— Formidable.

Il faisait peut-être encore plus beau que le dimanche précédent. Frais. Ensoleillé. Un air de printemps. Darcy se donna entièrement aux joies du galop.

Lorsqu'ils s'arrêtèrent pour laisser leurs montures se reposer, Michael dit :

— Je ne vous demande pas si vous profitez de cette journée. C'est écrit sur votre visage.

Le temps se refroidit en fin d'après-midi. Un feu flambait dans le bureau de Michael, avec de hautes flammes que favorisait le tirage de la cheminée.

Michael servit un verre de vin à Darcy, un bourbon « on the rocks » pour lui et s'assit à côté d'elle sur le confortable canapé de cuir, les pieds sur la table basse. Il passa son bras sur le dos du canapé.

— Savez-vous, dit-il, que j'ai beaucoup réfléchi cette semaine à ce que vous m'aviez dit. C'est terrible qu'une remarque faite en passant puisse autant heurter un enfant. Mais Darcy, honnêtement, ne vous arrive-t-il jamais de vous regarder dans la glace et d'y voir la plus jolie femme qui soit ?

— Franchement non.

Darcy hésita.

— Dieu sait que je ne suis pas venue solliciter une consultation gratuite, mais j'aurais aimé vous en parler. Oh... peu importe.

Il lui effleura les cheveux de la main.

— Me parler de quoi ? Allez-y. Videz votre sac.

Elle le regarda en face, se concentrant sur la gentillesse de son regard.

— Michael, j'ai l'impression que vous comprenez combien cette remarque a eu sur moi un effet dévastateur, mais que vous pensez que j'en ai — comment m'exprimer — inconsciemment voulu à ma mère et à mon père pendant toutes ces années.

Michael siffla.

— Hé, vous faites tout le travail à ma place ! La plupart des gens ont besoin d'une année entière de thérapie avant d'arriver à ce type de conclusion.

— Vous ne m'avez pas répondu.

Il l'embrassa sur la joue.

— Et je n'ai pas l'intention de le faire. Venez, je crois que Mme Hughes a mis le veau gras sur la table.

Il la reconduisit chez elle à 22 heures, gara la voiture et l'accompagna jusqu'à sa porte.

— Cette fois-ci, je ne vous quitterai pas avant d'être sûr que vous êtes en sécurité à l'intérieur. Je voudrais que vous me laissiez vous conduire à Wellesley demain. C'est un aller et retour sacrément long en une seule journée.

— J'ai l'habitude. Et je dois m'arrêter au retour.

— D'autres ventes chez des particuliers ?

Elle préféra ne pas parler des photos de Nan Sheridan.

— Quelque chose de ce genre. Je vais chiner un peu dans les environs.

Il posa ses mains sur ses épaules, lui leva le visage, posa ses lèvres sur les siennes. Un baiser tendre mais bref.

— Darcy, téléphonez-moi dès votre retour demain soir. Simplement pour m'assurer que vous allez bien.

— C'est promis. Merci.

Elle resta debout derrière la porte, regarda la voiture disparaître au bout de la rue. Puis, fredonnant, elle monta en courant les escaliers.

Vince attendait Hank tôt dans la soirée de samedi. « Nous passons si peu de temps ensemble », regretta-t-il tout en ouvrant la porte de son appartement. Lorsqu'ils étaient mariés, Alice et lui vivaient à Great Neck. Il n'avait plus de raison de vivre en banlieue après leur séparation et, après la vente de la maison, il s'était installé dans cet appartement Seconde Avenue, dix-neuvième rue. Dans le quartier de Gramercy Park. Pas sur Gramercy Park même, bien sûr. Il n'en avait pas les moyens.

Mais il aimait son appartement. Au huitième étage, ses fenêtres offraient une vue typique du cœur de la ville. Sur la droite, un aperçu du Park, bordé d'élégants édifices de brique, en bas le trafic intense sur la Seconde Avenue, de l'autre côté de la rue un mélange d'immeubles d'habitation, bureaux, cafés-restaurants, delicatessen, épiceries coréennes, un magasin d'appareils vidéo.

L'appartement comportait deux chambres, deux salles de bains, un living-room de bonne taille, un coin salle à manger et une minuscule cuisine. La seconde chambre était celle de Hank, mais il y avait installé des étagères et l'utilisait comme bureau.

Le living-room et le coin salle à manger étaient meublés dans le style « Alice à la Ville ». L'an dernier, avant leur séparation, elle avait refait la décoration de la pièce dans les tons pastel. Canapé pêche et blanc, moquette pêche, bergère beige. Tables de verre. Lampes aux allures de cactus desséchés dans le désert. Sans lui demander son avis, elle avait enlevé tous les meubles traditionnels qu'il aimait. Un de ces jours, il se prendrait par la main et se débarrasserait de tout ce bazar pour acheter de bons vieux meubles confortables. Il en avait assez de se promener dans une maison de poupée Barbie.

Hank n'était pas encore arrivé. Vince se déshabilla, s'attarda un moment sous une douche chaude, enfila un sous-vêtement, un sweater, un pantalon souple et des mocassins. Il ouvrit une bière, s'étendit sur le canapé et passa l'affaire en revue.

L'enquête s'avérait déroutante. Chaque pierre soulevée révélait une nouvelle piste.

Boxer. Erin avait menacé de prévenir la police à son propos. Hier, Darcy Scott leur avait dit au téléphone qu'elle croyait avoir trouvé une photo de Nan Sheridan à Belle Island avec un gardien dans le fond qui pourrait être Boxer. Ils avaient pris la photo et étaient en train de faire des recherches.

Mlle Durkin avait vu un homme ressemblant comme deux gouttes d'eau à ce timbré, Len Parker, en train de rôder dans Christopher Street, et elle croyait qu'il avait suivi Erin Kelley le soir de sa disparition.

Il existait une relation directe entre l'escroc Jay Stratton et Nan Sheridan. Une relation directe entre Jay Stratton et Erin Kelley.

Vince entendit la clé tourner dans sa serrure. Hank entra en trombe.

— Salut, papa.

Il lança son sac, embrassa rapidement son père.

Vince sentit les cheveux ébouriffés lui effleurer la joue. Il devait à chaque fois réfréner l'amour farouche qu'il portait à son fils. Hank aurait été embarrassé.

— Salut, bonhomme. Comment ça va ?

— Super. J'ai eu 18 en chimie.

— Tu l'as bien mérité.

Hank ôta sa veste, la jeta à l'autre bout de la pièce.

— C'est formidable d'être en vacances.

Il se dirigea sans attendre dans la cuisine et ouvrit le réfrigérateur.

— Papa, je crois qu'il ne rete plus qu'à appeler « La Pizza Rapide ».

— Je sais. Je n'ai pas eu une minute pendant la semaine. — L'inspiration saisit Vince. — J'ai découvert un Italien formidable l'autre soir. Sur la cinquante-huitième ouest. On pourrait aller au cinéma ensuite.

— Épatant. — Hank s'étira. — Oh, Seigneur, c'est génial d'être ici. Maman et Gros plein de soupe ne sont pas à prendre avec des pincettes en ce moment.

« Ça ne me regarde pas », pensa Vince, mais il ne put s'empêcher de demander :

— Pourquoi ?

— Elle veut une Rolex pour son anniversaire. Une Rolex 16-5.

— Une Rolex à seize mille cinq cents dollars ? Et moi qui lui trouvais des goûts de luxe quand je l'ai épousée.

Hank rit.

— J'adore Maman, mais tu la connais. Elle voit grand. Où en est-on avec l'affaire des meurtres en série ?

Lc téléphone sonna. Vince fronça les sourcils. Pas encore le soir de Hank, pria-t-il, observant la réaction intéressée de son fils.

— Peut-être y a-t-il du nouveau, dit Hank tandis que Vince soulevait l'appareil.

C'était Nona Roberts.

— Vince, je déteste vous appeler chez vous, mais vous m'avez donné votre numéro. J'ai travaillé en extérieur pendant toute la journée et je viens juste de regagner mon bureau. J'ai trouvé un message du docteur Nash. Son éditeur préfère qu'il n'intervienne pas dans un débat sur les petites annonces alors que la publication de son livre est prévue pour l'automne. Auriez-vous un autre psy à proposer pour ce sujet ?

— Je travaille avec un petit nombre de membres de l'AAPL. C'est une association de psychanalystes spécialistes des questions de droit. Je vais tâcher de vous en trouver un pour lundi.

— Merci infiniment. Et encore pardon de vous avoir dérangé. Maintenant, je vais aller manger mes spaghettis chez Pasta Lovers.

— Si vous y arrivez en premier, retenez une table pour trois. Hank et moi étions sur le point de nous y rendre.

Craignant de paraître présomptueux, Vince se reprit.

— A moins, bien sûr, que vous ne soyez avec des amis.

« Ou *un ami* », pensa-t-il.

— Je suis seule. A tout à l'heure.

Le téléphone fit un bruit sec à l'oreille de Vince Il se tourna vers Hank.

— Tu n'y vois pas d'inconvénient, chef ? demanda-t-il. Tu aurais peut-être préféré que nous soyons seuls ?

Hank prit la veste qu'il avait lancée sur la bergère.

— Pas du tout. Contrôler tes sorties fait partie de mes devoirs.

XIX

Dimanche 10 mars

Darcy prit la route pour le Massachusetts le dimanche matin à 7 h 30. Combien de fois avait-elle accompagné Erin dans ses visites à Billy! se rappela-t-elle au moment où elle engageait la voiture sur l'East River Drive. Elles se partageaient le volant, s'arrêtaient en route pour prendre un café au McDonald, décrétant à chaque fois qu'elles feraient mieux d'acheter une bouteille Thermos comme celle qu'elles avaient à l'université.

La dernière fois qu'elles en avaient fait la remarque, Erin s'était mise à rire. « Le pauvre Billy sera mort et enterré avant que nous n'ayons acheté cette bouteille. »

Aujourd'hui, c'était Erin qui était morte et enterrée.

Darcy conduisit d'une traite et arriva à Wellesley à 11 h 30. Elle s'arrêta à St. Paul et sonna à la porte du presbytère. Le prêtre qui avait célébré les funérailles d'Erin était là. Elle prit un café avec lui.

— J'ai laissé des instructions à la maison de santé, lui dit-elle. Mais je voulais vous mettre au courant. Si Billy a besoin de quelque chose, s'il décline, ou au contraire retrouve sa conscience, voulez-vous me faire prévenir ?

— Il ne reprendra jamais toute sa conscience, lui annonça doucement le prêtre. Et je crois que c'est une grâce que lui accorde Dieu.

Elle assista à la messe de midi et se rappela le sermon prononcé il y avait moins de deux semaines. « Qui peut oublier la vue de cette petite fille poussant le fauteuil roulant de son père dans cette même église ? »

Elle se rendit au cimetière. Le sol n'était pas encore tassé sur la tombe d'Erin. La terre brune semblait friable ; une pellicule de givre scintillait dans les rayons obliques d'un soleil printanier. Darcy s'agenouilla, ôta son gant, et posa sa main sur la tombe.

— Erin. Erin.

Elle se rendit ensuite à la maison de santé et s'assit près du lit de Billy pendant une heure. Il n'ouvrit pas les yeux, mais elle lui tint la main sans cesser de lui parler doucement.

— Bertolini est emballé par le collier dessiné par Erin. Ils veulent lui confier d'autres travaux.

Elle parla de son propre travail.

— Franchement, Billy, si tu nous voyais, Erin et moi, en train de fouiller dans les greniers, tu nous prendrais pour deux folles. Elle a un œil formidable et elle a déniché des meubles que je n'aurais pas repérés.

Au moment de s'en aller, elle se pencha et l'embrassa sur le front.

— Dieu te garde, Billy.

Elle sentit une faible pression sur sa main. « Il sait que je suis là », pensa-t-elle

— Je reviendrai bientôt, promit-elle.

Elle avait loué un break Buick muni d'un téléphone. La circulation était ralentie en direction du sud, et à 17 heures, elle appela les Sheridan à Darien. Chris répondit.

— J'arriverai plus tard que prévu, expliqua-t-elle. Je ne veux pas contrarier les projets de votre mère — ou les vôtres.

— Nous n'avons aucun projet, lui assura-t-il. Venez.

Lorsqu'elle pénétra dans la propriété des Sheridan, trois quarts d'heure plus tard, il faisait presque nuit, mais les lumières à l'extérieur éclairaient la belle demeure Tudor. La longue allée s'incurvait devant l'entrée principale. Darcy se gara juste après le coude.

Chris Sheridan, manifestement, l'attendait. La porte d'entrée s'ouvrit et il sortit pour l'accueillir.

— Vous avez fait vite, dit-il. Je suis content de vous voir ici, Darcy.

Il portait une chemise en oxford, un pantalon de velours et des mocassins. Lorsqu'il lui tendit la main pour l'aider à sortir de la voiture, Darcy fut à nouveau frappée par la largeur de ses épaules, et heureuse qu'il ne fût pas en veste et cravate. En chemin, il lui était venu à l'esprit qu'elle allait arriver à l'heure du dîner et que son pantalon de velours et son chandail n'étaient peut-être pas la tenue adéquate.

L'intérieur de la maison montrait une charmante combinaison de confort et de raffinement. Des tapis persans égayaient le vestibule à haut plafond. Un lustre de Waterford et des appliques assorties rehaussaient les superbes volutes de l'escalier tournant. Darcy aurait aimé s'attarder devant les tableaux qui ornaient le mur de la cage d'escalier.

— Comme tout le monde, Maman passe sa vie dans le petit salon, lui dit Chris. Par ici.

Darcy jeta un coup d'œil dans la salle de séjour en passant. Chris s'en aperçut.

— Toute la maison est meublée en antiquités américaines, dit-il. Début colonial jusqu'à la première moitié du XIXe. Ma grand-mère avait une passion pour les meubles anciens, et je crois que le goût s'est propagé dans la famille par osmose.

Greta Sheridan était assise dans un profond fauteuil près de la cheminée, les pages du *New York Times* éparpillées autour d'elle. La partie du « Sunday magazine » était ouverte à la page des mots croisés et elle consultait un dictionnaire. Elle se leva avec grâce.

— Vous êtes sûrement Darcy Scott.

Elle prit la main de Darcy.

— Je suis navrée pour votre amie.

Darcy secoua la tête. « Quelle belle femme ! » pensa-t-elle. Bien des actrices de cinéma parmi les amies de sa mère auraient envié les hautes pommettes de Greta Sheridan, ses traits aristocratiques, sa mince silhouette. Elle portait un pantalon de lainage bleu clair, un pull-over à col montant de même couleur, deux diamants aux oreilles, et un clip en diamant en forme de fer à cheval.

« Bon sang ne saurait mentir », pensa Darcy.

Chris servit le xérès. Une assiette de fromage et de crackers était posée sur la table basse. Il attisa le feu.

— A la tombée du soir, on s'aperçoit que nous sommes encore en mars.

Greta Sheridan lui demanda comment s'était passé le trajet.

— Je n'aurais jamais le courage de faire dans la journée l'aller et retour de New York jusqu'ici.

— J'ai l'habitude de la voiture.

— Darcy, nous nous connaissons depuis cinq jours, fit remarquer Chris. Voulez-vous m'expliquer exactement ce que vous faites ?

Il se tourna vers Greta.

— Le jour où j'ai fait traverser la galerie à Darcy pour la première fois, elle a repéré le secrétaire Roentgen du premier coup d'œil. Puis elle m'a dit qu'elle était « un peu de la partie ».

Darcy éclata de rire.

— Vous ne le croirez pas, mais c'est la vérité.

Greta Sheridan se montra fascinée.

— Quelle idée formidable. Si cela vous intéresse, je peux vous signaler des affaires. Vous seriez étonnée de voir les meubles magnifiques dont les gens se débarrassent dans cette région, ou qu'ils vendent pour trois fois rien.

Un peu plus tard, Chris annonça :

— C'est moi qui fais la cuisine. J'espère que vous n'êtes pas végétarienne, Darcy. J'ai prévu des steaks, des pommes de terre au four, une salade.

— Je ne suis pas végétarienne. Et j'ai une faim de loup.

Greta Sheridan attendit qu'il eût quitté la pièce pour parler de sa fille et de la reconstitution du meurtre dans la série télévisée « Crimes-Vérité ».

— Lorsque j'ai reçu cette lettre m'annonçant qu'une jeune fille aimant la danse allait mourir à New York en souvenir de Nan, j'ai cru devenir folle. Rien n'est pire que d'être incapable de prévenir une tragédie dont on sait qu'elle va arriver.

— Excepté avoir l'impression d'en être responsable, dit Darcy. La seule façon de me pardonner à moi-même d'avoir incité Erin à répondre à ces maudites annonces est d'empêcher son meurtrier de faire d'autres victimes. La même intention apparemment vous anime. Je comprends combien il doit vous être douloureux de ressortir les lettres et les photos de Nan, et je vous en suis reconnaissante.

— J'en ai trouvé d'autres. Les voilà.

Greta désigna une pile de petits albums disposés sur le devant de la cheminée.

— Ils étaient rangés sur une étagère en haut de la bibliothèque et j'ai failli ne pas les voir.

Elle prit celui du dessus. Darcy approcha une chaise et elles se penchèrent ensemble sur les photos.

— Nan s'intéressait à la photo durant la dernière année, dit Greta. Nous lui avions offert un Canon pour Noël, aussi ces photos ont-elles été prises entre la fin décembre et le début du mois de mars.

Les années de jeunesse, songea Darcy. Elle possédait des albums semblables de ses années d'étudiante à Mount Holyoke. A la différence près que Mount Holyoke accueillait uniquement des filles. Sur ces photos, il y avait autant de garçons que de filles. Elles commencèrent à les examiner.

Chris apparut sur le seuil de la porte.

— Le dîner sera prêt dans cinq minutes.

— Vous faites très bien la cuisine, apprécia Darcy en avalant la dernière bouchée de steak.

Ils commentèrent l'allusion de Nan à un certain Charley qui aimait les filles chaussées de talons aiguille.

— Voilà ce dont j'essayais de me souvenir, dit Greta. A la télévision et dans la presse, il était tout le temps question de chaussures à talons hauts. Ce qui me poursuivait, c'était la lettre de Nan à propos des talons hauts. Malheureusement, elle ne nous est pas d'une grande aide, n'est-ce pas ?

— Pas encore, dit Chris.

Chris apporta le plateau du café dans le petit salon.

— Tu fais un merveilleux maître d'hôtel, lui dit tendrement sa mère.

— Il m'a bien fallu apprendre, puisque tu refuses obstinément d'avoir quelqu'un à demeure.

Darcy pensa à la résidence de Bel-Air avec trois domestiques en permanence.

Lorsqu'elle eut fini son café, elle se leva pour partir.

— J'aimerais beaucoup prolonger cette soirée, mais il me faut plus d'une heure pour rentrer chez moi, et je finirai par m'endormir au volant si je m'attarde trop. — Elle hésita. — Puis-je seulement jeter encore un regard sur le premier album ?

Il y avait une photo de groupe au dos de la dernière page.

— Ce grand garçon en chandail de l'école, dit Darcy. Celui qui détourne le visage de l'appareil. Il y a quelque chose chez lui... — Elle haussa les épaules. — J'ai seulement l'impression de l'avoir peut-être déjà vu quelque part.

Greta et Chris étudièrent la photo.

— Je peux reconnaître quelques-uns de ces enfants, dit Greta, mais pas celui-là. Et toi, Chris ?

— Non. Mais regarde, Janet se trouve sur la photo. C'était une des grandes amies de Nan, expliqua-t-il à Darcy. Elle vit à Westport.

Il se tourna vers sa mère.

— Elle vient toujours gentiment te voir. Pourquoi ne l'inviterais-tu pas un de ces jours ?

— Elle est tellement occupée avec ses enfants. Je pourrais m'y rendre moi-même.

Au moment où Darcy les quittait, Greta Sheridan remarqua avec un sourire :

— Darcy, je vous ai bien regardée pendant toute la soirée. Mis à part la couleur de vos cheveux, vous a-t-on jamais dit que vous aviez une ressemblance étonnante avec Barbara Thorne ?

— Jamais, répondit sincèrement Darcy.

Il semblait peu opportun de dire que Barbara Thorne était sa mère. Elle sourit à son tour.

— Mais je dois vous dire, madame Sheridan, que j'apprécie le compliment.

Chris l'accompagna jusqu'à sa voiture.

— N'êtes-vous pas trop fatiguée pour conduire ?

— Pas du tout. Vous devriez voir les longues étapes que je parcours lors de mes chasses au mobilier.

— Nous travaillons vraiment dans le même domaine.

— Oui, mais vous prenez les grandes routes...

— Viendrez-vous à la galerie demain ?

— Certainement. Bonsoir, Chris.

Greta Sheridan attendait à la porte.

— Elle est exquise, Chris. Véritablement exquise.

Chris haussa les épaules.

— C'est également mon avis.

Il se souvint du fard qu'avait piqué Darcy lorsqu'il lui avait demandé si elle était libre hier.

— Mais ne commence pas à faire des plans, Maman. J'ai l'intuition qu'elle est déjà prise.

Pendant le week-end, Doug avait été l'exemple de tout ce qu'une femme peut attendre d'un mari et d'un père dévoué. Même sachant que tout ça n'était que comédie, Susan en vint à douter que Doug pût être un meurtrier.

Il alla voir Donny s'entraîner au basket-ball, puis organisa une partie de foot dans le jardin avec les enfants qui pouvaient rester. Il emmena ensuite tout le monde déjeuner au Burger King. « Rien de tel qu'une nourriture saine », plaisanta-t-il.

L'endroit était rempli de jeunes couples accompagnés de leurs enfants. « C'est ce qui nous a manqué, pensa Susan. Mais c'est trop tard, maintenant. » Elle regarda Donny de l'autre côté de la table ; il restait silencieux.

De retour à la maison, Doug joua avec le bébé, l'aidant à construire un château de cubes. « Mettons le petit prince à l'intérieur. » Conner hurla de joie.

Il emmena Trish faire une promenade sur sa trottinette. « On va dépasser tout le monde dans la rue, hein, mon petit lapin ? »

Il eut une tendre conversation avec Beth. « Ma petite fille devient tous les jours plus jolie. Il va falloir que j'élève une barrière autour de la maison pour empêcher les garçons de courir après toi. »

Tandis qu'elle préparait le dîner, il vint embrasser Susan dans le cou.

— Nous devrions aller danser un soir, chérie. Te souviens-tu comme nous dansions à l'université ?

Comme un vent glacé, ces mots mirent fin à l'espoir qu'il n'était peut-être au fond qu'un coureur de jupons. *Les chaussures de bal trouvées sur les cadavres.*

Plus tard, au lit, Doug tendit la main vers elle
— Susan, t'ai-je jamais dit combien je t'aimais ?

— Tu me l'as dit plusieurs fois, mais une en particulier me reste à l'esprit.

Lorsque j'ai menti pour toi après la mort de Nan Sheridan.

Doug se redressa sur un coude, la fixa dans l'obscurité.

— Laquelle ? demanda-t-il d'un ton gentiment moqueur.

Ne lui laisse pas deviner les pensées.

— Le jour où nous nous sommes mariés, bien sûr. — Elle eut un petit rire nerveux. — Oh Doug, non, je t'en prie. Je suis réellement fatiguée.

Son contact lui était insupportable. Elle se rendit compte qu'elle avait peur de lui.

— Susan, que se passe-t-il ? Tu trembles.

Le dimanche ressembla au samedi. Un dimanche de famille unie. Mais Susan nota l'expression de lassitude dans les yeux de Donny, les rides d'inquiétude autour de sa bouche. *Faut-il que je fasse part de mes soupçons à la police ? Et si j'avoue que j'ai menti pour lui il y a quinze ans, irais-je moi aussi en prison ? Et dans ce cas, qu'adviendrait-il des enfants ? Et si jamais il se doutait de mes intentions, jusqu'où irait-il pour m'en empêcher ?*

XX

Lundi
11 mars

DANS la matinée du lundi, Vince téléphona à Nona.
— J'ai trouvé un psy pour votre émission. Le docteur Martin Weiss. Un homme sympathique. Intelligent. Membre de l'AAPL et très expérimenté. Il dit les choses franchement et participera volontiers à l'émission. Voulez-vous son numéro de téléphone ?
— Certainement.
Nona l'inscrivit, puis ajouta.
— J'aime bien Hank, Vince. Il est merveilleux.
— Il veut savoir si vous aimeriez le voir jouer quand commenceront les matchs de base-ball.
— J'amènerai le pop-corn.

Nona téléphona au docteur Weiss. Il convint de venir au studio mercredi à 16 heures.
— Nous enregistrons à 17 heures. Le programme sera diffusé jeudi soir à 20 heures.

Darcy passa une grande partie du lundi dans l'entrepôt à étiqueter des meubles pour l'hôtel. A 16 heures, elle se rendit à la galerie Sheridan. Une vente était en cours. Elle aperçut

Chris debout à l'extrémité du premier rang, le dos tourné. Elle se faufila dans le couloir jusqu'à la salle de conférences. Un grand nombre de photos étaient datées. Elle voulait en trouver d'autres remontant à la même époque. Peut-être trouverait-elle une autre photo de l'étudiant qui lui avait paru vaguement familier.

A 18 h 30, elle était toujours plongée dans ses recherches. Chris entra. Elle leva la tête, souriante.

— Les enchères semblaient animées. Êtes-vous content de votre journée ?

— Très. Personne ne m'a prévenu que vous étiez là. J'ai vu la lumière allumée.

— Cela tombe bien. Chris, ce garçon ressemble-t-il à celui que je vous ai montré hier ?

Il étudia la photo.

— Il me semble, oui. Ma mère a laissé un message il y a quelques minutes. Elle a vu Janet aujourd'hui. Cet étudiant faisait partie de ceux qui ont été interrogés à la mort de Nan. Il avait un faible pour elle, je crois. Il s'appelait Doug Fox.

Devant l'expression bouleversée de Darcy, il demanda :

— Vous le connaissez donc ?

— Sous le nom de Doug Fields. Par une petite annonce.

— Chérie, ils ont organisé une réunion au dernier moment. Je ne peux pas te parler, mais l'une des sociétés que nous avons recommandée à notre plus gros client vient de faire faillite.

Susan passa tant bien que mal la soirée. Elle donna un bain au bébé et à Trish, aida Donny et Beth à faire leurs devoirs.

Elle finit par éteindre les lumières et monter se coucher. Pendant des heures, elle resta étendue sans dormir. Il s'était arrangé pour rester un week-end à la maison. Et maintenant, il traînait à nouveau elle ne savait où. Et s'il était responsable de la mort de ces jeunes filles, elle était également coupable.

Si elle pouvait seulement partir... mettre les enfants dans la voiture et s'en aller aussi loin que possible.

Mais ça n'était pas si facile.

Le lendemain après-midi, après avoir vu Trish s'éloigner dans le bus de l'école et mis Conner au lit pour la sieste, Susan décrocha le téléphone et demanda aux renseignements le numéro du siège central du FBI à Manhattan.

Elle le composa et attendit. Une voix dit :

— FBI, j'écoute.

Il était encore temps de raccrocher. Susan ferma les yeux, se força à parler d'une voix intelligible.

— Je voudrais parler à quelqu'un à propos des meurtres aux chaussures de bal. J'ai peut-être des informations.

Le lundi soir, Darcy retrouva Nona pour dîner chez Neary's et la mit au courant au sujet de Doug Fox.

— Vince était absent lorsque j'ai essayé de le joindre, dit-elle. J'ai laissé un mot à son assistant.

Elle rompit un morceau de son petit pain et le beurra légèrement.

— Nona, qu'il s'appelle Doug Fox ou Doug Fields, c'est exactement le genre de type qui aurait attiré Erin et à qui elle aurait fait confiance. Il est beau garçon, brillant, artiste, et il a un de ces visages puérils qui auraient éveillé son instinct de maman poule.

Nona avait l'air grave.

— Qu'il ait été interrogé à propos de la mort de Nan Sheridan n'a rien de rassurant. Je préférerais que tu ne le revoies pas. Bien sûr, d'après Vince, un tas de types ne communiquent pas leur nom véritable lorsqu'ils répondent à ces petites annonces.

— Mais combien d'autres ont été interrogés au sujet de la mort de Nan Sheridan ?

— Ne te fais pas d'illusions. Jusqu'ici, on sait seulement que Jay Stratton a également été étudiant à Brown et que l'intendant de l'immeuble d'Erin a travaillé près de la résidence de Nan Sheridan il y a quinze ans.

— Je voudrais tellement que tout ça soit fini, soupira Darcy.

— N'en parlons plus pour l'instant. Cette histoire n'a cessé de te tourmenter. Comment va ton travail ?

— Oh, je l'ai négligé, bien sûr ! Mais j'ai eu un coup de téléphone qui m'a fait plaisir, aujourd'hui, à propos d'une chambre que j'ai décorée pour une jeune accidentée de seize ans. Je l'ai meublée avec les affaires d'Erin. La mère voulait me faire savoir que sa fille Lisa est rentrée samedi de l'hôpital et qu'elle adore sa chambre. Et sais-tu ce qu'elle a aimé tout particulièrement, d'après sa mère ?

— Quoi ?

— Te souviens-tu du poster qu'Erin avait fixé sur le mur face à son lit ? Cette reproduction d'un tableau d'Egret ?

— Bien sûr. *Aime la musique, aime danser.*

Elles n'avaient pas remarqué que Jimmy Neary s'était approché de leur table.

— *C'est ça,* s'écria-t-il. Bon Dieu, c'est ça. C'est ainsi que commençait la petite annonce qui est tombée de la poche d'Erin, ici, à cet endroit même.

XXI

Mardi
12 mars

L E mardi, Susan engagea une baby-sitter pour la journée et prit le train pour New York. Vince lui avait demandé de venir à son bureau. «Je comprends combien c'est pénible pour vous, madame Fox», avait-il dit avec précaution. Il ne voulait pas lui annoncer qu'ils étaient déjà sur la piste de son mari. « Nous ferons notre possible pour ne rien divulguer aux médias, mais plus nous en saurons, plus notre tâche sera facilitée. »

A 11 heures, Susan se trouvait au quartier général du FBI.

— Vous pouvez contacter l'agence Harkness, dit-elle à Vince. Ils avaient pris Doug en filature. J'aimerais croire que c'est simplement un coureur de jupons, mais s'il s'agit d'autre chose, je ne peux le laisser continuer.

Vince vit le chagrin qui déformait le visage de la jolie jeune femme assise en face de lui.

— En effet, vous ne pouvez le laisser continuer, dit-il doucement. Toutefois, entre le fait de savoir que votre mari court les femmes et penser qu'il peut être un assassin, il y a un grand pas à franchir. Comment y êtes-vous parvenue ?

— J'avais vingt ans à peine et j'étais tellement amoureuse de lui.

On aurait dit que Susan se parlait à elle-même.

— C'était il y a combien de temps ?

— Quinze ans.

Vince resta impassible.

— Qu'est-il arrivé à cette époque, madame Fox ?

Les yeux fixés quelque part sur le mur derrière lui, Susan raconta à Vince qu'elle avait menti pour couvrir Doug à la mort de Nan Sheridan, et que Doug avait prononcé le nom d'Erin dans son sommeil, la nuit où son corps avait été découvert.

Vince attendit qu'elle eût terminé.

— L'agence Harkness sait-elle où se trouve son appartement ? demanda-t-il ensuite.

— Oui.

Après avoir révélé tout ce qu'elle savait ou soupçonnait, Susan sentit une immense lassitude l'envahir. Il ne lui restait plus à présent qu'à vivre avec elle-même pour le restant de son existence.

— Madame Fox, je vais vous demander quelque chose d'extrêmement pénible. Nous avons besoin de comparer nos informations avec celles de l'agence Harkness. Le fait qu'ils aient pris votre mari en filature pourrait être d'une grande utilité. Pouvez-vous agir normalement avec lui pendant un jour ou deux ? Ne l'oubliez pas, notre enquête peut l'innocenter.

— Sauvegarder les apparences n'est pas difficile avec mon mari. La plupart du temps, il ne me remarque pas, excepté pour se plaindre.

Lorsqu'elle fut partie, Vince appela Ernie.

— Nous tenons notre première chance et je ne veux pas la gâcher. Voilà mon plan...

Le mardi après-midi, Jay Charles Stratton fut arrêté pour vol. Les inspecteurs de la police départementale de New York, conjointement avec le personnel de la sécurité de la Lloyd's de Londres, avaient découvert le receleur d'une partie des diamants volés. Le reste des pierres qui formaient le contenu de la pochette disparue furent retrouvées dans un coffre-fort loué au nom de Jay Charles.

La réunion s'était éternisée et l'ambiance dans les bureaux était tendue. Comment expliquer à vos meilleurs clients que les comptables d'une société vous ont grugé? Ce genre de malentendu n'était plus censé se produire.

Doug appela chez lui à plusieurs reprises et s'étonna d'entendre la baby-sitter au téléphone. Il se tramait définitivement quelque chose. Il ferait mieux de rentrer à la maison ce soir. Remettre les choses au point avec Susan ne serait pas trop difficile. Il sentit sa confiance en lui l'abandonner. Elle ne commençait quand même pas à soupçonner... A moins que?

Mardi en fin d'après-midi, Darcy rentra directement chez elle en sortant de son travail. Tout ce qu'elle désirait, c'était faire réchauffer une boîte de soupe et se coucher tôt. La tension des deux semaines dernières la rattrapait. Elle le sentait.

A 20 heures, Michael téléphona.

— J'ai déjà entendu des voix épuisées, mais la vôtre bat tous les records.

— Je n'en doute pas.

— Vous avez trop exigé de vous, Darcy.

— Ne vous inquiétez pas. Jusqu'à la fin de la semaine, j'ai l'intention de rentrer directement du bureau chez moi.

— Excellente idée. Darcy, je suis obligé de m'absenter pendant quelques jours, mais réservez-moi votre samedi, voulez-vous? Ou dimanche? Ou mieux encore, les deux jours?

Darcy rit.

— Disons samedi. Amusez-vous bien.

— Ça n'a rien d'amusant. Il s'agit d'un séminaire psychiatrique. On m'a demandé de remplacer un ami obligé de se décommander. Vous voulez savoir à quoi ressemble un rassemblement de quatre cents psy dans une seule pièce?

— J'ai du mal à l'imaginer.

XXII

Mercredi
13 mars

L E Jour J, pensa Nona tout en ôtant sa cape qu'elle jeta sur le canapé. Il n'était pas tout à fait 8 heures du matin. Elle constata avec satisfaction que Connie était déjà arrivée et que le café passait dans le percolateur.

Connie la suivit dans son bureau.

— Ça va être formidable, Nona.

Elle portait des tasses qu'elle venait de laver.

— Je crois que Cecil B. DeMille réalisait ses films à grand spectacle en moins de temps qu'il ne m'a fallu pour boucler ce reportage, dit Nona d'un ton désabusé.

— Vous avez réalisé vos émissions habituelles pendant que vous mettiez celle-ci au point, lui rappela Connie.

— Mettons. Il faut vérifier par téléphone que tous nos invités seront présents. Avez-vous envoyé à chacun une lettre de confirmation ?

— Bien sûr.

Connie parut surprise qu'on pût lui poser cette question. Nona sourit.

— Je suis désolée. Mais Hamilton s'est montré tellement réticent sur cette émission, et Liz si décidée à en tirer les avantages en me laissant payer les pots cassés s'il y a le moindre ennui...

— Je sais.

— Parfois, je me demande si vous n'êtes pas aussi à même que moi de diriger ce bureau, Connie. Il y a un seul domaine où j'aimerais que nous soyons dissemblables.

Connie attendit.

— J'aimerais que vous sachiez parler aux plantes. Vous êtes comme moi. Vous ne les voyez même pas.

Elle désigna la plante sur le rebord de la fenêtre.

— Cette pauvre chose n'en peut plus. Donnez-lui un peu à boire, voulez-vous ?

Len Parker était fatigué mercredi matin. Hier, il n'avait cessé de penser à Darcy Scott. En sortant de son travail, il avait rôdé autour de son immeuble et l'avait vue sortir d'un taxi aux environs de 18 h 30. Il avait attendu jusqu'à 22 heures, mais elle n'était pas réapparue Il voulait réellement lui parler. Les autres fois, il lui en avait voulu de s'être montrée si désagréable avec lui. Quelque chose lui avait semblé important l'autre jour, mais ça lui échappait maintenant. Il se demandait s'il s'en souviendrait à nouveau.

Il enfila l'uniforme du service de l'entretien. C'était épatant de porter un uniforme, vous n'aviez pas un sou à débourser sur les vêtements de travail.

Lorsque Vince arriva à son bureau mercredi matin, sa secrétaire avait noté un message de Darcy Scott. Darcy avait passé la journée à travailler sur différents projets en ville, mais elle voulait lui faire savoir qu'Erin avait probablement répondu à une petite annonce commençant par « *Aime la musique, aime danser* ». C'était sans doute le genre d'annonce auquel avaient répondu les autres disparues, pensa Vince.

Retrouver les auteurs des petites annonces était un travail ardu. Le type qui voulait cacher sa véritable identité pouvait falsifier quelques papiers, ouvrir un compte bancaire, et prendre un numéro de boîte postale où magazines et journaux lui expédiaient les réponses. Pas de nom. Pas d'adresse domiciliaire. Les services des boîtes postales offraient le secret professionnel à leurs clients.

La recherche promettait d'être longue. Mais cette petite annonce lui rappelait quelque chose. Il joignit ses enquêteurs au téléphone. Le filet se resserrait sur Doug Fox, également connu sous le nom de Doug Fields. Le dossier établi sur lui par l'agence Harkness était une véritable aubaine.

Fields sous-louait l'appartement depuis deux ans, depuis l'époque de la disparition de Claire Barnes.

Joe Pabst, le détective de Harkness, s'était installé à une table près de Fox au SoHo. Il était clair qu'il avait rencontré la femme qui l'accompagnait par une petite annonce.

Il lui avait donné rendez-vous pour aller danser.

Il avait un break.

Pabst était certain que Fox possédait une sorte de planque quelque part. Il l'avait entendu dire à la spécialiste en affaires immobilières qu'il avait une petite maison où il aimerait bien l'emmener.

Il se faisait passer pour un illustrateur. L'intendant du London Terrace avait eu l'occasion d'entrer dans l'appartement de Fields et disait qu'il était rempli de dessins, des dessins vraiment bons.

Et il avait été interrogé durant l'enquête concernant la mort de Nan Sheridan.

Mais c'était une preuve indirecte, se rappela Vince. Fox plaçait-il des petites annonces, y répondait-il, ou faisait-il les deux à la fois? Fallait-il brancher son téléphone sur écoutes pendant un temps, voir ce qui en résulterait?

Devaient-ils le faire venir pour l'interroger? Pas facile de décider.

En tout cas, Darcy Scott savait que Fox était suspect. Elle ne se laisserait pas coincer par lui.

Et si, en prime, il s'avérait que Fox avait placé l'annonce qu'Érin portait sur elle ? « *Aime la musique, aime danser.* »

A midi, le quartier général du FBI à Quantico alerta Vince. Ils avaient reçu des appels provenant des services de police de tout le pays. Vermont, Washington D. C., Ohio, Géorgie, Californie. Cinq autres boîtes de chaussures dépareillées avaient été envoyées. Toutes contenaient une chaussure de marche et une sandale du soir à talon haut. Toutes avaient été adressées aux familles des jeunes femmes habitant New York et déclarées disparues au cours des deux dernières années.

A 15 h 30, Vince s'apprêtait à quitter son bureau pour les studios de l'Hudson Cable. Sa secrétaire l'arrêta au moment où il passait devant sa porte et lui tendit le téléphone.

— M. Charles North. Il dit que c'est important.

Vince haussa les sourcils. Ne me dites pas que cet avocat prétentieux et que les scrupules n'étouffent pas se décide à coopérer.

— D'Ambrosio, dit-il d'un ton sec.

— Monsieur D'Ambrosio, j'ai beaucoup réfléchi à cette histoire.

Vince attendit.

— Il n'y a qu'une seule explication possible au fait que mes projets soient tombés dans des oreilles indiscrètes.

Vince sentit son intérêt s'éveiller.

— Lorsque je suis venu à New York au début du mois de février, pour régler les derniers détails de mon installation, mon associé principal m'a emmené à une soirée donnée au Plaza. Le gala des auteurs dramatiques de la 21st Century. L'assistance était brillante. Helen Hayes, Tony Randall, Martin Charnin, Lee Grant, Lucille Lortel. On m'a présenté à un grand nombre de gens pendant le cocktail. Mon associé était désireux de me faire connaître. J'ai parlé à un groupe de quatre ou cinq personnes juste avant que le dîner soit annoncé. L'un des hommes présents m'a demandé ma carte, mais je ne me rappelle plus son nom.

— A quoi ressemblait-il ?

— J'ai une très mauvaise mémoire des visages et des noms, ce qui doit sûrement dérouter un homme de votre profession. Je n'ai qu'un vague souvenir de lui. Environ un mètre quatre-vingt-cinq. Pas tout à fait quarante ans. S'exprimant bien.

— Croyez-vous que si nous obtenions la liste des invités à ce gala, cela réveillerait votre mémoire ?

— Je ne sais pas. Peut-être.

— Très bien, monsieur North. Je vous suis reconnaissant de m'avoir téléphoné. Nous allons établir cette liste et peut-être pourrez-vous demander à votre associé s'il reconnaît les noms des personnes avec lesquelles vous vous êtes entretenu.

North parut inquiet.

— Et comment expliquerai-je la nécessité de cette information ?

La gratitude que Vince commençait à ressentir à l'égard de North s'évanouit.

— Monsieur North, dit-il sèchement, vous êtes avocat. Vous savez sûrement obtenir un renseignement sans explication.

Il raccrocha et appela Ernie.

— Je veux la liste des personnes présentes au gala des auteurs dramatiques de la 21st Century qui a eu lieu au Plaza début février, dit-il. Vous devriez l'obtenir facilement. Vous savez où me trouver.

Le 13 mars, jour de l'anniversaire de Nan : elle aurait eu trente-quatre ans hier.

Depuis longtemps déjà, Chris fêtait son anniversaire le 24.

en même temps que celui de Greta. C'était moins douloureux pour tous les deux. Hier, sa mère avait téléphoné avant qu'il ne quitte son bureau. « Chris, je bénis tous les jours le ciel de t'avoir. Heureux anniversaire, chéri. »

Il l'avait appelée, ce matin.

— C'est le jour difficile, Maman.

— Je suppose qu'il en sera toujours ainsi. Es-tu certain d'avoir envie de participer à cette émission ?

— Si j'en ai envie ? Sûrement pas. Mais si j'ai une chance de pouvoir aider à résoudre cette énigme, cela en vaut la peine. Peut-être un spectateur se souviendra-t-il d'un détail concernant Nan.

— Je l'espère.

Greta soupira. Son ton changea.

— Comment va Darcy ? Chris, elle est si charmante.

— Je crois que toute cette histoire l'a épuisée.

— Participera-t-elle aussi à l'émission ?

— Non. Et elle ne veut même pas la regarder.

La journée fut calme à la galerie. Chris put mettre ses papiers à jour. Il avait donné instruction de le prévenir si Darcy venait. A 14 heures, il téléphona à son bureau. Sa secrétaire lui dit qu'elle travaillait en ville toute la journée et avait ensuite l'intention de rentrer directement chez elle.

A 15 h 30, Chris hélait un taxi pour se rendre aux studios de l'Hudson Cable. Qu'on en finisse une fois pour toutes, pensa-t-il d'un air résolu.

Les invités se rassemblèrent dans le hall. Nona les présenta. Les Corra, un couple d'environ quarante-cinq ans. Ils étaient séparés. Ils avaient chacun répondu réciproquement à leur annonce mutuelle. C'était le catalyseur qui les avait rapprochés.

Les Daley, un couple d'une cinquantaine d'années, l'air

sérieux. Ni l'un ni l'autre ne s'était jamais marié auparavant. Ils avaient longtemps hésité avant de passer des petites annonces. Ils s'étaient rencontrés il y a trois ans. « Tout alla bien dès le début, dit Mme Daley. Je m'étais toujours montrée beaucoup trop réservée. J'ai pu mettre sur le papier ce que j'étais incapable de dire à quiconque. » Elle était chercheuse scientifique. Il était professeur d'université.

Adrian Greenfield, la pétulante divorcée proche de la cinquantaine. « Je me suis beaucoup amusée, raconta-t-elle aux autres. En fait, ils ont fait une erreur d'impression. Ils étaient censés écrire que j'étais aimable. Au lieu de cela, ils ont mis que j'étais aisée. Je vous jure, j'ai reçu du courrier par brouettes entières. »

Wayne Harsh, timide président d'une fabrique de jouets. Un peu moins de trente ans. Le rêve de toute future belle-mère, décréta Vince. Harsh prenait plaisir à ses rencontres. Dans son annonce, il déclarait qu'il était frustré de voir ses jouets faire le bonheur des enfants dans le monde entier alors qu'il était sans enfant. Désireux de rencontrer une femme gentille et intelligente de son âge à la recherche d'un brave garçon qui rentrerait tous les soirs chez lui et ne balancerait pas ses affaires à travers la pièce.

Les tourtereaux, les Cairone. Ils étaient tombés amoureux dès leur première petite annonce. A la fin de la soirée, il s'était mis au piano du bar où ils s'étaient donné rendez-vous et avait joué « Emmène-moi à l'église sans tarder ». Mariés un mois plus tard.

— Jusqu'à ce qu'ils se présentent, j'ai craint de n'avoir aucun jeune couple, confia Nona à Vince. Ces deux-là vous feraient croire aux romans d'amour.

Vince vit entrer le psychiatre, le docteur Martin Weiss, et s'avança à sa rencontre.

Weiss était un homme d'une soixantaine d'années avec un visage énergique, une belle tête couronnée de cheveux gris, des yeux bleus au regard pénétrant.

— Merci d'être venu à la dernière minute, dit Vince.

— Bonjour, Vince.

Vince se tourna pour voir Chris se diriger vers eux. Il se souvint que c'était l'anniversaire de la mort de Nan Sheridan.

— Ce n'est pas le meilleur jour pour vous, dit-il.

A 16 h 45, Darcy se laissa tomber sur la banquette arrière du taxi avec un ouf de soulagement. Elle avait enfin rattrapé le temps perdu. Lundi prochain, les peintres attaqueraient les travaux à l'hôtel. Ce matin, elle avait apporté aux propriétaires une brochure du Pelham Hotel à Londres. « C'est un petit hôtel, à la fois élégant et intime. Il ressemble au vôtre dans la mesure où les chambres et le hall de réception sont de dimensions réduites, le salon parfait pour recevoir des visiteurs. Remarquez le petit bar dans le coin. Vous pouvez avoir le même. Et étudiez les chambres. Il n'est pas question de rechercher quelque chose d'aussi luxueux, mais nous pouvons en donner l'effet. »

Ils étaient visiblement ravis.

« Maintenant, pensa Darcy, je dois me mettre en rapport avec l'étalagiste de Wilston's. » Elle avait été choquée de constater que le jour où l'on défaisait les vitrines, les tissus étaient souvent vendus pour trois fois rien. Des mètres et des mètres de marchandise d'excellente qualité.

Elle secoua la tête, s'efforçant de déloger une migraine persistante. « J'ignore si j'ai attrapé un virus ou si ce n'est qu'un simple mal de tête, mais je vais me coucher tôt ce soir encore. » Le taxi s'arrêtait devant son immeuble.

Dans l'appartement, le répondeur clignotait. Bev avait laissé un message. « Darcy, tu as reçu un appel complètement farfelu il y a une vingtaine de minutes. Rappelle-moi dès ton retour. »

Darcy composa sans attendre le numéro de son bureau.

— Bev, quel est ce message?

— C'était une femme. Elle parlait à voix très basse. Je l'entendais à peine. Elle voulait savoir où elle pouvait te joindre. Je n'ai pas voulu lui donner le numéro de téléphone de ton appartement, et lui ai promis de te communiquer le message. Elle a dit qu'elle était dans le bar où se trouvait Erin le soir de sa disparition, qu'elle ne l'avait pas dit parce que l'homme qui l'accompagnait n'était pas son mari. Elle a vu Erin rencontrer un homme qui entrait au moment où elle s'en allait. Ils sont partis ensemble. Elle se souvient bien de lui.

— Comment puis-je la joindre?

— Tu ne peux pas. Elle ne m'a pas laissé son nom. Elle demande que tu viennes la retrouver dans ce bar. C'est le Eddie's Aurora dans la quatrième rue, sur Washington Square. Elle a dit que tu viennes seule et que tu l'attendes au bar. Elle y sera vers 18 heures, à moins qu'elle ne puisse se libérer. Ne l'attends pas plus longtemps. Elle rappellera demain si vous ne vous voyez pas ce soir.

— Merci, Bev.

— Écoute, Darcy, je vais rester tard au bureau. J'ai un examen à préparer et il n'y a pas moyen de travailler chez moi, avec le va-et-vient des copains de la fille qui partage mon appartement. Rappelle-moi, veux-tu? Je voudrais seulement savoir que tout va bien.

— Tout ira bien. Mais, c'est entendu, je te rappellerai.

Darcy oublia qu'elle était fatiguée. Il était 16 h 55. Elle avait juste le temps de se rafraîchir le visage, de brosser ses cheveux, et de remplacer son jean poussiéreux par une jupe et un pull-over. « Oh, Erin! pensa-t-elle. Peut-être touchons-nous au but. »

Nona regarda défiler le générique tandis que les invités bavardaient tranquillement, encore à l'écran, mais hors son.

— Amen, dit-elle lorsque l'écran s'obscurcit.

Elle se leva d'un bond et se dirigea vers le plateau.

— Vous avez été merveilleux, dit-elle. Chacun de vous. Je ne pourrais jamais assez vous remercier.

Les invités eurent un sourire détendu. Chris, Vince et le docteur Weiss se levèrent ensemble.

— Je suis content que ce soit terminé, dit Chris.

— C'est compréhensible, dit Martin Weiss. D'après ce qu'on m'a dit, vous et votre mère avaient montré un courage remarquable dans toute cette histoire.

— Il le faut bien, docteur.

Nona vint les rejoindre.

— Les autres s'en vont, mais je voudrais que vous veniez tous les trois dans mon bureau prendre un verre. Vous l'avez mérité.

— Oh, je ne crois pas... — Weiss secoua la tête, hésita. — Je dois prévenir mon cabinet. Puis-je le faire d'ici ?

— Bien sûr.

Chris hésita. Il se sentait soudain terriblement abattu. La secrétaire de Darcy lui avait dit qu'elle devait rentrer directement chez elle. Il se demanda s'il pourrait l'inviter à dîner.

— Est-ce que je peux prendre une ligne pour téléphoner moi aussi ?

— Allez-y.

Le bip se mit à sonner à la ceinture de Vince.

— J'espère que vous avez plusieurs téléphones dans les parages, Nona.

Vince téléphona depuis le bureau de la secrétaire de Nona. Il devait appeler Ernie au siège du gala des auteurs de la 21st Century. Ernie avait une foule de nouvelles de premier ordre.

— J'ai la liste des invités. Devinez qui assistait au gala cette nuit-là ?

— Qui ?

— Erin Kelley et Jay Stratton.

— Incroyable.

Il se rappela la description faite par North de l'homme qui lui avait demandé sa carte. Grand. Pas tout à fait quarante ans. S'exprimant bien. Mais Erin Kelley! L'après-midi où il l'avait accompagnée dans l'appartement d'Erin, Darcy avait choisi la robe rose et argent qui serait le dernier vêtement de son amie. Darcy lui avait dit qu'Erin l'avait achetée en vue d'un *gala*. Puis, lorsqu'il était venu prendre la boîte de chaussures adressée chez elle, elle lui avait dit que la chaussure du soir dans le paquet était mieux assortie à la robe rose et argent que celles achetées par Erin elle-même. Il sut soudain pourquoi les chaussures allaient si bien avec la robe. Le meurtrier d'Erin assistait au gala et il l'avait vue porter cette robe.

— Venez me retrouver au bureau de Nona Roberts, dit-il à Ernie. Nous regagnerons Federal Plaza ensemble.

Dans le bureau, le docteur Weiss semblait plus détendu.

— Pas de problème. Je craignais qu'un de mes patients veuille me voir ce soir. Madame Roberts, je vais profiter de votre amabilité. Mon plus jeune fils est étudiant en dernière année de communication et sortira diplômé de l'université en juin. Comment peut-il débuter dans ce métier?

Chris Sheridan avait transporté le téléphone depuis la table de Nona jusqu'à la fenêtre. D'un air absent, il passa un doigt sur la plante poussiéreuse. Darcy n'était pas chez elle. Lorsqu'il avait téléphoné à son bureau, sa secrétaire était restée évasive. Elle attendait de ses nouvelles plus tard. « Une réunion importante de dernière minute. »

Un pressentiment l'assaillit. Quelque chose clochait.

Il le savait.

Darcy n'était pas censée attendre au-delà de 18 heures. Elle resta jusqu'à 18 h 30, puis décida d'abandonner pour ce soir. Visiblement, la femme qu'elle devait rencontrer avait eu un empêchement. Elle paya son Perrier et s'en alla.

Elle sortit dans la rue. Le vent s'était levé à nouveau, vous transperçant presque le corps. « J'espère que je vais trouver un taxi », se dit-elle.

— Darcy, je suis si heureux de vous trouver. Votre secrétaire m'a dit que vous étiez ici. Montez vite.

— Oh, vous êtes mon sauveur ! Quelle chance !

Len Parker se blottit dans le renfoncement d'une porte de l'autre côté de la rue et regarda disparaître les feux arrière de la voiture. Exactement comme la dernière fois où Erin Kelley était sortie et où quelqu'un l'avait interpellée depuis ce break.

Et si c'était la même personne qui avait tué Erin Kelley ? Devait-il téléphoner à cet agent du FBI ? Son nom était D'Ambrosio. Len avait sa carte.

Le prendrait-il pour un fou ?

Erin Kelley l'avait planté sur place et Darcy Scott avait refusé de dîner avec lui.

Mais il s'était montré odieux avec elles.

Il devait peut-être téléphoner.

Il avait dépensé un fric fou à suivre Darcy Scott en taxi depuis ces deux derniers jours.

Et le téléphone ne lui coûterait qu'un quarter.

Chris se détourna de la fenêtre. Une question lui brûlait les lèvres. Vince D'Ambrosio venait de rentrer dans la pièce.

— Savez-vous si Darcy a un de ces maudits rendez-vous ce soir ? demanda-t-il.

Vince vit l'inquiétude sur le visage de Sheridan et feignit d'ignorer le ton agressif. Il savait qu'il n'était pas visé.

— D'après Nona, Darcy avait l'intention de se coucher tôt.

— C'était son intention.

Le sourire s'effaça sur le visage de Nona.

— Losque j'ai téléphoné à son bureau, sa secrétaire m'a affirmé qu'elle devait rentrer directement chez elle en quittant l'hôtel qu'elle redécore.

— Eh bien, quelque chose l'a incitée à changer d'avis, rétorqua Chris. Sa secrétaire a l'air très mystérieux.

— Quel est le numéro de son bureau?

Vince s'empara du téléphone. Lorsque Bev répondit, il se présenta.

— Je suis inquiet au sujet des projets de Mlle Scott. Si vous savez de quoi il s'agit, je veux être mis au courant.

— J'aurais préféré qu'elle vous rappelle elle-même... commença Bev, mais elle n'eut pas le temps de poursuivre.

— Écoutez, mademoiselle, je n'ai pas l'intention de me mêler de sa vie privée, mais si ces projets ont un rapport avec une petite annonce, je veux le savoir. Nous sommes près de résoudre cette affaire, mais personne n'est encore en état d'arrestation.

— Bon, promettez-moi de ne pas...

— Où est Darcy Scott?

Bev le mit au courant. Vince lui communiqua le numéro de Nona.

— Demandez à Mlle Scott de m'appeler immédiatement lorsque vous aurez de ses nouvelles.

Il raccrocha.

— Elle a rendez-vous avec une femme qui affirme avoir vu Erin Kelley quitter Eddie Aurora's dans le Village le soir de sa disparition, et peut décrire l'homme qu'elle a rencontré à l'extérieur du bar. Cette femme ne s'est pas manifestée auparavant parce qu'elle était en compagnie d'un autre type que son mari.

— Vous y croyez? demanda Nona.

— Ça me paraît louche. Mais si Darcy la rencontre dans ce bar, il ne devrait pas y avoir de problème. Quelle heure est-il?

— Dix-huit heures trente, dit le docteur Weiss.

— Darcy devrait donc téléphoner à son bureau d'une minute à l'autre. Elle était censée ne pas attendre au-delà de 18 heures si son interlocutrice ne se présentait pas.

— La même chose n'est-elle pas arrivée à Erin Kelley ? demanda Chris. Si je me souviens bien, elle s'est rendue chez Eddie Aurora's, n'y a trouvé personne, est partie, et a disparu.

Vince sentit un frisson lui parcourir la nuque.

— Je vais leur téléphoner.

Lorsqu'il eut le bar en ligne, il les bombarda de questions, écouta, puis raccrocha brutalement.

— Le barman dit qu'une jeune femme répondant au signalement de Darcy est sortie il y a quelques minutes. Personne ne l'a rejointe.

Chris jura entre ses dents. L'instant où il avait découvert le corps de Nan il y avait quinze ans lui emplit l'esprit avec une clarté atroce.

Une hôtesse de la réception frappa à la porte entrouverte.

— M. Cizek, du FBI, dit que vous l'attendez, dit-elle à Nona.

Nona acquiesça.

— Faites-le entrer.

En même temps qu'il franchissait la porte, Cizek sortait d'une grosse enveloppe de papier kraft l'épaisse liste des invités du gala de la 21st Century. Elle s'était coincée. Il secoua l'enveloppe, l'attache qui retenait les feuillets tomba et ces derniers s'éparpillèrent sur le sol. Nona et le docteur Weiss aidèrent à les rassembler.

Chris serrait et desserrait les poings. Sa nervosité n'échappa pas à Vince.

— Nous avons deux suspects principaux, lui dit-il, et nous les faisons suivre tous les deux.

Le docteur Weiss examinait les feuillets qu'il avait ramassés. Comme s'il pensait tout haut, il fit remarquer :

— J'aurais cru qu'il était trop occupé avec ses petites annonces pour se rendre à des réceptions.

Vince se tourna promptement vers lui.

— De qui parlez-vous ?

Weiss parut embarrassé.

— Du docteur Michael Nash. Pardonnez-moi, c'est une remarque contraire au code professionnel.

— Il n'y a pas de code professionnel qui tienne à ce point, dit sèchement Vince. La présence du docteur Nash à ce gala peut être un élément très important. Vous ne semblez pas beaucoup l'aimer. Pourquoi ?

Tous les yeux étaient tournés vers Martin Weiss. Il sembla s'interroger en lui-même, puis prononça lentement :

— Cela ne doit pas sortir des murs de cette pièce. L'une des anciennes patientes de Nash, et qui est maintenant suivie par moi, l'a rencontré dans un restaurant avec une de ses amies. Revoyant cette jeune femme par la suite, elle l'a taquinée à ce propos.

Vince sentit des fourmillements le parcourir comme chaque fois qu'il voyait un début de solution dans une affaire.

— Poursuivez, docteur.

Weiss sembla mal à l'aise.

— La jeune amie de ma patiente a raconté qu'elle avait rencontré cet homme en répondant à une petite annonce et elle ne s'est pas étonnée qu'il ait menti sur son nom et ses activités. Elle ne se sentait pas à l'aise avec lui.

Vince sentit que le docteur Weiss pesait soigneusement ses mots.

— Docteur, dit-il, vous savez à quoi nous nous attaquons. Vous devez me parler en toute franchise. Quelle est votre véritable opinion sur le docteur Michael Nash ?

— Je considère contraire à l'éthique de faire des recherches pour un ouvrage professionnel en utilisant de faux prétextes, dit prudemment Weiss.

— Vous évitez de répondre, lui dit Vince. Si vous étiez au banc des témoins, comment le décririez-vous ?

Weiss détourna les yeux.

— Solitaire, dit-il catégoriquement. Refoulé. Aimable en surface mais fondamentalement asocial. Souffre probablement de symptômes profondément enracinés qui ont commencé à se manifester dès l'enfance. Toutefois, c'est un dissimulateur-né et il peut tromper beaucoup de professionnels.

Chris sentit le sang battre à ses tempes.

— Darcy a-t-elle rencontré ce type ?

— Oui, murmura Nona.

— Docteur, continua rapidement Vince. Je veux entrer en contact avec cette jeune femme immédiatement et connaître les termes de l'annonce qu'il avait fait passer.

— Ma patiente me l'a apportée pour me la montrer, dit Weiss, je l'ai à mon cabinet.

— Vous souvenez-vous si elle commence par « Aime la musique, aime danser » ? demanda Vince.

Au moment où Weiss répondait « Oui en effet, c'est cela », le bip portatif de Vince sonna. Il décrocha le téléphone, composa le numéro et aboya son nom. Nona, Chris, le docteur Weiss et Ernie attendirent sans dire mot, voyant les rides se creuser sur le front de Vince D'Ambrosio. L'appareil toujours à la main, il leur expliqua :

— Ce fêlé de Len Parker vient de téléphoner. Il suivait Darcy. Elle est sortie du bar et est montée dans le même break que celui dans lequel est montée Erin le soir de sa disparition.

Il s'arrêta et ajouta laconiquement :

— Un break Mercedes noir, enregistré au nom du docteur Michael Nash, de Bridgewater, New Jersey.

— Vous avez changé de voiture

— J'utilise celle-ci surtout à la campagne.

— Vous êtes revenu plus tôt de votre séminaire.

— Le conférencier que je devais remplacer s'est senti assez bien pour venir quand même.

— Je comprends. Michael, vous êtes très aimable, mais je crois que je vais rentrer directement à la maison ce soir.

— Qu'avez-vous avalé pour dîner hier soir ?

Darcy sourit.

— Une boîte de soupe.

— Appuyez votre tête sur le dossier et reposez-vous. Dormez si vous le pouvez. Mme Hughes aura fait une flambée, un bon dîner et ensuite vous pourrez dormir sur le chemin du retour.

Il se pencha et lui caressa doucement les cheveux.

— Ordre de la faculté, Darcy. Vous savez bien que j'aime prendre soin de vous.

— C'est agréable de sentir que quelqu'un s'occupe de vous. Oh !

Elle tendit la main vers le téléphone de la voiture.

— Puis-je appeler ma secrétaire ? Je lui ai promis de la tenir au courant.

Il posa sa main sur la sienne et la serra. « Je crains qu'il ne vous faille attendre d'être arrivée à la maison. Le téléphone est en panne. A présent, ne pensez plus qu'à vous reposer. »

Darcy savait que Bev resterait encore au bureau pendant quelques heures. Elle ferma les yeux et commença à somnoler. Elle dormait lorsqu'ils traversèrent le Lincoln Tunnel.

Nous allons inspecter l'appartement de Nash, dit Vince. Mais il ne l'aura pas amenée chez lui ou à son cabinet. Le portier les aurait vus.

— Darcy m'a dit que sa propriété à Bridgewater est un domaine de deux cents hectares. Elle s'y est rendue à deux reprises.

Nona se cramponnait au rebord du bureau pour s'empêcher de trembler.

— Donc s'il lui a proposé de l'y emmener ce soir, elle aura accepté en toute confiance.

Vince se sentit furieux contre lui-même.

Ernie revint dans la pièce.

— J'ai vérifié avec l'équipe de surveillance. Doug Fox est chez lui à Scarsdale. Jay Stratton au Park Lane avec une vieille nana.

— Ça les met hors de cause.

« Tout est parfaitement logique, pensa Vince rageusement. Le soir où il l'a emmenée, Nash avait laissé un message sur le répondeur d'Erin lui demandant de le rappeler chez lui. Je n'ai jamais pensé à vérifier ce détail. Il donne une excuse bidon à la secrétaire de Darcy et se débrouille pour apprendre où se trouve Darcy. Nous savons que Darcy a confiance en lui. Elle n'hésitera pas à monter dans sa voiture. Et si ce cinglé de Parker ne l'avait pas suivie, elle se serait évanouie elle aussi dans la nature. »

— Comment allons-nous retrouver Darcy? demanda Chris désespérément.

Une peur atroce le saisit, lui serrant la poitrine. Au cours de cette semaine, il était tombé follement amoureux de Darcy.

Au téléphone, Vince aboyait ses ordres au quartier général du FBI.

— Prévenez la police de Bridgewater, disait-il. Qu'ils nous retrouvent sur place.

— Faites attention, Vince, le prévint Ernie. Nous n'avons absolument aucune preuve, et le seul témoin est bon à enfermer.

Chris se tourna brusquement vers lui.

— Faites attention *vous-même*.

Il sentit la main de Weiss sur son bras.

— Trouvez-moi comment aller à la propriété de Nash, disait Vince. Et préparez-moi un hélicoptère sur la rampe de la treizième rue dans dix minutes.

286

Cinq minutes plus tard, ils étaient dans une voiture de police, girophare et sirène en action, roulant à tombeau ouvert dans la Neuvième Avenue, Vince à l'avant à côté du conducteur, Nona, Chris et Ernie Cizek à l'arrière. Chris avait catégoriquement décidé de venir. Nona avait regardé Vince, suppliante.

Vince ne leur dit mot de l'information alarmante communiquée par la police de Bridgewater. Plusieurs bâtiments étaient disséminés sur les deux cents hectares de la propriété de Nash, dont certains dans les bois. La recherche pourrait prendre un certain temps.

« Et chaque minute qui passe voit le temps se rétrécir pour Darcy », pensa-t-il.

— Nous y sommes, mon petit.

Darcy s'étira.

— On dirait que je me suis endormie. — Elle bâilla. — Pardonnez-moi d'offrir une compagnie aussi peu animée.

— J'étais heureux de vous voir dormir. Le repos est aussi bénéfique à l'esprit qu'à l'organisme.

Darcy regarda par la fenêtre.

— Où sommes-nous ?

— A seulement dix minutes de la maison. J'ai près d'ici une petite retraite où j'aime venir travailler et j'y ai oublié mon manuscrit l'autre jour. Vous ne voyez pas d'inconvénient à ce que nous nous arrêtions pour le récupérer ? En passant, nous pourrions prendre un verre de sherry.

— Tant que nous ne nous attardons pas trop. Je voudrais vraiment rentrer tôt à la maison, Michael.

— Vous rentrerez tôt. Je vous le promets. Venez. Désolé qu'il fasse si sombre.

Il avait passé sa main sous son bras.

— Comment avez-vous trouvé cet endroit? demanda Darcy tandis qu'il ouvrait la porte.

— Un coup de chance. Je sais que la maison ne paye pas de mine de l'extérieur, mais l'intérieur est agréable.

Il ouvrit la porte et alluma l'interrupteur. En dessous, Darcy remarqua un bouton marqué « Alarme ».

Elle parcourut du regard l'espace autour d'elle.

— C'est ravissant! s'exclama-t-elle, contemplant les sièges confortables autour de la cheminée, la cuisine ouverte sur la pièce, les planchers cirés.

Puis elle remarqua l'écran géant de télévision et le matériel de stéréo sophistiqué.

— Vous êtes superbement équipé. N'est-ce pas un peu inutile dans une retraite d'écrivain?

— Non.

Il la débarrassa de son manteau. Darcy frissonna malgré la chaleur qui régnait agréablement dans la pièce. Il y avait une bouteille de vin dans un rafraîchissoir d'argent posé sur la table basse près du canapé.

— Est-ce Mme Hughes qui s'occupe de cet endroit?

— Non. Elle en ignore l'existence.

Il alla mettre en marche la stéréo. Les premières mesures de « Till There Was You » jaillirent des enceintes acoustiques murales.

— Approchez-vous, Darcy.

Il remplit un verre de sherry et le lui tendit.

— C'est excellent pour se réchauffer, n'est-ce pas?

Il lui souriait tendrement. Alors qu'est-ce qui la troublait? Pourquoi avait-elle brusquement l'impression d'un changement chez lui? Sa voix semblait légèrement brouillée, presque comme s'il avait bu. Ses yeux. C'était ça. Il y avait quelque chose dans son regard.

Son instinct la poussait à se précipiter vers la porte, mais elle se retint. C'était ridicule. Elle chercha désespérément quelque chose à dire. Ses yeux se posèrent sur la cage de l'escalier. « Combien de pièces avez-vous en haut ? » Sa question résonna étrangement à ses oreilles. Il parut ne rien remarquer.

— Seulement une petite chambre et une salle de bains. C'est un de ces vieux cottages désuets.

Le sourire était toujours présent, mais Darcy vit son regard changer, les pupilles s'élargir. *Où étaient l'ordinateur, l'imprimante, les livres, tout le matériel habituel d'un écrivain ?*

Des gouttes de transpiration perlèrent sur son front. Que lui prenait-il ? Devenait-elle folle de soupçonner... quoi ? Elle était simplement à bout de nerfs. C'était Michael.

Son sherry à la main, il s'installa dans le grand fauteuil en face du canapé et allongea ses jambes. Il ne la quittait pas du regard.

— Laissez-moi jeter un coup d'œil.

Elle marcha sans but dans la pièce, feignant d'examiner un objet, passant la main sur le comptoir qui séparait l'espace de la cuisine du reste de la pièce.

— Quels beaux placards !

— Je les ai fait fabriquer, mais les ai installés moi-même.

— Vraiment !

Sa voix restait aimable, mais on y percevait une pointe d'agacement.

— Je vous ai dit que mon père avait bâti seul sa fortune. Il a tenu à ce que je sache tout faire de mes mains.

— Vous vous êtes montré bon élève.

Elle ne pouvait rester ainsi plus longtemps. Elle se tourna, se dirigea vers le canapé, et marcha sur quelque chose de solide dissimulé sous les franges du tapis dans le coin salon.

Sans y prêter attention, Darcy s'assit rapidement. Ses genoux tremblaient si fort qu'elle crut qu'ils allaient se dérober sous elle. *Que se passait-il ? Pourquoi avait-elle si peur ?*

C'était Michael, le gentil, attentionné Michael. Elle ne voulait pas penser à Erin, mais le visage d'Erin apparaissait malgré elle devant ses yeux. Elle but rapidement une gorgée de sherry pour apaiser la sécheresse de sa bouche.

La musique s'arrêta. Michael eut l'air contrarié, se leva et se dirigea vers l'appareil stéréo. Sur l'étagère au-dessus, il prit une pile de cassettes et les examina l'une après l'autre.

— Je ne m'étais pas rendu compte que l'enregistrement approchait de la fin.

On aurait dit qu'il se parlait à lui-même. Darcy serra le pied de son verre. Ses mains tremblaient à présent. Quelques gouttes de sherry tombèrent sur le plancher. Elle prit la serviette en papier et se pencha pour les essuyer.

Au moment où elle se redressait, quelque chose sous les franges du tapis attira son attention, quelque chose qui brillait à la lumière de la lampe posée près du canapé. Sans doute ce qu'elle avait heurté du pied tout à l'heure. Un bouton, peut-être. Elle se pencha pour le ramasser. Son pouce et son index se rencontrèrent dans un creux. Ce n'était pas un bouton, c'était un anneau. Darcy le ramassa et le regarda, frappée de stupeur.

Un E en or inscrit sur un ovale en onyx. LA BAGUE D'ERIN.

Erin était venue dans cette maison. Erin avait répondu à la petite annonce de Michael Nash.

Une vague d'horreur submergea Darcy. Michael avait menti en affirmant n'avoir rencontré Erin qu'une seule fois pour prendre un verre au Pierre.

La stéréo retentit soudain à tue-tête.

— Excusez-moi, dit Michael.

Il lui tournait toujours le dos.

« Changez de partenaire et venez danser. » Il baissa le volume et se tourna vers elle, fredonnant les premières mesures avec l'orchestre.

« Au secours, pria Darcy. Mon Dieu, venez-moi en aide. Il ne doit pas voir la bague. » Il la regardait fixement. Elle joignit les mains, parvint à glisser l'anneau à son doigt tandis que Michael s'avançait vers elle, les bras tendus.

— Nous n'avons jamais dansé ensemble, Darcy. Je sais que vous êtes une excellente danseuse.

On avait trouvé Erin chaussée d'une chaussure de bal. Avait-elle dansé avec lui ici, dans cette même pièce ? Était-elle morte dans cette pièce ?

Darcy se cala en arrière dans le canapé.

— J'ignorais que vous vous intéressiez à la danse, Michael. Lorsque je vous ai parlé des cours que nous suivions ensemble, Nona, Erin et moi, vous n'avez pas paru y porter un intérêt particulier.

Il baissa les bras, prit son verre de sherry. Il choisit de s'asseoir sur la chaise cette fois-ci, à l'extrême bord, les jambes fermement campées sur le plancher, comme pour se retenir de tomber.

Comme s'il pouvait à tout moment se précipiter sur elle.

— J'aime beaucoup danser, dit-il. Je n'ai pas cru souhaitable de vous rappeler le plaisir que vous éprouviez lors de ces cours de danse avec Erin.

Darcy inclina la tête, comme si elle réfléchissait à sa réponse.

— Vous ne cessez pas de conduire parce qu'un être cher a eu un accident de voiture, n'est-ce pas ?

Elle n'attendit pas de réaction à sa remarque, mais chercha plutôt à changer de sujet. Elle examina le pied de son verre.

— Vous avez de très beaux verres, fit-elle remarquer.

— J'ai acheté ce service à Vienne, dit-il. Je vous assure que le sherry y paraît encore meilleur.

Elle sourit avec lui. Il était redevenu le Michael qu'elle connaissait. L'étrange lueur dans ses yeux s'était dissipée.

Garde-le dans cet état d'esprit, la prévint son intuition. Parle-lui. Oblige-le à te parler.

— Michael.

Elle donna à sa voix une intonation hésitante, confidentielle.

— Puis-je vous demander une chose ?

— Bien sûr.

Il parut intrigué.

— L'autre jour, vous suggériez que j'en ai toujours voulu

291

à mes parents de cette remarque qui m'a tellement blessée lorsque j'étais enfant. Se pourrait-il que je sois aussi égoïste ?

D urant les vingt minutes du trajet en hélicoptère, personne ne prononça un mot. Vince avait rapidement repassé en esprit tous les détails de l'enquête. Michael Nash. « J'étais dans son cabinet, songeant qu'il faisait partie de ces rares psychanalystes qu'on arrive à comprendre. » S'étaient-ils lancés dans une course absurde ? Pourquoi quelqu'un de fortuné comme Michael Nash ne posséderait-il pas une autre retraite dans le Connecticut ou dans l'État de New York ?

Peut-être, mais avec toutes ses propriétés, l'étrange était qu'il amenait ses victimes ici. Dominant le vrombissement du moteur, les noms des meurtriers qui enterraient leurs victimes dans les greniers ou les caves de leurs propres maisons résonnaient dans la tête de Vince.

L'appareil tourna au-dessus de la route de campagne.

— Ici !

Vince désigna un point sur la droite où deux phares projetaient leurs rayons vers le haut, perçant une voie dans l'obscurité.

— La police de Bridgewater a dit qu'elle se garerait à l'extérieur de la propriété de Nash. Posez-vous par là.

La maison était paisible de l'extérieur. Des lumières brillaient à plusieurs fenêtres au rez-de-chaussée. Vince obligea Nona à rester dehors avec le pilote. Ernie et Chris sur ses talons, il courut le long de l'allée et sonna à la porte.

— Laissez-moi parler.

Une femme répondit à l'interphone.

— Qui est là ?

Vince serra les dents. Si Nash était à l'intérieur, leur présence allait le mettre sur ses gardes.

— L'agent du FBI Vincent D'Ambrosio, madame. Il faut que je parle au docteur Nash.

Un moment plus tard, la porte s'entrouvrit. La chaîne de sécurité resta en place.

— Puis-je voir vos papiers, monsieur?

Le ton courtois d'un domestique bien élevé, un homme cette fois.

Vince lui passa sa carte.

— Activez-les, lui dit Chris.

La chaîne de sécurité fut ôtée, la porte ouverte. « Le couple de gardiens », pensa Vince. Ils en avaient le maintien. Il leur demanda leur identité.

— John et Irma Hughes. Nous travaillons pour le docteur Nash.

— Est-il ici?

— Oui, répondit Mme Hughes. Il n'a pas bougé de toute la soirée. Il termine son livre et ne veut pas être dérangé.

— Darcy, vous avez vraiment un don pour l'introspection, dit Michael. Je vous l'ai dit la semaine dernière. Vous vous reprochez un peu votre attitude envers vos parents, n'est-ce pas?

— Je crois, oui.

Les pupilles de Michael reprenaient une taille normale. Le bleu-gris de l'iris formait un cercle plus visible.

L'air suivant sur la bande commença. « Roses rouges pour une dame bleue ». Le pied droit de Michael se mit à battre en cadence avec la musique.

— *Est-ce que je dois* me sentir coupable? demanda-t-elle vivement.

— Où se trouve la chambre du docteur Nash? demanda Vince. Je prends sur moi la responsabilité de le déranger.

— Il ferme toujours la porte à clé lorsqu'il veut être tranquille, et il ne répondra pas. Il interdit à quiconque d'entrer dans sa chambre quand il y est. Nous ne l'avons pas vu depuis que nous sommes revenus de nos courses en ville, tard dans l'après-midi, mais sa voiture est dans l'allée.

Chris en eut assez.

— Il n'est pas en haut. Il est en train de rouler au volant d'un break et de faire Dieu sait quoi.

Il se dirigea vers l'escalier.

— Où se trouve sa chambre?

Mme Hughes lança un regard désespéré à son mari, puis les conduisit au premier étage. Ses coups répétés contre la porte restèrent sans réponse.

— Avez-vous une clé? demanda Vince.

— Le docteur m'a interdit de l'utiliser quand il laisse sa porte fermée.

— Allez la chercher.

Comme s'y attendait Vince, la grande chambre était vide.

— Madame Hughes, un témoin a vu Darcy Scott monter dans le break du docteur ce soir. Nous croyons qu'elle est en danger imminent. Le docteur Nash possède-t-il un studio ou un pavillon sur sa propriété ou un autre endroit où il aurait pu l'emmener?

— Vous devez faire erreur, protesta la femme. Il a amené Mlle Scott ici à deux reprises. Ils s'entendaient très bien.

— Madame Hughes, vous n'avez pas répondu à ma question.

— Sur la propriété, il y a des granges et une étable et des

abris divers. Il n'y a aucun autre bâtiment où le docteur pourrait emmener une jeune dame. Il a aussi un appartement et un bureau à New York.

Son mari appuya ses dires d'un hochement de tête. Vince fut convaincu qu'ils disaient la vérité.

— Monsieur, dit timidement Mme Hughes, nous sommes au service du docteur Nash depuis quatorze ans. Si Mlle Scott se trouve avec lui, je peux vous assurer que vous n'avez pas à vous inquiéter. Le docteur Nash ne ferait pas de mal à une mouche.

Depuis combien de temps parlaient-ils ? Darcy n'aurait su le dire. La musique jouait en sourdine. « Begin the Beguine ». Combien de fois avait-elle vu sa mère et son père danser sur cet air ?

— C'est mon père et ma mère qui m'ont appris à danser, dit-elle à Nash. De temps en temps, ils mettaient un disque et ils valsaient, ou exécutaient des pas de fox-trot. Ils dansaient merveilleusement.

Son regard était bienveillant ; c'étaient les yeux qu'elle avait vus lors de leurs rencontres précédentes. S'il ne soupçonnait pas qu'elle l'avait percé à jour, peut-être quitterait-il cette pièce avec elle, l'emmènerait-il dîner chez lui. « Je dois lui donner envie de continuer à bavarder avec moi. Ma mère disait toujours : " Darcy, tu as un vrai talent de comédienne. Pourquoi t'obstines-tu à le nier ? " Si elle a raison, c'est le moment de le prouver. »

Toute sa vie, elle avait entendu sa mère et son père discuter de la façon de jouer une scène ou une autre. Il devait lui en rester quelque chose.

« Je ne dois pas lui laisser voir que je meurs de peur, pensa Darcy. Canaliser ma nervosité dans le jeu. » Comment sa mère jouerait-elle cette scène, une femme prise au piège dans la maison d'un meurtrier ? Maman cesserait de penser à l'anneau d'Erin et tenterait exactement de s'en sortir comme le faisait Darcy. Elle jouerait le jeu de la patiente en train de se confier au psychiatre.

Que disait Michael?

— Avez-vous remarqué, Darcy, que vous vous animez dès que vous vous laissez aller à parler de vos parents? Je crois que vous avez chéri vos années de jeunesse bien plus que vous ne le supposez.

Il y avait toujours des gens agglutinés autour d'eux. Te rappelles-tu la fois où la foule était si nombreuse que tu as perdu la main de ta mère?

— A quoi pensez-vous, Darcy? Dites-le. Ne le gardez pas pour vous.

— J'étais terrifiée. Je ne parvenais plus à les voir. J'ai su alors que je détestais...

— Que détestiez-vous?

— La foule. Qu'on m'arrache à eux...

— Ils n'y pouvaient rien.

— S'ils n'avaient pas été aussi célèbres...

— Vous leur avez reproché cette célébrité...

— Non.

Ça marchait. Il avait retrouvé sa voix normale. « Je n'ai pas envie d'évoquer tout ça, pensa-t-elle, mais il le faut. Je dois me confier à lui. C'est ma seule chance. Maman. Papa. Soutenez-moi. Ils sont si loin. » Elle ne s'aperçut pas qu'elle avait dit tout haut cette dernière phrase.

— Qui?

— Ma mère et mon père.

— Vous voulez dire en ce moment?

— Oui. Ils sont en tournée en Australie, avec leur pièce.

— Vous paraissez malheureuse, effrayée même. Avez-vous peur, Darcy?

Il ne faut pas qu'il pense ça.

— Non, je suis seulement triste de ne pas les voir pendant six mois.

— Croyez-vous que c'est ce jour-là, où la foule vous a

séparée d'eux, que vous vous êtes pour la première fois sentie abandonnée ?

Elle aurait voulu hurler. « C'est en ce moment que je me sens abandonnée. » Mais elle parvint à concentrer ses pensées vers le passé.

— Oui.

— Vous avez hésité. Pourquoi ?

— Il y a eu une autre fois, lorsque j'avais six ans. J'étais à l'hôpital et on croyait que j'allais mourir...

Elle essaya de ne pas le regarder. Elle craignait trop de voir son regard se transformer en un trou noir et vide à nouveau.

Elle se souvint de la conteuse des *Mille et Une Nuits* qui racontait ses histoires pour rester en vie.

Un sentiment d'impuissance s'empara de Chris. Il y avait quelques jours, Darcy était venue dans cette maison avec l'homme qui avait tué Nan, Erin Kelley et toutes les autres, et elle allait être sa prochaine victime.

Ils se trouvaient dans la cuisine où Vince disposait maintenant d'une ligne directe avec le Bureau du FBI et d'une deuxième avec la police de l'État. D'autres hélicoptères étaient en route.

Nona se tenait près de Vince, pâle comme un linge. L'air stupéfait, effrayé, les Hughes se pressaient l'un contre l'autre à la longue table de cuisine. Un policier du commissariat local leur parlait, les questionnait sur les activités de Nash. Ernie Cizek était resté dans l'hélicoptère, qui survolait le domaine à très basse altitude. Chris entendait le vrombissement de l'appareil à travers la fenêtre fermée. Ils cherchaient à repérer le break Mercedes noir de Michael Nash. Des voitures de police se déployaient sur la propriété, vérifiant les bâtiments extérieurs.

L'air sombre, Chris se rappela qu'il avait été bien inspiré

d'acheter un break Mercedes, l'an dernier. Le vendeur lui avait dit qu'elle était munie d'un système d'alarme Lojack.

— Il est branché directement sur le circuit électrique, avait-il expliqué. Si votre voiture est volée, il suffit de quelques minutes pour la localiser. Vous communiquez votre numéro de code à la police, on l'introduit immédiatement dans un ordinateur, et un émetteur met en marche le signal d'alarme dans votre véhicule. Un grand nombre de voitures de police sont équipées de façon à suivre le signal.

Chris n'avait gardé le break qu'une semaine. On le lui avait volé dans la rue devant la galerie avec un tableau de cent mille dollars à l'arrière Il était revenu une seconde dans son bureau pour prendre sa serviette, et lorsqu'il était ressorti, la voiture n'était plus là. Il avait téléphoné pour signaler le vol, et quinze minutes avaient suffi pour retrouver voiture et tableau.

Si seulement Nash avait fait monter Darcy dans une voiture volée qui puisse être localisée.

— Oh mon Dieu !

Chris traversa la pièce d'un bond et saisit Mme Hughes par le bras.

— Où Nash garde-t-il ses dossiers personnels ? Ici ou à New York ?

Elle tressaillit.

— Ici. Dans une pièce à côté de la bibliothèque.

— Je veux les voir.

— Ne quittez pas, dit Vince à son interlocuteur au téléphone. Qu'avez-vous trouvé, Chris ?

Chris ne répondit pas.

— Depuis combien de temps le docteur possède-t-il ce break ?

— Environ six mois, répondit John Hughes. Il en change régulièrement.

— Alors, je parie qu'il l'a.

Les dossiers étaient enfermés dans de splendides meubles de rangement en acajou. Mme Hughes savait où était cachée la clé.

Le dossier Mercedes fut facile à trouver. Chris s'en empara. Son cri d'exultation fit accourir les autres. De la chemise il sortit la brochure Lojack. Le numéro de code de la Mercedes noire de Nash y était inscrit.

Le policier de Bridgewater réalisa l'importance de la découverte de Chris.

— Donnez-moi ça, dit-il. Je vais le diffuser. Nos voitures de patrouille sont équipées de ce système.

Vous étiez à l'hôpital, Darcy...

La voix de Michael était posée. Elle avait la bouche tellement sèche. Elle aurait voulu un verre d'eau, mais n'osa le distraire.

— Oui, j'avais une méningite cérébro-spinale. Je me sentais terriblement mal. Je croyais que j'allais mourir. Mes parents étaient à mon chevet. J'ai entendu le médecin dire qu'il ne pensait pas que je m'en sortirais.

— Comment ont réagi vos parents?

— Ils s'étreignaient. Mon père a dit : « Barbara, nous sommes ensemble, toi et moi. »

— Et cela vous a blessée, n'est-ce pas?

— J'ai su qu'ils n'avaient pas besoin de moi, murmura-t-elle.

— Oh, Darcy, ignorez-vous que lorsque vous croyez perdre un être aimé, la réaction instinctive est de chercher quelqu'un ou quelque chose à quoi se raccrocher? Vos parents s'efforçaient de faire front, ou plus exactement, ils se préparaient à faire face. Croyez-le ou non, c'est une réaction saine. Et depuis lors, vous avez cherché à les repousser, n'est-ce pas?

Cherchait-elle vraiment à les repousser? Quand elle se défendait d'accepter les vêtements que sa mère lui achetait, les cadeaux dont ils la couvraient, méprisant leur style de vie, ce qu'ils avaient cherché à accomplir toute leur vie. Son travail, même. N'était-il pas pour elle un moyen de prouver quelque chose?

— Non, ce n'est pas ça.

— De quoi parlez-vous?

— De mon travail. J'aime réellement ce que je fais.

— Aime ce que tu fais.

Michael répéta lentement les mots, en cadence. Un nouvel air débutait sur la cassette. « Garde la dernière danse pour moi ».

Il se leva.

— Et j'aime danser. *Maintenant,* Darcy. Mais d'abord, j'ai un cadeau pour vous.

Horrifiée, elle le regarda se lever et tendre le bras derrière la chaise. Il se tourna vers elle, une boîte à chaussures dans la main. « Je vous ai acheté de jolis souliers pour danser, Darcy. »

Il s'agenouilla devant elle au pied du canapé et lui retira ses boots. L'instinct de Darcy la retint de protester. Elle enfonça ses ongles dans ses paumes pour retenir un cri. L'anneau d'Erin avait tourné sur son doigt et elle sentit le *E* en relief s'imprimer contre sa peau.

Michael ouvrait la boîte, écartait le papier de soie. Il sortit une chaussure et la lui fit admirer. C'était une sandale de satin à talon haut. Les fines lanières qui s'attachaient sur le dessus du pied étaient des cordons presque transparents d'or et d'argent. Michael prit le pied droit de Darcy dans sa main et le glissa dans la chaussure, noua les lanières avec un double nœud. Il plongea la main dans la boîte, en sortit l'autre sandale, et caressa la cheville de Darcy tandis qu'il guidait son pied à l'intérieur.

Lorsqu'elle fut chaussée, il leva les yeux et sourit.

— Vous sentez-vous l'âme de Cendrillon? demanda-t-il

Elle fut incapable de répondre.

Le radar indique que le break est garé à environ quinze kilomètres en direction du nord-ouest, annonça laconiquement le policier de Bridgewater tandis que la voiture de patrouille roulait à toute allure sur la route de campagne. Vince, Chris et Nona se trouvaient avec lui.

— Les signaux s'accentuent, dit-il quelques minutes plus tard. Nous nous rapprochons.

— Tant que nous ne serons pas arrivés, nous ne serons pas vraiment près, explosa Chris. Ne pouvez-vous rouler plus vite?

Ils prirent un virage. Le conducteur enfonça le frein. La voiture fit une embardée, puis se redressa.

— Merde!

— Que se passe-t-il? fit sèchement Vince.

— Il y a des travaux sur la route. On ne peut pas passer. Et la déviation va nous faire perdre du temps.

La musique emplit la pièce tandis que retentissait son rire hystérique. Les pas de Darcy effleuraient à peine le sol, en cadence avec les siens.

— J'ai peu l'habitude de la valse viennoise, cria-t-il, mais c'est ce que j'avais prévu de danser avec vous ce soir.

Tournoyer, glisser, tourner. Les cheveux de Darcy volaient autour de son visage. Elle haletait mais il ne parut pas le remarquer.

La valse prit fin. Il ne desserra pas son bras autour de sa taille. Ses yeux brillaient, deux creux noirs et vides à nouveau.

Il l'entraînait dans un fox-trot gracieux à présent. Elle le suivit sans effort. Il la tenait fermement, l'écrasant presque contre lui. Elle avait la respiration coupée. Est-ce ainsi qu'il avait agi avec les autres ? Gagner leur confiance. Les amener dans cette maison déserte. Où étaient leurs corps ? Enterrés quelque part dans les bois ?

Quelle chance avait-elle de lui échapper ? Il la rattraperait avant qu'elle n'atteigne la porte. En entrant, elle avait remarqué le bouton d'alarme. Était-il relié à un système de sécurité ? Sachant que quelqu'un allait arriver, peut-être ne la tuerait-il pas.

Une urgence grandissante émanait maintenant de lui. Son bras la maintenait, rigide comme une barre d'acier, tandis qu'il glissait, tournait, en rythme avec la musique.

— Voulez-vous savoir mon secret ? chuchota-t-il. Ce n'est pas ma maison. C'est la maison de Charley.

— Charley ?

Un pas en arrière. Glisser. Tourner.

— Oui, c'est mon véritable nom. Edward et Janice Nash étaient mon oncle et ma tante. Ils m'ont adopté lorsque j'avais un an et ont changé mon nom de Charley en Michael.

Il la regardait fixement. Darcy ne put supporter l'éclat de ses yeux.

Un pas en arrière. Un pas de côté. Glisser.

— Qu'était-il arrivé à vos parents naturels ?

— Mon père a tué ma mère. Ils l'ont passé à la chaise électrique. Chaque fois que mon oncle se mettait en rage contre moi, il me disait que je deviendrais comme lui. Ma tante était gentille avec moi quand j'étais petit, mais elle a cessé de m'aimer ensuite. Elle disait qu'ils n'auraient jamais dû m'adopter. Que j'étais de la mauvaise graine.

Un nouvel air. Frank Sinatra chantait « Hé, mignonne, mets tes souliers de bal et viens danser ».

Un pas à droite. Un pas à gauche. Glissez.

— Je suis heureuse que vous me racontiez tout ça, Michael. C'est un réconfort de pouvoir parler, n'est-ce pas ?

— Je veux que vous m'appeliez Charley.

— Entendu.

Elle s'efforça de garder un ton ferme. Il ne devait pas voir qu'elle avait peur.

— Voulez-vous savoir ce qui est arrivé à ma mère et à mon père. Je veux dire, aux gens qui m'ont élevé ?

— Je veux bien.

Elle avait mal aux jambes. Elle n'était pas habituée à porter des talons hauts. Les lanières lui sciaient les chevilles, bloquant la circulation.

Un pas de côté. Tourner.

Sinatra continuait. « Viens me parler d'amour au milieu de la foule... »

— J'avais vingt et un ans. Ils ont eu un accident en mer. Leur bateau a explosé.

— Je suis navrée.

— Pas moi. C'est moi qui avais placé la bombe. Je *suis* exactement comme mon père naturel. Vous semblez fatiguée, Darcy.

— Non. Non. Je vais bien. J'aime beaucoup danser avec vous.

Garde ton calme... Garde ton calme.

— Vous pourrez bientôt vous reposer. Avez-vous été surprise en recevant les chaussures d'Erin ?

— Oui, très surprise.

— Elle était si jolie. Je lui plaisais. Lors de notre rendez-vous, je lui ai parlé de mon livre et elle m'a raconté comment vous répondiez toutes les deux aux petites annonces en vue de l'émission. Ça m'a beaucoup amusé. J'avais déjà décidé que ce serait votre tour, après elle.

Votre tour.

— Pourquoi nous avoir choisies ?

Sinatra chantait toujours.

— Vous avez toutes les deux répondu à l'annonce que j'ai fait passer. Comme toutes les filles que j'ai amenées ici. Mais Erin a répondu à l'une de mes autres annonces aussi, celle que j'ai montrée à l'agent du FBI.

— Vous êtes très intelligent, Charley.

— Aimez-vous les sandales à talons que j'ai achetées pour Erin ? Elles sont assorties à sa robe.

— Je sais.

— J'assistais moi aussi au gala donné pour les auteurs de la 21st Century. J'ai reconnu Erin d'après la photo qu'elle m'avait envoyée et j'ai vérifié son nom sur le plan de table pour m'assurer que je ne me trompais pas. Elle était placée quatre tables plus loin. Le destin avait voulu que j'aie déjà pris rendez-vous avec elle pour le lendemain même.

Un pas. Un pas. Glisser. Tourner.

— Le véritable Charles North n'a jamais placé de petite annonce, n'est-ce pas ?

— Non. Je l'ai également rencontré à ce gala. Il ne cessait de parler de lui, et je lui ai demandé sa carte de visite. Je n'utilise jamais mon nom pour téléphoner aux personnes qui répondent à mon annonce. Vous m'avez facilité la tâche. C'est vous qui m'avez appelé.

C'est exact, elle l'avait appelé.

— Vous dites que vous avez plu à Erin dès votre première rencontre. Ne craigniez-vous pas qu'elle reconnaisse votre voix quand vous l'avez appelée en vous faisant passer pour Charles North ?

— J'ai téléphoné depuis Penn Station, au milieu de l'habituel brouhaha. Je lui ai dit que j'avais un train à attraper pour Philadelphie. J'ai baissé ma voix, parlé plus vite que d'habitude. Comme cet après-midi en téléphonant à votre secrétaire.

Le timbre de sa voix changea, prit un ton haut perché.

— N'ai-je pas une voix de femme, maintenant ?

— Supposons que je n'aie pu me rendre dans ce bar, ce soir ? Qu'auriez-vous fait ?

— Vous m'aviez dit n'avoir aucun projet pour la soirée. Je savais que vous étiez prête à tout pour retrouver l'homme qu'Erin avait rencontré la nuit de sa disparition. Et j'avais raison.

— Oui, Charley, vous aviez raison.

Il l'embrassa dans le cou.

Un pas. Un pas. Glisser.

— Je suis si heureux que vous ayez toutes les deux répondu à mon annonce préférée. Vous savez laquelle, n'est-ce pas ? Elle commence par « Aime la musique, aime danser ».

« Mais qu'est-ce que danser si ce n'est s'aimer sur un air de musique ? » continuait Sinatra.

— C'est l'un de mes airs de prédilection, murmura Michael.

Il la fit pivoter, sans jamais relâcher l'étau de ses doigts sur sa main. Puis il la ramena à lui, prit un ton confidentiel, presque contrit.

— C'est à cause de Nan que j'ai commencé à tuer des filles.

— Nan Sheridan ?

Le visage de Chris Sheridan envahit les pensées de Darcy. La tristesse de son regard lorsqu'il parlait de sa sœur. Son assurance dans la galerie. Le dévouement que lui portait visiblement son personnel. Sa mère. Les liens véritables qui les unissaient. Elle l'entendait dire : « J'espère que vous n'êtes pas végétarienne, Darcy. C'est un repas typiquement américain. »

Son inquiétude de la voir répondre aux petites annonces. Comme il avait raison ! « J'aurais aimé pouvoir mieux vous connaître, Chris. J'aurais aimé pouvoir dire à mon père et à ma mère que je les aimais. »

— Oui, Nan Sheridan. En sortant de Stanford, j'ai passé une année à Boston avant de commencer mes études de médecine. J'allais souvent faire un tour en voiture à Brown. C'est là que j'ai rencontré Nan. Elle dansait à merveille. Vous dansez bien, mais elle était extraordinaire.

Les premières mesures du célèbre « Good Night Sweetheart ». « Bonne nuit, mon ange, bonne nuit. »

« Non, pensa Darcy. Oh, non »

Un pas en arrière Un pas de côté. Glisser.

— Michael, je voulais vous demander autre chose à propos de ma mère, commença-t-elle.

Il lui appuya la tête sur son épaule.

— Je vous ai dit de m'appeler Charley. Ne parlez plus, ordonna-t-il. Dansons.

« Le temps guérira ta peine... » Les mots flottèrent à travers la pièce. Darcy ne reconnut pas la voix du chanteur.

« Bonne nuit, mon ange, bonne nuit. » Les notes finales se dissipèrent.

Michael laissa tomber ses bras et sourit à Darcy.

— Il est temps, dit-il d'une voix amicale, fixant sur elle un regard vide qui la glaça jusqu'aux os. Je vais compter jusqu'à dix pour vous permettre de vous enfuir. C'est de bonne guerre, n'est-ce pas ?

Ils avaient regagné la route.

— Le signal provient de la gauche. Arrêtez, nous allons trop loin, dit le policier de Bridgewater. Il y a sûrement un carrefour quelque part.

Ils firent demi-tour dans un crissement de pneus.

L'impression d'un désastre imminent s'était emparée de Chris. Il ouvrit la fenêtre de la voiture.

— Là, pour l'amour du ciel, il y a une allée sur la droite.

La voiture de police pila net, recula, vira sur la droite, s'engagea à toute allure sur le chemin troué d'ornières.

Darcy s'échappa et glissa sur le plancher ciré. Les sandales à talons l'empêchaient de courir vers la porte. Elle s'arrêta, perdant un instant précieux à essayer de les ôter. En vain. Les doubles nœuds des lanières étaient trop serrés.

— Un, commença à compter Charley derrière elle.

Elle atteignit la porte, tira sur le verrou. Il ne vint pas. Elle tourna la poignée. Elle ne tourna pas.

— Deux. Trois. Quatre. Cinq. Six. Je compte, Darcy.

L'alarme. Elle pressa frénétiquement son doigt sur le bouton.

Hahahaha... Un rire caverneux, moqueur, se répercuta dans la pièce. Hahahaha... le son provenait de l'alarme.

Avec un cri, Darcy recula d'un bond. Charley riait lui aussi, à présent.

— Sept. Huit. Neuf...

Elle se tourna, vit l'escalier, courut dans sa direction.

— Dix !

Charley s'élançait vers elle, les mains tendues, les pouces écartés, raidis.

— Non ! Non !

Darcy voulut atteindre l'escalier, glissa, se tordit la cheville. Une douleur fulgurante, lancinante. Avec un gémissement, elle parvint en clopinant à la première marche et se sentit attirée en arrière.

Elle poussa inconsciemment un hurlement.

— Voilà la Mercedes, s'écria Vince.

La voiture de police s'arrêta net derrière elle.

Il sortit d'un bond de la voiture, Chris et le policier sur ses talons.

— Restez en arrière, cria Vince à Nona.

— Ecoutez. — Chris leva la main. — Quelqu'un crie. C'est Darcy.

Lui et Vince se jetèrent contre l'épaisse porte de chêne. Elle ne bougea pas.

Le policier sortit son revolver et lâcha six balles dans la serrure.

Lorsque Chris et Vince s'attaquèrent à nouveau à la porte, elle ne résista pas.

Darcy essayait de le frapper avec ses talons aiguille. Il la fit pivoter vers lui, apparemment insensible aux coups lancés contre ses jambes. Elle se débattit, s'agrippant aux mains qui lui enserraient le cou. « Erin, Erin, est-ce ainsi que cela s'est passé pour toi ? » Aucun son ne sortait plus de sa gorge. Elle ouvrit la bouche, cherchant fébrilement l'air. Etait-ce elle qui gémissait ? Elle voulut lutter encore, mais ne put lever les bras.

Des coups saccadés retentissaient vaguement. Venait-on la sauver ? « C'est... trop... tard... » pensa-t-elle tandis qu'elle sombrait dans les ténèbres.

Chris fut le premier à surgir sur le seuil de la porte. Darcy se balançait comme une poupée de chiffron, les bras pendant à ses côtés, les jambes tordues sous elle. De longs doigts puissants lui serraient la gorge. Elle avait cessé de crier.

Avec un hurlement de rage, Chris vola à travers la pièce et se rua sur Nash, qui trébucha, tomba, entraînant Darcy dans sa chute. Ses mains s'agitèrent convulsivement, puis se resserrèrent autour de sa gorge.

Vince se jeta à son tour sur Nash, lui passa le bras autour du cou, lui rejetant la tête en arrière. Le policier le saisit par les pieds

Les mains de Nash paraissaient avoir une vie à part. Chris ne parvenait pas à détacher ses doigts de la gorge de Darcy. Nash semblait posséder une force surnaturelle, il avait l'air insensible à la douleur. Pris de désespoir, Chris planta ses dents dans la main droite de l'homme qui était en train d'étouffer Darcy.

Avec un hurlement de douleur, Nash retira sa main droite et relâcha la gauche.

Vince et le policier lui tordirent les bras derrière le dos et refermèrent avec un claquement les menottes autour de ses poignets tandis que Chris attirait Darcy à lui.

Nona avait regardé la scène depuis l'entrée. Elle s'élança dans la pièce et tomba à genoux auprès de Darcy. Les yeux de la jeune fille étaient fixes. De vilaines meurtrissures marquaient de rouge son cou mince.

Chris posa sa bouche sur la sienne, lui pinça les narines, souffla de l'air dans ses poumons.

Voyant que ses yeux restaient grands ouverts et immobiles, Vince commença à lui faire un massage cardiaque.

Le policier de Bridgewater surveillait Michael Nash, attaché par les menottes à la rampe de l'escalier. Nash se mit à réciter d'une voix chantante :

— Eeeney-meeney-miney-mo, Attrape le premier par le bout du doigt.

Elle ne réagit pas, s'affola Nona. Elle saisit à deux mains les chevilles de Darcy et s'aperçut soudain qu'elle portait des chaussures de bal. « Je ne peux pas le supporter, pensa-t-elle. Je ne peux pas. » Presque machinalement, elle s'escrima sur les nœuds des lanières.

— Un petit cochon s'en est allé au marché. L'autre est resté à la maison. Chante encore, maman. Un petit cochon pour chaque petit doigt.

« Il est peut-être trop tard, pensa Vince avec rage, cherchant désespérément à percevoir une réaction de Darcy, mais si c'est le cas, espèce d'ordure, ne crois pas que débiter une de tes berceuses va t'aider à prouver ta folie. »

Chris releva la tête pour reprendre son souffle et contempla pendant une seconde le visage de Darcy. C'était le même regard que celui de Nan le matin où il l'avait découverte. Les mêmes marques sur la gorge. Les traces bleues sur la peau blanche. *Non! Je ne veux pas que ça se reproduise. Darcy, respirez!*

En larmes, Nona était enfin parvenue à dénouer l'une des lanières Elle commença à retirer la sandale du pied de Darcy.

Elle sentit quelque chose. Se trompait-elle ? Non.

— Son pied remue ! s'écria-t-elle. Elle essaie de le glisser hors de la chaussure.

Dans le même instant, Vince vit une veine battre sur le cou de Darcy et Chris entendit un long gémissement rauque s'échapper de ses lèvres.

XXIII

Jeudi
14 mars

LE lendemain matin, Vince téléphona à Susan.
— Madame Fox, votre mari est peut-être un coureur de jupons, mais ce n'est pas un meurtrier. Nous avons arrêté le coupable que nous recherchions et nous avons la preuve formelle qu'il est l'assassin aux chaussures de bal, et que sa première victime fut bien Nan Sheridan.

— Je vous remercie. Je pense que vous comprenez l'importance de cette information pour moi.

— Qui était-ce ?

Doug était resté à la maison. Il se sentait mal fichu. Pas malade, seulement mal fichu.

Susan le lui dit.

Il la dévisagea d'un air incrédule.

— Tu veux dire que tu m'as soupçonné de meurtre et que tu l'as raconté au FBI ! Tu as réellement pensé que j'avais tué Nan Sheridan et toutes ces autres femmes !

La stupéfaction et la colère assombrirent son visage.

Susan le regarda à son tour.

— Je me suis dit que c'était possible, et qu'en mentant pour toi il y avait quinze ans, j'étais peut-être responsable de ces autres morts.

— Je te jure que je n'avais pas vu Nan, de près ou de loin, le matin où elle est morte.

— Manifestement, tu ne l'avais pas vue. Alors, où étais-tu, Doug ? Dis-moi au moins la vérité aujourd'hui.

La colère se dissipa sur son visage. Il regarda au loin, puis tourna à nouveau la tête vers Susan avec un sourire enjôleur.

— Susan, je te l'ai dit ce jour-là. Je te le répète aujourd'hui La voiture était tombée en panne.

— *Je veux la vérité.* Tu me la dois.

Doug hésita, puis articula lentement.

— J'étais avec Penny Knowles. Susan, je suis désolé. Je ne voulais pas que tu l'apprennes parce que j'avais peur de te perdre.

— Tu veux dire que Penny Knowles était sur le point de se fiancer avec Bob Carver et qu'elle ne voulait pas prendre le risque de perdre la fortune des Carver. Elle aurait laissé la police t'accuser de meurtre plutôt que de témoigner en ta faveur.

— Susan, je sais que j'étais coureur à cette époque...

— A cette époque ? — Susan éclata d'un rire amer. — Tu étais coureur *à cette époque ?* Ecoute-moi, Doug. Pendant toutes ces années, mon père n'a jamais avalé le fait que je me sois parjurée pour toi. Fais tes valises. Va habiter dans ton appartement de célibataire. J'ai demandé le divorce.

Il la supplia toute la journée de lui donner une autre chance.

— Susan, je te promets.

— Va-t'en.

Il ne partirait pas avant que Donny et Beth ne rentrent de l'école.

— Je viendrai vous voir, les enfants. Souvent. C'est promis.

Lorsqu'il s'éloigna dans l'allée, Trish courut après lui et se cramponna à ses genoux. Il la porta jusqu'à la maison et la tendit à Susan.

— Susan, je t'en supplie.

— Au revoir, Doug.

Ils le regardèrent s'éloigner au volant de sa voiture. Donny pleurait.

— Maman, le week-end dernier. Je veux dire, s'il était tout le temps...

Susan s'efforça de ravaler ses larmes.

— Il ne faut jamais dire jamais, Donny. Ton père a beaucoup de progrès à faire. Voyons s'il peut arriver à un peu plus de maturité.

Avez-vous l'intention de regarder votre émission ? demanda Vince à Nona quand il lui téléphona le jeudi après-midi.

— Sûrement pas. Nous avons préparé une conclusion spéciale. Je l'ai écrite. Je l'ai vécue.

— Qu'aimeriez-vous manger ce soir ?

— Un steak.

— Moi aussi. Avez-vous des projets pour le week-end ?

— On annonce du beau temps. Je pensais me rendre dans les Hampton. Après ces dernières semaines, j'ai envie de revoir la mer.

— Vous y avez une maison.

— Oui. Je crois que j'ai changé d'avis et que je vais l'acheter à Matt. J'adore cet endroit et Matt commence à sortir de mes pensées. Voulez-vous vous joindre à la balade ?

— Avec joie.

Chris apporta une jolie canne ancienne à Darcy pour l'aider à marcher en attendant que guérisse son entorse à la cheville.

— Elle est superbe, lui dit-elle.

Il l'entoura de ses bras.

— Vous avez tout ce qu'il vous faut ? Où sont vos affaires ?

— J'ai juste un sac.

Greta avait téléphoné insistant pour que Chris amène Darcy à Darien pour un long week-end.

Le téléphone sonna.

— Je ne vais pas répondre, décida Darcy. Non, attendez. J'ai essayé d'appeler mes parents en Australie. La standardiste a peut-être réussi à les joindre.

Son père et sa mère étaient tous les deux en ligne.

— Je vais tout à fait bien. Je voulais juste dire... — Elle hésita. — ... que vous me manquez beaucoup, tous les deux. Je... Je vous aime..

Darcy rit.

— Pourquoi dites-vous que j'ai sûrement rencontré quelqu'un ?

Elle fit un clin d'œil à Chris.

— A vrai dire, j'ai rencontré un charmant jeune homme. Il s'appelle Chris Sheridan. Il vous plaira. Il travaille dans la même branche que moi, un cran au-dessus. Il est propriétaire d'une galerie d'antiquités. Il est beau, gentil, et a une façon formidable d'apparaître dès que vous avez besoin de lui... Comment je l'ai connu ?

« Seule Erin, pensa-t-elle, aurait apprécié l'ironie de sa réponse. »

— Croyez-le ou non, je l'ai connu par petite annonce.

Elle leva la tête vers Chris et leurs yeux se rencontrèrent. Il sourit. « J'ai tort, pensa-t-elle. Chris comprend lui aussi. »

Merci à tous ceux dont la ténacité et les encouragements m'ont soutenue tout au long de ce livre. Mon éditeur, Michael V. Korda; son associé, Chuck Adams; mon agent, Eugene H. Winick; Robert Ressler, directeur adjoint de Forensic Behavioral Services. Que soit bénie ma fille, Carol Higgins Clark, pour ses recherches, observations et suggestions et ses longues veilles de travail à mes côtés dans notre course contre le temps. Et bien sûr, mille mercis à tous ceux de ma famille et de mes amis qui ont supporté mes habituels doutes et m'ont aidée à mener à bien cette histoire; leur sainte patience leur vaudra un jour le paradis.

« SPÉCIAL SUSPENSE »

RICHARD BACHMAN
La Peau sur les os
Chantier
Rage

CLIVE BARKER
Le Jeu de la Damnation

GILES BLUNT
Le Témoin privilégié

GERALD A. BROWNE
19 Purchase Street
Stone 588
Adieu Sibérie

ROBERT BUCHARD
Parole d'homme

JOHN CAMP
Trajectoire de fou

JEAN-FRANÇOIS COATMEUR
La Nuit rouge
Yesterday
Narcose
La Danse des masques

CAROLINE B. COONEY
Une femme traquée

PHILIPPE COUSIN
Le Pacte Prétorius

JAMES CRUMLEY
La Danse de l'ours

JACK CURTIS
Le Parlement des corbeaux

ROBERT DALEY
La nuit tombe sur Manhattan
L'Année du Dragon (hors série)

WILLIAM DICKINSON
Des diamants pour Mrs Clark
Mrs Clark et les enfants du diable
De l'autre côté de la nuit

FRÉDÉRIC H. FAJARDIE
Le Loup d'écume

CHRISTIAN GERNIGON
La Queue du Scorpion
(Grand Prix de littérature policière 1985)

JAMES W. HALL
En plein jour

JEAN-CLAUDE HÉBERLÉ
La Deuxième Vie de Ray Sullivan

CARL HIAASEN
Cousu main

JACK HIGGINS
Confessionnal
L'Irlandais (hors série)

MARY HIGGINS CLARK
La Nuit du renard
(Grand Prix de littérature policière 1980)
La Clinique du Docteur H
Un cri dans la nuit
La Maison du Guet
Le Démon du passé
Ne pleure pas, ma belle
Dors ma jolie
Le Fantôme de Lady Margaret

TOM KAKONIS
Chicane au Michigan

STEPHEN KING
Cujo
Charlie
Simetierre (hors série)
Différentes saisons (hors série)
Brume (hors série)
Running man (hors série)
Ça (hors série)
Misery (hors série)
Les Tommyknockers (hors série)
La Part des ténèbres (hors série)

DEAN R. KOONTZ
Chasse à mort
Les Étrangers

FROMENTAL / LANDON
Le Système de l'homme-mort

PATRICIA J. MACDONALD
Un étranger dans la maison
Petite sœur
Sans retour

LAURENCE ORIOL
Le tueur est parmi nous
Le Domaine du Prince

ALAIN PARIS
Impact
Opération Gomorrhe

RICHARD NORTH PATTERSON
Projection privée

STEPHEN PETERS
Central Park

NICHOLAS PROFFITT
L'Exécuteur du Mékong

FRANCIS RYCK
Le Nuage et la Foudre
Le Piège

BROOKS STANWOOD
Jogging

« SPÉCIAL POLICIER »

WILLIAM BAYER
Voir Jérusalem et mourir

JOSÉ PABLO FEINMANN
Les Derniers Jours de la victime

NINO FILASTÒ
Le Repaire de l'aubergiste

CAROLINE GRAHAM
Meurtres à Badger's Drift

HUGUES PAGAN
Last Affair (hors série)
L'Étage des morts

PATRICK RAYNAL
Fenêtre sur femmes
Arrêt d'urgence

LAWRENCE SANDERS
Le Privé de Wall Street
Les Jeux de Timothy
Manhattan Trafic

ANDREW VACHSS
La Sorcière de Brooklyn
Blue Belle

« SPÉCIAL FANTASTIQUE »

CLIVE BARKER
Livre de Sang
Une course d'enfer

JAMES HERBERT
Pierre de Lune

ANNE RICE
Lestat le Vampire

La composition de ce livre
a été effectuée par Bussière à Saint-Amand,
l'impression et le brochage ont été effectués
sur presse CAMERON
dans les ateliers de la S.E.P.C.
à Saint-Amand-Montrond (Cher)
pour les Éditions Albin Michel

Achevé d'imprimer en juin 1993.
Nº d'édition : 13163. Nº d'impression : 1479.
Dépôt légal : juin 1993.